Biblioteca de

Alberto Vázquez-Figueroa

PLAZA & JANES

Alberto
Vázquez-Figueroa

Cienfuegos

PLAZA & JANES EDITORES, S. A.

Diseño de la portada: Método, S. L.

Décima edición en esta colección: octubre, 1999
(Tercera con esta portada)

Printed in Spain – Impreso en España

ISBN: 84-01-49069-3 (col. Jet)
ISBN: 84-01-46971-6 (vol. 69/22)
Depósito legal: B. 38.354 - 1999

Impreso en Litografia Rosés, S. A.
Progrés, 54-60. Gavà (Barcelona)

L 4 6 9 7 1 B

A Iche: la única mujer que he conocido capaz de darlo siempre todo, sin aceptar nunca nada

Jamás tuvo nombre de pila.

Desde que recordaba –y su memoria se limitaba a bosques, riscos, soledad y cabras montaraces– nadie le conoció más que por el apelativo de *Cienfuegos*, sin que nunca llegara a saber con certeza si tal denominación se debía al apellido de su madre, el color de su cabello o un simple sobrenombre de razón desconocida.

Hablaba poco.

Sus conversaciones más profundas no tenían nunca lugar a base de palabras, sino de sonoros, prolongados y cadenciosos silbidos, en un lenguaje propio y privativo de los pastores y campesinos de la isla, que se comunicaban de ese modo de montaña a montaña, en lo que constituía la forma de expresión más lógica y práctica en aquella agreste Naturaleza que la simple voz humana.

En un amanecer fresco y tranquilo, cuando los sonidos, que las paredes de roca hacían rebotar de un lado a otro, parecían atravesar con tierna suavidad un aire húmedo y limpio, *Cienfuegos* se sentía capaz de mantener una charla perfectamente inteligible con el cojo Bonifacio, quien desde el fondo del valle solía ponerle al corriente de cuanto su primo Celso, *el Monaguillo*, le transmitía a su vez desde el villorrio.

Fue así como tuvo noticias de que el viejo *Amo* acababa de recibir la extremaunción y estaba a punto de emprender el «Camino de Chipudes», con lo que nuevos señores llegarían muy pronto a «La Casona», lo que constituiría sin lugar a dudas la primera auténtica novedad digna de ser tenida en cuenta en sus ciertamente no muchos años de existencia.

Nadie sabía su edad.

Resultaba a todas luces imposible conocerla ya que en parte alguna había quedado constancia del día o el año en que vino al mundo, y aunque su cuerpo, fornido y musculoso, era ya el de un mozarrón hecho y derecho, su rostro, su voz y su mentalidad correspondían por el contrario a un adolescente que se resistiera a abandonar el difícil y fascinante mundo de la niñez.

Tampoco tuvo infancia.

Todos sus juegos se habían limitado a lanzar piedras y bañarse en las charcas, siempre a solas, y sus afectos se centraban en algunos pájaros, un viejo perro y cabritillos que acababan creciendo y convirtiéndose en bestias apestosas, desagradecidas y rencorosas.

Su madre había sido al parecer una cabrera bastante más salvaje y maloliente que las mismísimas bestias que cuidaba, y su padre aquel *Amo* que ahora se encontraba al borde de la muerte, y que se iría a la tumba sin admitir que dejaba en la isla más de treinta bastardos de cabellos rojizos.

Aquella hermosa melena entre rubia y cobriza, que le caía libremente por la espalda, constituía sin lugar a dudas la única herencia visible que su progenitor le había otorgado; herencia compartida con otra docena de chicuelos de las proximidades, que daban fe de esa manera de las incontenibles apetencias sexuales y el innegable atractivo físico del señor de «La Casona».

No sabía leer.

Si apenas hablaba, de poco le hubiera servido la lectura, ya que la mayoría de las palabras le resultaban desconocidas por completo pero no había nadie, sin embargo, en la isla que conociera más a fondo sus secretos, supiera más de la Naturaleza y sus continuos cambios, o fuera capaz de lanzarse con mayor decisión por los acantilados y los riscos, saltando sus precipicios sin más ayuda que un valor que rayaba en la inconsciencia y una larga pértiga con la que salvaba vanos de hasta doce metros, o por la que se dejaba deslizar descendiendo así por un farallón cortado a pico en cuestión de minutos.

Tenía algo de cabra, algo de mono y algo de cernícalo, porque en ocasiones conseguía mantenerse en inconcebible equilibrio sobre un simple saliente de piedra en mitad de un abismo y se creería que en un determinado momento, al brincar de una roca a la de enfrente, se detenía en el aire sosteniéndose en él como si su profunda ignorancia le impidiese aceptar que existían desde antiguo rígidas e inamovibles leyes sobre la gravitación de los cuerpos.

Apenas comía.

Le bastaban unos sorbos de leche, algo de queso y los frutos silvestres que encontraba a su paso, y cabía admitir que se trataba de un auténtico milagro de la supervivencia, puesto que a nadie más que a la mano de Dios podría atribuirse el hecho de que hubiera conseguido criarse sano y fuerte durante los largos años que había vivido prácticamente solo en el corazón de las montañas.

Se sentía feliz.

Al no conocer más que aquella vida de libertad constante en la que no tenía que depender siquiera de un lugar que pudiera considerar vivienda permanente, vagabundeaba a gusto tras el ganado sin rendir cuentas de sus actos más que a sí mismo, o al viejo e indiferente capataz que dos veces al año subía a comprobar que los animales continuaban aumentando el patrimonio de su amo.

A nadie le importaban en realidad gran cosa aquellas bestias que no constituían más que uno de los muchos rebaños que se desperdigaban por los riscos vecinos convertidos en simples números a la hora de determinar el valor de una propiedad cuyos intereses de los últimos tiempos apuntaban más hacia el mar y el floreciente comercio con la metrópoli, que al cultivo de las tierras o el aprovechamiento racional de la carne y la leche.

Sentado en la cima del acantilado, balanceando las piernas sobre un abismo que a cualquier otro le hubiera revuelto el estómago de vértigo, el muchacho observaba a menudo el lejano puerto o las grandes naves que fondeaban en la ensenada, preguntándose qué diantre podrían contener las barricas y fardos que bajaban a tierra, y a quién demonios le serían de utilidad tantas cosas absurdas.

Durante los trece primeros años de su vida, *Cienfuegos* se limitó, por tanto, a ejercer de lejano espectador de una vida que se iba desarrollando con especial monotonía en el fondo del valle o la bahía, sin demostrar jamás el más mínimo interés por integrarse a ella, puesto que las escasas ocasiones en que se arriesgó a observarla de cerca, llegó a la dolorosa conclusión de que se encontraba mucho más a gusto entre las cabras.

La primera vez que visitó el villorrio un cura corrió tras él con la nefasta intención de bautizarle y darle un nombre, pero la sola idea de que le rociaran la cabeza con agua bendita mientras pronunciaban palabras cabalísticas se le antojó cosa de brujos, por lo que optó por la sencilla solución de aferrar su pértiga, dar un salto hasta el tejado de la iglesia y brincar desde allí a una roca cercana, lo que le colocó de inmediato en su terreno permitiéndole regresar sin más problemas a sus tranquilas quebradas y montañas.

Años más tarde, y a instancias del cojo Bonifacio, decidió bajar de nuevo al pueblo a hacer retumbar los tambores durante la fiesta del santo patrón, y aunque ese día el cura se encontraba demasiado atareado como para corretear tras él, tuvo no obstante la mala fortuna de toparse en una callejuela solitaria con la viuda Dorotea, una mujerona enorme y bigotuda que se empeñó en asegurar que había sido amiga de su madre y no podía por ello consentir que el hijo de un ser del que conservaba tan gratos recuerdos durmiera al aire libre.

Penetrar en una casa constituyó para el joven pastor pelirrojo una experiencia traumatizante, ya que apenas la puerta se cerró a sus espaldas se sintió como enterrado en vida, le invadió una profunda angustia y tuvo la impresión de que le costaba un enorme esfuerzo respirar libremente.

Por si todo ello fuera poco, a la entrometida gordinflona se le metió entre ceja y ceja la absurda idea de que apestaba a estiércol y a macho cabrío, ignorando sus propios hedores y el sudor que le corría por la frente humedeciéndole el mostacho, por lo que acabó por introducirle en un gran barreño de agua tibia para frotarle insistentemente enjabonándole a conciencia hasta dejarle reluciente y oliendo a lavanda.

Al poco aconteció la cosa más absurda e inconcebible de que el pobre muchacho tuviera jamás noticia, ya que a pesar de que nunca había oído hablar de cristianos antropófagos, creyendo siempre que era ésa una costumbre reservada a los salvajes africanos, la viuda Dorotea demostró su desmedida afición a la carne humana lanzándose ansiosamente sobre sus muslos decidida al parecer a devorarle en vida comenzando en primer lugar por sus partes más delicadas y asequibles.

Con un alarido de terror el espantado *Cienfuegos* dio un salto a riesgo de dejarle un trozo de prepucio entre los dientes, y precipitándose de cabeza por la ventana cayó cuan largo era en mitad del chiquero, arruinando en un instante el esfuerzo del baño y corriendo el peligro de que un enorme cerdo acabara el trabajo que iniciara la gorda.

Huyó del pueblo desnudo, apestando a mierda y espantado, jurándose a sí mismo no volver a descender jamás de sus montañas, dado que el mundo de los valles y la costa se le antojaba un lugar enloquecido y tenebroso cuyas reglas de comportamiento renunciaba desde aquel mismo momento a comprender.

Por ello, cuando una lluviosa mañana de marzo el fiel Bonifacio le pidió que acudiera al entierro del señor de «La Casona» que se había decidido a emprender –muy contra su voluntad– el definitivo «Camino de Chipudes», se hizo por primera vez en su vida el sordo, limitándose a observar desde la copa de una palmera, que avanzaba peligrosamente sobre el vacío, el largo cortejo fúnebre que se perdía en la distancia.

El nuevo amo de la hacienda tardó casi tres meses en instalarse definitivamente en «La Casona», ya que a pesar de haberla sembrado de bastardos, el difunto no dejó ningún heredero legítimo en la isla y tuvo que ser un sobrino, llegado de tierras muy lejanas y desconocedor por tanto de las costumbres locales, el que tomara posesión del hermoso valle, los montes circundantes, los densos bosques y los centenares de cabras, cerdos y ovejas que pastaban libremente a todo lo largo y ancho de aquella atormentada orografía, la más abrupta que existía sobre la superficie del planeta.

Trajo consigo el nuevo señor –vizconde de Teguise– a su flamante esposa; una hermosa germana de larga melena, incapaz de pronunciar una sola palabra en correcto castellano, pero de particular encanto, exquisita dulzura y muy dada a la contemplación de la Naturaleza, de la que se mostraba especialmente amante, por lo que pareció encontrarse desde el primer momento sumamente feliz en la bellísima isla.

La joven vizcondesa solía abandonar muy de mañana

el macizo caserón, y unas veces a pie y otras a lomo de una nerviosa yegua negra, se adentraba por los más intrincados senderos de los valles, trepaba a los altivos roques o se perdía a propósito en los profundos y rumorosos bosques en busca de los escasos vestigios que aún perduraban de las primitivas viviendas aborígenes.

Y lo inevitable ocurrió un caluroso mediodía de junio, cuando tras toda una larga y fatigosa cabalgada, decidió tomar un reconfortante baño en la más hermosa y recóndita laguna, y tras permanecer casi una hora amodorrada al tibio sol que secaba dulcemente su blanca piel de nácar, entreabrió los ojos para descubrir, desconcertada, la hermosa figura masculina que estaba a punto de adentrarse en el agua a no más de diez metros de distancia.

Atisbó tímidamente entre la espesa maleza, y se asombró por la belleza de aquel «hombre-niño» de verdes ojos, larga melena rojiza, pecho de hércules, piernas de acero y algo asombroso que en un principio se le antojó como añadido por capricho y sin más razón que atraer su mirada y dejarla allí prendida, hipnotizada por un inconcebible prodigio inimaginable para quien no había visto desnudarse más que a tres hombres a todo lo largo de su vida.

–*¡Mein Gott!*

Agitó repetidamente la cabeza, como tratando de desechar una visión fruto quizá de una indigestión a causa de las incontables moras que había ido picoteando a todo lo largo del camino, pero la inquietante aparición continuó tercamente ante sus ojos, se introdujo en el agua y comenzó a nadar con gestos tan apacibles y armoniosos que se diría un sueño.

Cuando se encontraba a menos de tres metros de distancia, *Cienfuegos* alzó el rostro y le sonrió con absoluta naturalidad, como si el hecho de descubrir en mitad del bosque a una bellísima rubia desnuda fuera algo normal y rutinario.

Tomó asiento a su lado y ella extendió la mano y le rozó con el único fin de cerciorarse de que era de carne y hueso. Él imitó su gesto, y luego el dedo de la mujer descendió por la firme barbilla, el ancho pecho y el pétreo vientre, para deslizarse al fin durante un tiempo que se le antojó infinitamente largo y turbador por aquella parte del cuerpo que en un principio provocó su exclamación de asombro, y que al observar ahora de cerca le obligaba a tragar saliva con esfuerzo para humedecerse a continuación los labios suavemente.

De regreso a «La Casona» la vizcondesa se encerró en su dormitorio alegando que le dolía terriblemente la cabeza, y pasó la noche en vela rememorando una y mil veces la infinidad de maravillosas sensaciones que había experimentado en el transcurso de las más hermosas horas imaginables.

Decir que había iniciado a un niño que era a la vez el hombre más hombre que pudiera soñarse no bastaba, porque lo cierto era que había sido ella, pese a sus veinticuatro años y seis de experiencia, la auténticamente iniciada aquella tarde, y a la que le correspondiera descubrir cuán profundamente se encontraban enterrados los secretos del placer, y con qué inconcebible e inexperta maestría había sabido hacerlos aflorar aquella silenciosa criatura cuya sola sonrisa valía más que un millón de palabras.

¿Quién era y de dónde había salido?

Ni siquiera sus nombres se habían dicho, sin compartir más que suspiros y caricias, y aunque no consiguió evitar que se le escaparan apasionadas frases en los momentos críticos, resultaba evidente que el muchacho no había captado su auténtico significado y en el fondo de su alma, Ingrid Grass, señora de «La Casona» y vizcondesa de Teguise por su matrimonio con el capitán León de Luna, agradeció profundamente el hecho de que su jovencísimo amante no conociese una sola palabra de alemán, pues ello le permitió dar rienda suelta a sus más íntimos anhelos y susurrarle al oído las más ardientes expresiones que le acudían a la mente.

Con los ojos clavados en el techo buscó esa noche su rostro en cada viga y cada sombra, y echó de menos el dulce olor de su piel de niño grande, el peso de su cuerpo, el tacto de sus manos y el leve jadear de placer sobre su cuello.

Llamó al sol en su ayuda rogándole que acudiera a mostrarle los caminos del bosque, odió las largas horas que precedían al alba, le dio mil nombres absurdos a su amado, se vistió en la oscuridad nerviosamente y, apenas vislumbró el primer atisbo de luz sobre el dormido mar que era un espejo, abandonó furtivamente el caserón y corrió en busca de la laguna de sus sueños.

Fue a principios de agosto cuando ocurrieron los milagros.

El cojo Bonifacio comenzó a caminar cada vez más rectamente, y pese a que durante un tiempo se esforzó por conservarlo en secreto, al poco le confesó a su primo Celso que ciertas noches de luna se le aparecía una virgen que le obligaba a seguirle a paso vivo por senderos de montaña para conseguir de ese modo que su atrofiada pierna recobrara el vigor de los tiempos pasados.

El monaguillo se mostró escéptico alegando que si la virgen deseara hacer milagros no tenía por qué recurrir a tan fatigosos ejercicios de rehabilitación, pero como se daba el caso de que sufría desde niño un leve tartamudeo que le convertía en blanco de mil burlas, decidió acompañar al cojo en sus nocturnas correrías con la esperanza de que tal vez hablando largamente con la extraña aparición se corrigiera de igual forma su defecto.

Pasaron cuatro noches en vela y al relente sin resultado alguno, pero a la quinta, y cuando comenzaba a desconfiar de las fantasías de su primo, la vio aparecer como nacida de la nada, envuelta en una larga túnica y con el cabello al viento, fantasmagóricamente iluminada por una luna en creciente que jugaba a aparecer y desaparecer entre las nubes.

Quiso decirle algo pero su tartamudez empeoró a tal punto que ni siquiera el más leve sonido acertó a escapar de entre sus labios, limitándose a permanecer clavado allí, tan aterrorizado, que hasta diez minutos más tarde no advirtió por la humedad de sus ropas que se había orinado encima.

Corrió luego en silencio tras el cojo que parecía tener ahora alas en los pies, pero pese a todos sus esfuerzos la prodigiosa aparición se diluyó en el aire coincidiendo con la llegada de una nube y resultó inútil que registraran juntos los intrincados senderos del bosque, quedando bien patente que la celestial señora había decidido regresar al lugar de donde vino.

Juró no contarle nada a nadie, pero cuando tres días más tarde el señor cura se extrañó de que a todo lo largo de una pormenorizada confesión el monaguillo no hubiera tartamudeado ni siquiera una vez, éste se sintió en la obligación de revelarle que su evidente mejoría en el habla se debía sin duda a la intervención de la divina providencia.

Fray Gaspar de Tudela no se había distinguido a lo largo de su ya dilatada existencia por la agudeza de su mente o lo acertado de su juicio, pero tras rumiar largamente sobre los extraños fenómenos que estaban ocurriendo en su parroquia e interrogar a fondo al inocente Bonifacio, decidió que lo más sensato sería acudir en persona al sendero del bosque haciéndose acompañar por su fiel sacristán y media docena de las más fervientes beatas del lugar.

Era noche de luna llena en pleno agosto; noche tan clara que incluso podía distinguirse en la distancia la silueta de la isla vecina con su inmenso volcán que semejaba un gigantesco pecho femenino; noche de olores densos, gritos de aves en celo, millones de grillos y estrellas fugaces que surcaban el cielo persiguiendo murciélagos.

Y todos la vieron tal como la habían descrito, o tal como aparecía en las estampas y en los cuadros, con su inmaculada túnica y su cabello al viento; más hermosa que en la más perfecta imagen que hubieran reproducido jamás manos humanas.

Nació de la luz y se adentró en las sombras, y cuando a instancias del cojo Bonifacio la siguieron aprisa y en silencio, cada cual rogaba en un susurro que le concediera su viejo sueño más amorosamente atesorado.

La perdieron de vista unos instantes, pero al poco la descubrieron de nuevo al borde de una quieta laguna, tan inmóvil y blanca como un ángel de cementerio que permitiera de improviso que la túnica se deslizara de sus hombros para quedar totalmente desnudo, y a la espera de un hermoso milagro indescriptible.

Y el milagro cobró forma en la figura de un mozarrón que surgió de la espesura, la alzó en vilo y le obligó a que le ciñera las piernas a la cintura para convertirse así de improviso en una sola persona.

La beata más anciana dejó escapar un lamento y otra lanzó un suspiro.

Una tercera gritó incapaz de contenerse, y fray Gaspar de Tudela la emprendió a sopapos, coscorrones y patadas con el desconsiderado tartamudo y el estúpido cojo que le habían obligado a ser testigo de cómo la señora vizcondesa de Teguise le ponía los cuernos al vizconde con un sucio cabrero.

Ya de regreso al valle trató de presionar a las mujeres suplicando que por el bien de la comunidad guardaran el secreto, pero dos días más tarde comprobó, desolado, que apenas quedaba nadie entre sus feligreses que no estuviera al tanto de las andanzas nocturnas de la «rubia extranjera».

El valiente capitán León de Luna, señor de «La Casona», regresó a los quince días de una expedición de castigo a la isla vecina, y apenas pisó la arena de la playa, un alma caritativa le puso al corriente, con pelos y señales, de los pintorescos acontecimientos que habían tenido lugar en sus dominios durante los largos meses de su obligada ausencia.

Se lo tomó con calma.

No obstante, y para mayor desgracia del jovencísimo *Cienfuegos*, la calma del vizconde era mil veces más temible que las iras de cualquier otro ser humano, y como el capitán amaba hasta por el último poro de su cuerpo a aquella criatura excepcional que era su esposa, decidió injustamente lavar su honor sin más ingredientes que la bastarda sangre de aquel lejano primo segundo pelirrojo al que se prometió a sí mismo dar caza y ajusticiar personalmente.

Descansó dos días y dos noches; intentó poseer a una mujer que parecía haberse convertido en hielo entre sus brazos y cuya mente se encontraba sin duda en otra parte, y convencido de que no recuperaría su amor hasta que no le arrojara a los pies la cabeza del culpable, aprestó sus armas, llamó a sus perros y se lanzó a los montes decidido a no regresar sin su trofeo.

El cojo Bonifacio le vio cruzar muy de mañana el platanar, leyó en su cetrino rostro la firme decisión de sus asesinas intenciones, y apenas se perdió de vista en la primera curva del sendero, trepó a una roca y emitió aquel largo silbido de llamada que tan sólo los nacidos en la isla interpretaban.

Al poco le respondió *Cienfuegos* desde la cima del peligroso acantilado, y sobre las cabezas del ofendido esposo y de sus perros se cruzaron de uno a otro lado las «palabras» de una conversación que le resultaba ininteligible, pero que hacía referencia a su honor perdido y a las ansias de muerte que abrigaba en el pecho.

Fue en ese instante cuando el pastor averiguó que la

maravillosa criatura que había transformado por completo su existencia estaba casada y era dueña de media isla, y le dolió infinitamente descubrir que jamás volvería a verla pese a que su cuerpo y su alma la reclamaban noche y día.

No le preocupaba el vizconde, ni le inquietaba advertir cómo iba trepando fatigosamente por el empinado sendero precedido por sus tres enormes perros, porque por muy valiente hombre de armas que fuese, de poco le serviría entre aquellas montañas que ningún «godo» había conseguido coronar y por las que él era capaz de moverse con los ojos cerrados. Le preocupaba el hecho de que jamás volvería a tener entre sus brazos a la maravillosa criatura que en tan sólo unos días había sabido hacerle olvidar su soledad de años; no aspiraría ya más su olor a hierba siempre limpia; no escucharía la suave voz que le susurraba al oído dulces palabras que no acertaba a entender, ni podría continuar diciéndole cosas que un millón de veces deseó decir a alguien sin tener quien le escuchara.

El capitán seguía avanzando.

Sus armas lanzaban destellos al ser heridas por el sol de la mañana, a menudo le llegaba, apagado, el ladrido de un perro, y en una de las ocasiones en que el vizconde cruzó justamente bajo él por la escarpada ladera del barranco, se preguntó qué ocurriría si de pronto decidiera empujar con el pie el peñasco más cercano permitiendo que rodara pendiente abajo arrastrando a otros muchos.

Del señor de «La Casona» no quedaría probablemente nada.

De sus perros tampoco.

La tentación le asaltó unos segundos, revoloteó en torno a su rojiza melena y se posó sobre su hombro como una multicolor mariposa asustadiza, pero la espantó de un manotazo consciente de que no era capaz de matar de ese modo a un ser humano, y continuó muy quieto mordisqueando una brizna de hierba mientras observaba la lenta progresión de su enemigo.

Éste alzó de improviso el rostro y le miró.

Ni siquiera cien metros les separaban y al muchacho le impresionó la tremenda fortaleza del hombre cuya espesa barba y ojos airados imponían indudable respeto.

El capitán León de Luna aprestó su arma.

Erguido en la cima del monte, el pastor apenas se inmutó aunque sus manos se tensaron imperceptiblemente sobre el extremo de su inseparable pértiga observando cómo el otro le apuntaba, y tan sólo en el preciso instante en que el vizconde se decidió a disparar, dio un leve impulso con las piernas y trazó casi un semicírculo en el aire para ir a caer sobre una roca vecina.

Su enemigo lanzó un corto reniego seguido de una leve exclamación de disgusto.

–¡Sucio mono de mierda! –masculló.

Azuzó a los perros que se lanzaron furiosamente pendiente arriba, pero se escuchó el leve silbido de una honda que giraba, un pesado pedrusco surcó los aires, y el primer animal, un hermoso dogo criado para la guerra, entrenado por el más afamado de los adiestradores florentinos, y curtido en cien combates, lo recibió de lleno en mitad de la frente, dio un salto hacia atrás lanzando un aullido de agonía y cayó rodando y rebotando de una roca a la siguiente para precipitarse al fin al fondo del barranco trescientos metros más abajo.

Sus compañeros se detuvieron de inmediato, contemplaron atónitos la tremenda caída, y se volvieron pidiendo consejo a su amo, que les gritó furioso que le rompieran el cuello al maldito bastardo hijo de puta.

Pero pese a su valor y decisión las pobres bestias tan sólo eran perros, sin aspiraciones a convertirse en pájaros o cabras, y cuando al fin alcanzaron la cima no pudieron hacer otra cosa que ladrar furiosamente mostrándole los dientes al astuto fugitivo que con dos simples golpes de garrocha había atravesado sin aparente esfuerzo el abismo de una nueva quebrada para observarles impertinente desde la orilla opuesta del profundo precipicio.

–¡Dios bendito! –fue todo lo que pudo murmurar el capitán León de Luna al llegar junto a los animales y hacerse una idea de qué era lo que había ocurrido y a qué clase de ser humano intentaba dar caza.

Había oído contar infinitas historias sobre la inconcebible habilidad de los pastores de la isla a la hora de enfrentarse a las mil dificultades de una orografía en exceso caprichosa; habilidad heredada probablemente de unos simiescos aborígenes parte de cuya sangre aún corría por sus venas, pero jamás se le ocurrió imaginar que un hombre sin más ayuda que un largo palo flexible y unos desnudos pies que parecían aferrarse a las rocas como zarpas, fuera capaz de cruzar un abismo semejante como si en realidad se tratara de un carnero salvaje.

Calmó a los perros, dejó a un lado sus armas y tomó asiento decidido a recobrar el aliento y estudiar con detenimiento la situación replanteándose el problema.

Al otro lado del barranco y a unos de cien metros de distancia, *Cienfuegos* le observaba.

–¡Es inútil que huyas! –le gritó al fin furiosamente–. La isla es muy pequeña y acabaré atrapándote. Cuanto más difícil me lo pongas, peor será a la hora del castigo porque ordenaré que te torturen hasta que llegues a maldecir haber nacido.

El pastor ni respondió siquiera ya que su precario conocimiento del más elemental y simple castellano, unido al fuerte acento aragonés del otro, le habían impedido captar la mayor parte de lo que había pretendido decirle, por lo que se limitó a tomar asiento a su vez sin dejar de vigilarle, esforzándose por entender las razones que podría tener para matarle, ya que no recordaba haber hecho daño a nadie, no había descuidado las cabras, no había robado en las casas ni había bajado al pueblo a molestar a las mujeres.

No había hecho más que bañarse en una limpia laguna y permitir que una hermosa desconocida le acariciara dulcemente para acabar tumbándole de espaldas para enseñarle secretos portentosos que jamás hubiera imaginado siquiera que existiesen.

¿Tenía acaso que haberla rechazado?

Se trataba sin duda de una gran señora; una de esas damas a las que un simple cabrero tenía la obligación de obedecer en todo, y nunca se permitió otra cosa que atender sus caprichos, responder a sus demandas, y permanecer cerca de la laguna aguardando sus órdenes.

Pero allí estaba ahora el vizconde sentado junto a sus armas y sus perros; estudiando el terreno con sus ojos de hielo, atento a cada detalle, y buscando la forma de conseguir acorralarle contra un abismo para lanzarle encima unas feroces bestias que le destrozarían de inmediato a dentelladas.

¿Qué otra cosa podía hacer más que escapar?

Miró a un cielo en el que el sol se encontraba ya muy cerca de su cenit, calculó con sumo cuidado el tiempo y la distancia y, por último, consciente de que podría conseguirlo, se irguió muy despacio y se alejó, sin volver el rostro, en dirección a las más agrestes cumbres de la isla.

Su Excelencia el capitán León de Luna, vizconde de Teguise y señor de «La Casona», hizo lo propio decidido a seguirle a pesar de encontrarse íntimamente convencido de que jamás conseguiría darle alcance.

Más tarde se preguntaría a menudo qué le impulsó a cometer a sabiendas un error tan evidente, y lo tuvo que achacar al hecho de que en aquel caluroso mediodía de setiembre no se le ofreció más opción que seguir adelante o regresar a «La Casona» y admitir que había fracasado en su afán de venganza a las ocho horas escasas de haberla iniciado.

El agilísimo pastor, que tenía en apariencia mucho más de animal salvaje que de auténtico ser humano, y le recordaba por sus gestos a los bestiales aborígenes contra los que tantas veces se había enfrentado en la isla vecina, le obligó a caminar como no lo había hecho sin duda durante sus quince años de militar, y mientras trepaba por riscos que daban vértigo, atravesaba bosques rumorosos o bordeaba precipicios sin fondo en dirección a las lejanas cumbres que constituían la máxima altura y el centro geográfico de la isla, no podía por menos que preguntarse qué podía haber visto la delicada y culta Ingrid en una criatura tan tosca y primitiva como aquélla.

Incluso él, que había recorrido media docena de países, hablaba correctamente tres idiomas y había leído más libros que la mayoría de los licenciados de su tiempo, se sentía a menudo estúpidamente tosco frente a la exquisita sensibilidad de su inteligente y cultivada esposa, por lo que le costaba admitir que pudiera interesarse ahora por una especie de simio prehistórico del que le habían contado que apenas era capaz de pronunciar un centenar de palabras inteligibles.

Imaginarla en brazos de aquella bestia infrahumana era casi tanto como imaginarla fornicando con uno de sus dogos, y en esos momentos experimentaba unos terribles deseos de dejar escapar al pelirrojo para regresar a «La Casona» a descargar toda su ira y frustración sobre la auténtica culpable.

Pero se conocía a sí mismo lo suficiente como para saber que la vida sin Ingrid no merecería ser vivida, y que gran parte de la responsabilidad de lo ocurrido era indudablemente suya, puesto que si bien se había alejado de la capital y sus peligros, refugiándose en aquella isla que estaba considerada con justicia el auténtico confin del mundo conocido, con la vana esperanza de proteger el hermosísimo tesoro que se había traído de Alemania, no había caído en la cuenta de que encerrarla en la agreste soledad de «La Casona» y marcharse a continuación a perseguir salvajes aborígenes, acarreaba a todas luces un peligro mayor que dejarla libre y sola en mitad de un refinado grupo de estúpidos cortesanos.

Comenzó a caer la tarde.

Comprendió que se vería en la obligación de pasar la noche a la intemperie sin tener ni la menor idea de dónde se encontraba y comprendió también que necesitaría echar mano de todo un ejército si pretendía abrigar alguna esperanza de atrapar a un escurridizo e incansable andarín que parecía conocer como la palma de la mano los más intrincados senderos de la isla, y que de tanto en tanto se detenía para volver la cabeza y observarle como invitándole a acelerar el paso y colocarle a tiro.

Luego, cuando con la llegada de las primeras sombras se encontraban justamente en la cima de un altísimo risco de paredes cortadas a cuchillo, el muchacho dio de improviso un inconcebible salto en el aire, y aferrándose al extremo de su inseparable pértiga comenzó a descender por el precipicio con tal habilidad y rapidez que, por unos instantes, el capitán León de Luna no pudo por menos que olvidar su odio para admirar la demostración de increíble valor y prodigiosa pericia que estaba teniendo lugar ante sus ojos.

Habían necesitado más de dos horas para llegar hasta aquel punto a base de riesgos, sudores e infinitos esfuerzos, y aunque costara aceptarlo, aquella especie de cabra enloquecida se dejaba deslizar ahora por la «garrocha» o «volaba» de uno a otro saliente para regresar al fondo del valle en cuestión de minutos.

Desde allí alzó el rostro unos instantes y el vizconde de Teguise comprendió de improviso que todo ello respondía a un plan meticulosamente concebido, ya que el pelirrojo pastor le dejaba en la cima del abismo cuando estaba a punto de caer la noche mientras se encaminaba con paso decidido de regreso a «La Casona».

Intentó volver atrás pero muy pronto las tinieblas se apoderaron del paisaje y llegó a la conclusión de que cada paso que diera podía ser un definitivo paso en el vacío, por lo que tuvo que resignarse a tomar asiento en un repecho del farallón a rumiar en silencio su ira y su impotencia.

Si malo era tener que pasar la noche al borde de un precipicio, y malo admitir que un muchachuelo imberbe le había burlado tras obligarle a dar un millón de vueltas por la isla, mucho peor e insoportable resultaba tomar plena conciencia de que mientras se veía obligado a permanecer allí clavado, su enemigo acudía a reunirse con Ingrid, y tal vez muy pronto estarían haciendo el amor y burlándose de su inconmensurable estupidez.

Ésas habían sido siempre, desde luego, las intenciones de *Cienfuegos*, y aunque no estuviera en su ánimo burlarse del vizconde, sí lo estaba lógicamente volver a reunirse, aunque fuera por última vez, con la mujer que amaba.

Marchó por lo tanto aprisa y sin descanso durante más de tres horas como si sus verdes ojos de gato le permitieran distinguir las piedras y accidentes del camino, y cuando un gajo de luna alumbró tímidamente el mundo, aceleró aún más la marcha para colocarse, pasada ya la medianoche, ante un caserón oscuro y silencioso, ya que los perros guardianes, apresados junto a su amo en la cima de un inaccesible acantilado, ni siquiera tenían la oportunidad de alertar a los criados ante la presencia del intruso.

Observó el alto muro que rodeaba la severa mansión de piedra roja, y tras tomar carrerilla clavó la pértiga en el suelo y se elevó en el aire para aterrizar en silencio y con matemática precisión sobre una almena. Desde allí, agazapado, estudió las puertas y ventanas preguntándose cómo sería por dentro un edificio tan inmenso, y en cuál de aquellas enormes estancias se encontraría la persona que buscaba.

Resultó inútil; para el ignorante cabrero, un palacio como aquél era un lugar complejo y misterioso, y ni tan siquiera concebía cómo podía encontrarse distribuido su interior, por lo que dejó transcurrir más de una hora absolutamente desconcertado, hasta que por último decidió hacer lo único que sabía hacer bien en este mundo, optando por lanzar un estridente y prolongado silbido.

Al poco se escucharon llamadas y voces de alarma, se encendieron luces, y varios criados hicieron su aparición en el amplio patio portando antorchas, mientras dos o tres mujeres se asomaban a las ventanas inquiriendo las razones de semejante escándalo.

Aplastado contra el muro, el muchachuelo no perdía detalle de cuanto ocurría a su alrededor, permaneciendo muy quieto y totalmente invisible desde abajo hasta que la calma pareció retornar al caserón, los hombres volvieron a sus camas y las luces se apagaron.

Aguardó paciente.

Por último, en el balcón central hizo su aparición la inconfundible silueta de la vizcondesa de Teguise que atisbó hacia la noche.

Minutos después hacían el amor sobre una inmensa alfombra, ya que *Cienfuegos*, que jamás había dormido en una cama, se sentía terriblemente inquieto, desasosegado e ineficaz entre las sábanas.

Cerca ya del amanecer ella le miró a los ojos, le besó con todo el amor que fue capaz de poner en sus labios y musitó dificultosamente una frase que resultó evidente que había estado memorizando durante todo el día:

–Vete de la isla o León te matará.

–¿Irme? –repitió el pelirrojo desconcertado–. ¿A dónde?

–A Sevilla.

–¿Sevilla? ¿Qué es eso?

–Una ciudad –replicó la alemana en un castellano tan estrambótico que costaba un supremo esfuerzo descifrarlo–. Vete a Sevilla. Yo te buscaré allí. –Le empujó hacia el balcón por el que comenzaba a penetrar la primera claridad del alba–. ¡Vete! –insistió–. ¡Pronto!

Se besaron de nuevo, y él se dejó deslizar por la pértiga para dar luego una corta carrera, salvar limpiamente el muro y perderse de vista entre los árboles seguido por la mirada de una mujer que le doblaba casi en edad y de la que le separaba absolutamente todo en este mundo, pero que se encontraba convencida de que su vida lejos de aquel «hombre-niño» de ojos verdes y larga melena de reflejos cobrizos carecía por completo de importancia.

Pasó el día en la cima de un acantilado que caía a pico sobre el mar, observando a unos hombres que en la lejana bahía se atareaban yendo y viniendo de la playa a las naves que aparecían fondeadas a tiro de piedra de la costa, incapaz de admitir que para salvar la vida no se le ofreciera más opción que embarcarse en uno de aquellos desvencijados armatostes de los que apenas lograba entender cómo conseguían mantenerse a flote cuando las olas se encrespaban a causa de los fuertes vientos de Levante.

Cienfuegos había nacido en la montaña y la montaña era su hogar y su refugio ya que podía trepar por los más peligrosos acantilados, salvar los más anchos abismos o mimetizarse con las rocas alimentándose de raíces como una liebre o un lagarto, y debido a ello estaba absolutamente convencido de que jamás conseguiría sobrevivir a bordo de uno de aquellos mugrientos pedazos de madera en los que los hombres parecían apiñarse encaramados los unos sobre los otros como lombrices sobre una plasta de perro.

Al mediodía había tomado por tanto la decisión de permanecer en la isla, convencido de que el capitán De Luna jamás podría apresarle ni en mil años que le anduviera a la zaga, pero con la llegada de las primeras sombras su fino oído le obligó a prestar atención al advertir cómo los lejanos valles, las quebradas, los riscos y los bosques se plagaban de sonoros silbidos que en cuestión de minutos propagaron de un confín a otro de la tierra la noticia de que a partir de aquel instante se ofrecía una recompensa de diez monedas de oro a quien condujese vivo o muerto a «La Casona» al pastor pelirrojo conocido por el sobrenombre de *Cienfuegos*.

Le asombró su propio precio, puesto que jamás había oído hablar de nadie –aparte claro está de los amos de hacienda– que hubiera tenido en su poder una sola de aquellas valiosísimas monedas y de improviso el vizconde ofrecía por su miserable cabeza más de cuanto toda una familia pudiese ganar a lo largo de veinte años de esfuerzos.

Meditó largo rato sobre ello, llegando a la conclusión de que si lo tuviera, también ofrecería ese dinero por aniquilar a quien hubiera sido capaz de robarle el amor de una criatura tan maravillosa como Ingrid, llegando igualmente a la conclusión de que a partir de aquel instante sus horas de vida estaban ya contadas.

Por hábil que fuera escabulléndose por los infinitos recovecos de la isla, igualmente lo eran los restantes pastores de sus cumbres, gentes que conocían al dedillo cada sendero y cada gruta de los montes, y cuyos hambrientos perros eran muy capaces de olfatear a un triste conejo aunque se ocultara en las mismísimas puertas del infierno.

A la caída de la noche Bonifacio le llamó una vez más desde el fondo del valle, y pese a que tratara de darle ánimos, la cadencia de su silbido permitía entrever a un oído tan acostumbrado a su tono como el del pastor, que había una especie de tristeza o deje de despedida en sus modulaciones, como si el pobre cojo estuviese íntimamente convencido de que aquélla sería ya su última charla.

Por unos instantes le asaltó la tentación de compadecerse de sí mismo por el hecho de saberse a solas frente al resto del mundo, y cuando la tímida luna recortó contra el cielo la majestuosa silueta del inmenso volcán que coronaba la isla vecina se preguntó si lo más acertado no sería intentar cruzar el tranquilo canal que las separaba, para unirse a las salvajes bandas de aborígenes que aún se mantenían furiosamente irreductibles en sus agrestes cimas y sus profundos bosques.

¡Sevilla!

Aquélla era no obstante la palabra que una y otra vez giraba en su cerebro constituyéndose en una especie de lejana luz de aliento y esperanza, porque «ella» había dicho –le había prometido– que se reuniría con él en Sevilla.

¿Pero qué era Sevilla y dónde se encontraba?

Una ciudad.

Cienfuegos no había visto nunca una auténtica ciudad ya que la minúscula capital de la isla apenas era algo más que un villorrio de apenas tres docenas de casuchas de madera y barro, y se le antojaba inadmisible la idea de que pudiera existir un lugar en que cientos de palacios como «La Casona» se apiñasen en torno a amplias plazas de enormes iglesias y altivos campanarios.

Pero era allí donde ella le buscaría si es que conseguía salir con vida de la isla, y sentado una vez más al borde del acantilado con las piernas colgando sobre el abismo, decidió que merecía la pena esforzarse por sobrevivir aunque tan sólo fuera por el hecho de mantener la ilusión de que tal vez algún día volvería a acariciar aquella hermosa mata de cabello hecho de oro, se miraría de nuevo en sus azules ojos, o aspiraría el olor a hierba fresca de la criatura más hermosa que hubiera puesto el Creador sobre la Tierra.

A medianoche «voló» por tanto de roca en roca para acabar aterrizando mansamente sobre la negra arena de la playa, bordeó el alto acantilado, aguardó largo rato con el oído atento hasta cerciorarse de que todos dormían, y poco antes del alba se introdujo en un agua que le supo distinta y nadó mansamente y en silencio hacia la mayor de las naves que se balanceaba con un crujir de huesos en mitad de las tinieblas.

Se alzó a pulso por el cabo del ancla, arrugó la nariz ante la espesa hediondez de la brea, la humedad de la vieja madera y los orines, se coló por el primer agujero que encontró sobre cubierta y se acurrucó en el fondo de una oscura y atiborrada bodega, ocultándose como una rata más entre las barricas y los fardos.

Cinco minutos después, dormía.

Le despertaron ásperas voces, rumor de pies descalzos que corrían sobre su cabeza, chirriar de maderos y restallar de grandes velas, y al poco la quejumbrosa nave comenzó a estremecerse macheteando el agua en su lucha contra las furiosas olas que asaltaban su proa.

Un sudor frío le corrió por la frente al tomar plena conciencia de lo alejado que se encontraba de su mundo y de que aquel balanceo que hacía que todo a su alrededor comenzara a dar vueltas, le apartaba aún más del único paisaje en que había deseado vivir desde que tenía memoria.

Estuvo a punto de gritar o salir corriendo para lanzarse de nuevo al mar y regresar a nado a las amadas costas de su isla, a conseguir que su vida acabara donde realmente debía, pero hizo un supremo esfuerzo mordiéndose los labios para limitarse a permitir que amargas y ardientes lágrimas corrieran mansamente por su rostro de niño.

Él no podía saberlo, pero aquella mañana de setiembre acababa de cumplir catorce años.

Luego llegó el mareo.

Al olor a brea, sudor y trapos sucios; a alimentos podridos, excrementos humanos y pescado salado, se sumó ahora un violento mar de fondo, por lo que pronto se sorprendió a sí mismo devolviendo, cosa que jamás le había ocurrido anteriormente.

Creyó que se moría.

Al experimentar aquel mareo y aquella sensación de profundo vacío en el estómago del que apenas conseguía extraer a base de angustiosas arcadas una bilis amarga que le abrasaba la boca y la garganta, ignorando –como ignoraba casi todo en este mundo– que la suya no era más que la lógica reacción de quien por primera vez se embarca, consideró seriamente que había llegado el postrer momento de su vida, y que para acabar de tan sucia y denigrante forma, más valía haberlo hecho altivamente enfrentándose al capitán León de Luna en el grandioso marco de sus bellas montañas.

Morir allí encerrado no era digno de quien siempre se había sentido uno de los seres más libres de la tierra, ni morir sucio, enfangado en vómitos y bilis; apestando a mil hedores diferentes, tan solo y abandonado como únicamente podía encontrarse un ser humano en el momento de morir lejos de Ingrid.

Su agonía fue larga y no dio fruto.

Era quedarse a medias, con un pie a cada lado de la raya en estúpido equilibrio entre marcharse o aferrarse a una vida que carecía ahora de sentido, ya que en lugar de los bosques y los prados, el sol, la luz y el viento a los que siempre había estado acostumbrado, no existía más que aquel sucio y hediondo agujero en el que el único rayo de luz que penetraba, alumbraba a dos escuálidas ratas que acudían a devorar sus vómitos ya fríos.

Cerró los ojos y le rezó al único dios que conocía: el

cuerpo de su amada, rogándole que acudiera a transportarle una vez más al paraíso para dejarle definitivamente en paz junto a la pequeña y limpia laguna en que siempre se bañaban. Soñó con ella como postrer refugio a sus desdichas, y perdió por completo la noción del tiempo y el lugar en que se encontraba hasta que un pesado pie descalzo le golpeó duramente las costillas.

–¡Eh, tú, cernícalo! –mascculló un vozarrón malhumorado y bronco–. ¡Ya está bien de vagancia, pues...! Arriba o te muelo a patadas.

Entreabrió apenas los ojos y observó idiotizado al malencarado hombretón que le coceaba por segunda vez el lomo.

–¿Qué pasa? –musitó con un hilo de voz apenas audible.

–¿Qué pasa? –gruñó el otro roncamente–. ¡Pasa que en este barco hay mucho vago, y son siempre los mismos los que tienen que hacer todo el trabajo! ¡Si te mareas busca otro oficio porque aquí has venido a «pringar» y es lo que vas a hacer en este instante...! ¡Arriba!

Le aferró sin miramientos de una oreja y haciendo gala de unos dedos de hierro se la retorció obligándole a alzarse para conducirle así, entre protestas y aspavientos de dolor, hacia las escaleras.

De un empujón lo lanzó sobre cubierta.

–¡Ahí va otro!

Ni siquiera tuvo tiempo de erguirse ya que de inmediato alguien colocó ante sus ojos un cubo y un cepillo de púas, al tiempo que ordenaba secamente:

–¡Empieza a sacarle brillo al entablado o te quiebro el costillar!

En un principio no pareció entender lo que le decían, puesto que jamás había fregado nada y empleaban palabras que no estaban comprendidas en su limitadísimo vocabulario, pero en cuanto se acostumbró a la violenta luz del mediodía advirtió cómo otros tres muchachuelos se afanaban en silencio restregando de rodillas las desgastadas tablas de la vieja cubierta, lo cual le permitió comprender de inmediato que aquello era lo que tenía que hacer si pretendía que no volvieran a patearle el lomo o arrancarle una oreja.

Se aplicó, por tanto, a la tarea procurando mantener la cabeza lo más gacha posible para que nadie descubriese antes de tiempo que era un intruso por cuya captura se ofrecían diez monedas de oro, hasta que al atardecer acudió un tipejo mugriento y desgreñado que dejó ante sus narices un cuenco que llenó con el maloliente guiso que extraía con un sucio cucharón de una enorme cazuela renegrida.

Observó sólo un instante las oscuras judías y los trozos de nabo que bailoteaban al compás de la nave sobre un líquido espeso y rancio de color indefinido, a punto estuvo de acabar de rellenarlo con su bilis, y si no lo hizo fue porque el más cercano de sus compañeros de fatigas alargó prestamente la mano apoderándose del recipiente.

–¿Qué haces? –exclamó horrorizado–. Dame eso. ¡Con el hambre que tengo...!

El cabrero tuvo que esforzarse por mirar a otra parte porque el odioso espectáculo de contemplar a alguien devorando semejante bazofia bastaba para revolverle nuevamente las tripas, y clavó por tanto la vista en el azul del mar que parecía haberse amansado en las últimas horas, y en otra nave, bastante más pequeña, que navegaba con todo su velamen al viento a no mucha distancia.

–¿Cómo te llamas? –quiso saber su vecino.

–*Cienfuegos* –replicó sin mirarle.

–*Cienfuegos*, ¿qué?

–Sólo *Cienfuegos*.

–Eso no es un nombre. Será en todo caso un apodo. Yo me llamo Pascual. Pascualillo de Nebrija. Nunca te había visto a bordo, aunque no me extraña porque aquí todo el mundo cambia de barco como de camisa. Hoy estás en éste, mañana en aquél. En el fondo, ¿qué más da uno que otro? ¿De verdad no quieres comer?

–Me moriría si lo hiciera.

–Y yo si no lo hago. A mí esto de sacar brillo a las cubiertas me da un hambre de lobo, y lo cierto es que apenas he hecho otra cosa en este viaje que fregar y comer. ¡Perra vida la del grumete!

–¿La de quién?

El otro le observó ciertamente perplejo:

–La del grumete –repitió–. ¡La nuestra!

–Yo no soy grumete. Soy isleño.

–¡Tú lo que eres es tonto! –fue la espontánea respuesta–. ¿Qué tiene que ver una cosa con la otra? Se puede ser isleño y grumete. ¿O no?

–No lo sé. Yo siempre fui únicamente isleño y cabrero.

–¡Dios nos asista! –exclamó el chicuelo haciendo un ampuloso ademán hacia el muchacho que se sentaba a su derecha como mostrándole el extraño espécimen humano que había descubierto–. ¡Mira lo que tenemos aquí! ¡Otro genio!

–¡Demasiados para esta mierda de barco! ¿De dónde ha salido?

–Me temo que de la isla.

–¡Pues estamos buenos! Aunque al fin y al cabo, mientras friegue, mejor isleño que de Toledo o Salamanca.

No entendió de qué hablaban. Se le escapaba el significado de la mitad de las palabras, ignoraba la razón de sus risas y aún le dolía terriblemente la cabeza. Lo único que deseaba era recostarse en un mamparo, cerrar los ojos y evocar el rostro de su amada, repitiéndose una y mil veces que le había prometido ir a buscarle a Sevilla.

El sol, a proa, comenzaba a hundirse muy despacio

en un mar ahora tranquilo y recordó cuántas veces se sentaron en la cima de un monte a observarlo en silencio esperando distinguir en la distancia el abrupto contorno de la misteriosa isla que según una vieja leyenda surgía algunas veces de las aguas, cuajada de flores y palmeras, para desaparecer de nuevo bruscamente tras mostrarle a los hombres lo que fuera en su tiempo el Paraíso del que un día les expulsara un arcángel.

Resultó siempre empeño inútil pese a que los más ancianos del lugar juraban haberla visto muchas veces, pero a él nunca le importó no verla, porque sentado allí, con la cabeza de Ingrid entre sus muslos, ningún otro Paraíso provocaba su envidia y no cabía imaginar un lugar más hermoso que el bosque en que se amaban, ni la escondida laguna en que un día se conocieron.

Cayó la noche.

Repicó una campana y se hizo un profundo silencio roto tan sólo por el crujir del achacoso navío, el rumor del agua al lamer mansamente las bordas y el aislado restallar de los foques con los cambios de viento, mientras dos mortecinas luces contribuían a acentuar los contornos de las sombras del alcázar de popa, dejando en tinieblas la figura de un flaco timonel de mirada impasible.

Alguien lloraba.

Escuchó atentamente y pese a que su agudo oído no estaba acostumbrado a los ruidos de a bordo, percibió con toda claridad el intermitente sollozar de una persona que se esforzaba por no mostrar su pena.

Se arrastró hacia el confuso bulto.

–¿Qué te ocurre? –musitó.

El rostro de Pascualillo de Nebrija se alzó muy lentamente.

–Tengo miedo... –musitó en un susurro.

–¿De qué?

–Mañana estaremos todos muertos.

Lo había dicho con tanta seguridad y firmeza que

consiguió que un nudo subiera a la garganta de un cabrero que ya de por sí se sentía indefenso y profundamente preocupado por la innegable fragilidad de la vetusta nave.

–¿Vamos a hundirnos? –inquirió con un hilo de voz.

–Mañana –replicó el otro roncamente–. Al mediodía el mundo se habrá acabado y estaremos todos muertos.

–¡Estás loco!

Se alejó hacia proa maldiciendo en voz muy baja a un estúpido capaz de pasarse toda una tarde fregoteando pese a estar convencido de que se encontraba a las puertas de la muerte, para ir a tomar asiento sobre un montón de sogas esforzándose por serenarse e intentar poner un poco de orden en una mente que hora tras hora iba atiborrándose de nuevos conocimientos y contradictorias sensaciones.

En el corto período de sólo dos días le habían ocurrido muchísimas más cosas y había tratado a más personas que en el transcurso de los últimos cinco años, y de una noche a la siguiente su vida había dado un vuelco tan completo que menos le hubiera desconcertado encontrarse de improviso frente a un mundo boca abajo ya que ahora no existían tierras, montes, olorosos bosques y dulce soledad, sino tan sólo un infinito mar azul oscuro, cuatro tablas crujientes, un hedor nauseabundo, y una sucia masa humana que se apiñaba en un espacio increíblemente angosto.

Arrancado por la fuerza de su entorno; aquel en el que había nacido, nunca soñó abandonar y al cual se había adaptado con absoluta perfección, el brusco cambio le golpeaba con tan inesperada violencia y agresividad, que le resultaba inaceptable que no se tratara de un absurdo y estúpido sueño, viéndose en la perentoria necesidad de asimilar de golpe conceptos y situaciones de los que con anterioridad ni siquiera tuvo jamás noticia alguna.

Si apenas tenía una clara noción de la utilidad de la mayoría de los objetos, desconocía el suficiente número de palabras como para comunicarse con el resto de la tripulación y se sentía incapaz de captar el auténtico significado de los gestos y las actitudes que parecían conformar la habitual manera de expresarse de las gentes del mar, difícil le resultaba por tanto hacerse una clara idea de en qué lugar se encontraba, y qué era lo que en verdad estaba sucediendo en torno suyo.

Alguien lloraba otra vez muy cerca.

–¿Qué te ocurre?

El hombre –casi un anciano– recostado en el palo, apuntó con su largo dedo hacia delante e inquirió con voz quebrada:

–¿Ves algo?

–Nada.

–Es que no hay nada. Pronto moriremos.

Permaneció muy quieto, estupefacto, convencido de que en aquel barco estaban todos locos, ya que si nada se veía se debía evidentemente a que la luna no había hecho aún su aparición sobre el horizonte y era ya noche cerrada, por lo que no conseguía entender qué relación podía tener un hecho tan natural con un próximo y apocalíptico final irremediable.

A la luz del día aquellas gentes parecían comportarse de modo más o menos razonable –dentro de lo irracional que podía llegar a ser aventurarse sobre las aguas en semejante cáscara de nuez– pero no cabía duda de que en cuanto las tinieblas se apoderaban de la nave, un miedo irrefrenable les transformaba en niños temblorosos.

¿Miedo a qué? ¿A las tinieblas en sí mismas, o a aquel inmenso océano que se abría ante la proa pero al que la mayoría de ellos deberían encontrarse ya habituados?

Se acurrucó en su rincón advirtiendo que la cabeza parecía a punto de estallarle de tanto darle vueltas a palabras y conceptos que se encontraban más allá de su capacidad de raciocinio, y permaneció así largo rato, como alelado, hasta que la luna hizo acto de presencia derramando una leve claridad sobre la abarrotada cubierta por la que vio avanzar a un hombre de pálido rostro y porte altivo que se abría paso por entre los fardos, los toneles o los cuerpos yacentes como si no existiesen o tuviesen órdenes expresas de apartarse a su paso.

Vestía de oscuro, y había algo en él que imponía respeto y repelía al propio tiempo; como un frío distanciamiento o un aire de excesiva arrogancia que le recordó en cierta manera la forma de moverse y comportarse del capitán León de Luna.

El desconocido ascendió los tres escalones del castillo de proa, llegó a su lado, se detuvo a tan corta distancia que le hubiera bastado alargar la mano para rozar sus botas, y buscó apoyo en un obenque para permanecer muy erguido con la vista clavada en la distancia.

Olía a sotana.

Recordaba perfectamente el inconfundible aroma que tanto le impresionara cuando el cura del pueblo le aferró por el brazo dispuesto a arrastrarle a la iglesia y bautizarle, y ahora aquel ligero tufo a ropa pesada y polvorienta impregnada de mil efluvios ignorados le asaltó de improviso llevando a su mente por una extraña asociación de ideas el firme convencimiento de que era aquél un hombre inaccesible, autoritario y serio, encerrado en sí mismo y en todo diferente al resto de la tripulación del vetusto navío.

El desconocido se mantuvo muy quieto durante un período de tiempo que se le antojó desmesurado.

Musitaba algo en voz baja.

Tal vez rezaba.

O tal vez conjuraba a los demonios de las aguas

profundas en un postrer intento de calmarlos y evitar que al día siguiente devoraran la nave como al parecer tantos temían.

Luego alzó lentamente la mano, acarició con un gesto que se le antojó de amor profundo el blanco foque delantero y pareció tratar de cerciorarse de que tomaba todo el viento que soplaba de popa sin permitir que se le escapara tan siquiera una brizna para que su inmensa fuerza impulsara firmemente la proa hacia delante.

¿Quién era?

El capitán, tal vez, o tal vez un sacerdote que tuvieran la obligación de llevar todos los barcos para que sus oraciones les permitieran llegar a su destino.

¡Sabía tan poco de naves!

Sabía en realidad tan poco de tantas cosas, que empezaba a tomar conciencia de la inconcebible magnitud de su ignorancia, y de que, obligado como estaba a abandonar para siempre el seguro refugio de sus montañas, había llegado el momento de empezar a poner remedio a sus infinitas limitaciones.

¿Quién conseguía que aquella extraña máquina se mantuviese a flote? ¿Quién sabía cuál de entre la compleja maraña de cuerdas había que ajustar para que las velas se tensaran? ¿Por qué se movía la proa siempre hacia poniente sin que los caprichos del viento consiguieran que toda la embarcación girase de pronto a su compás?

Cuando los alisios soplaban sobre las cimas de la isla, las hojas de los árboles volaban siempre hacia el Sur, y cuando en primavera la brisa llegaba de poniente, el polen de las flores se desparramaba por levante, pero allí se diría que el hombre había sabido dominar a su capricho los impulsos del viento, y eso era algo que tenía la virtud de intrigar profundamente a alguien tan observador de los fenómenos de la Naturaleza como había sido siempre el pelirrojo *Cienfuegos*.

Al rato, el hombre que olía a cura, dio media vuelta, descendió los cortos y crujientes escalones, cruzó la cubierta y se perdió en las sombras.

Se escuchó un nuevo sollozo.

–¡Este barco se hunde! –se lamentó el anciano.

–¿Y por qué coño te preocupas tanto? –inquirió una voz anónima–. ¿Acaso es tuyo?

El viejo lanzó un corto reniego y el isleño se limitó a sonreír y a apoyar la nuca en la borda para permanecer con la vista clavada en una luna que parecía divertirse jugueteando con el tope del mayor de los palos, mientras el recuerdo de la hermosa mujer que le mantenía obsesionado venía una vez más a acompañarle hasta que las emociones del día y el cansancio le vencieron.

–¡Arriba, carajo! Esta mañana la *Marigalante* tiene que brillar como un espejo.

Le patearon las piernas con aquella costumbre al parecer inseparable de los hombres de a bordo, y lanzando un leve gruñido se esforzó por regresar del maravilloso mundo en que había pasado la noche, para adaptarse al hecho de que aún se encontraba a bordo de aquella cochambrosa reliquia pestilente.

Observó al anciano que continuaba recostado en el palo y que le miraba a su vez con ojos enrojecidos, e inquirió:

–¿Quién es la *Marigalante*?

El otro pareció desconcertado y tardó en responder:

–¿Quién va a ser...? El barco.

–¡Ah! –le miró fijamente–. ¿Por qué aseguraba anoche que pronto moriremos? –quiso saber.

–Porque moriremos pronto. –Señaló hacia proa–. ¿Ves algo?

Cienfuegos se alzó levemente, atisbó el horizonte y por último negó con un gesto.

–Sólo agua.

–No durará mucho –replicó el viejo al tiempo que se ponía pesadamente en pie y comenzaba a descender hacia la cubierta central–. Puedes jurarlo; no durará mucho.

El isleño se limitó a guardar silencio puesto que empezaba a perder toda esperanza de entender a aquellos extraños individuos de las aguas profundas, ya que resultaba evidente que hablaban un idioma que nada tenía que ver con el que a él le habían enseñado, y lo único que quedaba claro era que le habían colocado nuevamente un cubo y un cepillo en las manos, y nadie le prestaría la más mínima atención mientras se mantuviera cabizbajo y de rodillas restregando viejas tablas en lo que parecía un absurdo intento de desgastarlas más aún de lo que ya lo estaban.

El sol se encontraba muy alto sobre popa cuando pasó nuevamente el mugriento cocinero ofreciendo sus hediondos cuencos de bazofia, y aunque en un principio decidió rechazarlo, Pascualillo de Nebrija le hizo imperiosos gestos indicándole que se lo guardara para acudir de inmediato a tomar asiento a su lado aprovechando aquellos cortos minutos de descanso.

–¡Estás loco! –le espetó–. Nunca rechaces la comida. Si tú no la quieres, otros la aprovecharán. Yo, por ejemplo.

–Es una porquería.

–¿Porquería? –se asombró el chiquillo–. Es lo mejor que he comido nunca. ¿Qué sueles comer tú?

–Leche, queso y frutas...

–Pues vas de culo porque a bordo no hay de eso. Al menos, no para los grumetes.

–¿Y cuándo llegaremos a Sevilla?

El rapazuelo, que devoraba ávidamente su segunda

ración de judías, se detuvo un instante y le observó perplejo.

–¿A Sevilla? –repitió confuso–. Supongo que nunca. No vamos a Sevilla.

Cienfuegos permaneció como desconcertado, incapaz de asimilar lo que acababan de decirle, y por último inquirió tímidamente:

–¿Y si no vamos a Sevilla, adónde vamos?

El rapazuelo dudó unos segundos, se encogió de hombros, le devolvió la escudilla vacía y se alejó gateando hacia su cubo y su cepillo.

–¡A ninguna parte! –replicó indiferente–. Lo más probable es que mañana estemos muertos.

Le dejó allí, sentado en el suelo, con el cerebro en blanco y anonadado por el hecho de que todos a bordo pareciesen compartir aquel negro presagio de desgracias, hasta que advirtió cómo un hombre de mediana edad, agradable aspecto, espesa barba y ojos vivos se acuclillaba frente a él para observarle con extraña atención.

–¿Te ocurre algo, hijo? –inquirió con un extraño acento.

Asintió levemente.

–¿Por qué dicen todos que mañana estaremos muertos?

–Porque son unos bestias. –Le golpeó animosamente la rodilla–. ¡No les hagas caso! –señaló–. No saben de qué hablan.

–¿Cuándo llegaremos a Sevilla?

–No vamos a Sevilla.

–¿Y adónde vamos entonces?

–Al Cipango.

–¿Qué es eso?

–Un país muy grande, muy rico y muy hermoso en el que todo el mundo es feliz y las casas están hechas de oro. –Sonrió levemente–. Al menos eso dicen.

–¿Y queda lejos?
–Muy lejos. Pero nosotros lo encontraremos.
–¿Está lejos de Sevilla?
–Mucho.
–Pero yo voy a Sevilla.
–Mal rumbo escogiste, entonces, puesto que navegamos en dirección opuesta. ¿De dónde eres?
–De la isla.
–¿Qué isla? ¿La Gomera? –Ante el mudo gesto de asentimiento dejó escapar un leve silbido de admiración y sorpresa–. ¡Dios bendito! –exclamó–. No me digas que te embarcaste de polizón en La Gomera con intención de ir a Sevilla.
–Así es, señor.
–Pues sí que has tenido mala suerte, puesto que navegamos hacia el Oeste en busca de una nueva ruta hacia el Cipango.
–Al Oeste no hay nada.
–¿Quién lo dice?
–Todos. Todo el mundo sabe que La Gomera y El Hierro son el confín del universo.
–Pues las hemos perdido de vista hace dos días, y el universo continúa.
–Sólo agua.
–Y cielo, y viento, y nubes... Y delfines que llegan de muy lejos... ¿Por qué no puede haber tierra al Oeste? –Le golpeó de nuevo la pierna como intentando darle ánimos y sonrió ampliamente–. No dejes que te asusten –concluyó–. Tienes aspecto de ser un muchacho valiente.
Se irguió dispuesto al parecer a regresar al castillo de popa, pero *Cienfuegos* le retuvo con un gesto.
–¿No piensa castigarme? –quiso saber.
–¿Por qué?
–Por embarcar sin permiso.
–En el pecado llevas la penitencia. El contramaestre

te hará trabajar hasta que te salgan callos en los dientes. ¡Suerte!

–¡Gracias, señor! –Alzó la voz cuando ya se alejaba–. ¡Perdone, señor! –dijo–, yo me llamo *Cienfuegos*. ¿Y usted?

–Juan –replicó el otro con un leve guiño amistoso–. Juan de la Cosa.

El contramaestre de la *Marigalante*, un bronco vasco cuya principal afición parecía ser patear costillas o estirar orejas de grumetes remolones, demostró también una inimitable capacidad para encontrar soluciones que impidieran que la numerosa tripulación de la nave cayera en la peligrosa trampa de la inactividad –la más temible en toda la larga travesía– y gracias a su inagotable inventiva el pobre *Cienfuegos* no dispuso en los días siguientes ni de un solo minuto de descanso que le permitiera reflexionar a gusto sobre el nuevo y desconcertante rumbo que tomaba su vida.

Tan sólo en las primeras horas de la noche, cuando buscaba refugio a proa dejándose caer derrengado entre las lonas y los fardos, encontraba la paz necesaria como para dedicar un recuerdo a su amada y preguntarse qué estaría haciendo en aquellos instantes, pero al poco tiempo le interrumpía indefectiblemente la llegada del misterioso hombre que olía a cura, que con matemática precisión se detenía a su lado, observaba largo rato el horizonte y mascullaba algo en voz muy baja para desaparecer de nuevo en las tinieblas como si de un auténtico fantasma se tratara.

El mar continuaba en calma, de un azul-añil denso y profundo, y un persistente viento que llegaba del Nordeste inflaba las velas y empujaba la nave dulcemente y sin descanso.

El pastor, criado en las cumbres de La Gomera y buen conocedor de la Naturaleza, sabía por experiencia que ese viento soplaba siempre de setiembre a enero en idéntica dirección y casi con idéntica fuerza, y comprendió por tanto desde el primer momento, que si como aseguraban era ese viento el que más convenía para alcanzar rápidamente el fantástico país de los palacios de oro, no se podía haber elegido mejor estación del año para intentar la empresa.

Al tercer día de navegación aprendió a medir el tiempo, ya que el contramaestre le condujo a popa, le colocó ante un extraño artilugio de vidrio estrangulado en su centro y en el que un montoncito de arena iba pasando sin descanso de un recipiente al de abajo y señaló:

–Esto es un reloj. Cuando la arena se acaba significa que ha transcurrido media hora. Tu misión es darle la vuelta y esperar. Cuando lo hayas hecho ocho veces habrá acabado tu guardia y llamas a Pascualillo para que te releve. –Le observó de improviso atentamente con el torvo y severo ceño fruncido–. ¿Sabes contar? –inquirió desconfiado.

–No.

–Me lo temía.

Desapareció sin decir palabra y al poco regresó con un montoncito de almendras que colocó sobre la mesa.

–Aquí hay ocho almendras –puntualizó–. Cada vez que le tengas que dar vuelta al reloj, te comes una. Cuando las hayas acabado llamas a Pascualillo. Pero recuerda que estaré vigilando y si te las comes antes de tiempo te daré veinte latigazos. Y te garantizo que veinte latigazos son muchos latigazos.

Al poco pasó por el alcázar maese Juan de la Cosa que descubrió al gomero sentado en el suelo y con la vista clavada en la arena como si se encontrara en trance.

–¿Qué haces? –inquirió sorprendido.

–Mido el tiempo –replicó muy serio el muchacho.

–¡Ya! ¿Y las almendras?

–Es que no sé contar.

–¿Nada de nada?

–Nada de nada.

–¡Pues sí que eres bruto! –Y agitó la cabeza negativamente, como si le costara un increíble esfuerzo aceptar que pudiera existir alguien tan obtuso, y tras meditar unos instantes le tomó la mano obligándole a extenderla en el suelo con los dedos muy abiertos para írselos señalando uno por uno–: Repite conmigo –ordenó–. ¡Uno!

–Uno.

–Dos.

–Dos.

–Tres.

–Tres.

–Cuatro.

–Cuatro.

–Y cinco...

–Y cinco.

–Bien. Ahora repítelo tú solo hasta que los aprendas. Si cuando vuelva no te los sabes, te daré veinte latigazos...

Le dejó allí, estúpidamente sentado con la vista clavada en el hilo de arena que caía y golpeándose uno tras otro los dedos de la mano izquierda con el índice de la derecha mientras repetía incansablemente como en una absurda letanía: Uno, dos, tres, cuatro, cinco... Uno, dos, tres...

En esa posición le descubrió el malhumorado contramaestre cuando acudió poco después a vigilarle, lo que le obligó a exclamar roncamente:

–¿Se puede saber qué coño haces?

–Aprendo a contar.

–¡Ah, sí...! ¿Y cuánto tiempo ha pasado?

–No lo sé.

–¿Cuántas almendras te has comido?

–No lo sé.

–¿Cuántas quedan, animal? –exclamó furioso.

Cienfuegos se aproximó, las observó atentamente, y por último las fue señalando firmemente con el dedo: Una, dos, tres, cuatro y cinco. Meditó unos instantes y tras darle muchas vueltas llegó a una brillante conclusión:

–Más de cinco –admitió convencido.

El paticorto y malencarado vasco le observó unos instantes absolutamente perplejo. Se llevó la mano a la frente dándose una sonora palmada con la que intentó mostrar la magnitud de su asombro y dando media vuelta se alejó hacia proa sin cesar de refunfuñar ni un solo instante.

–¿Al Cipango? –exclamó–. ¡A la mierda vamos con semejante tripulación!

Tal vez el veterano y experimentado contramaestre no se encontrase demasiado desacertado en sus apreciaciones sobre el futuro de la nave, pero lo que sí se vio en la obligación de admitir aun en contra de sus más íntimos convencimientos, fue que el pelirrojo y desconcertante rapazuelo que se había embarcado como polizón en La Gomera cumplía a la perfección todos sus cometidos y al día siguiente acudió a comunicarle que podía llevar a cabo la guardia ante el reloj puesto que ya había aprendido a contar perfectamente hasta veinte.

–Es por si algún día tienen que azotarme –concluyó–; sabré que no se pasan.

Le cayó bien el muchacho. Tal vez no aparentara ser el más listo de a bordo, pero demostraba no obstante una inconcebible facilidad para aprenderlo todo y una natural predisposición para el trabajo, que procuraba llevar a cabo con meticulosa precisión, haciendo gala al propio tiempo de una prodigiosa agilidad que le permitía trepar a los palos o deslizarse por las jarcias como un auténtico chimpancé. El día en que le permitieron hacerse con una de las largas pértigas de abordaje comenzó a saltar de un lado a otro como un titiritero de feria en un auténtico derroche de facultades que hizo de inmediato las delicias de la tripulación.

Fue su aguda vista la que descubrió una mañana un inmenso tronco que flotaba a estribor, y cuando se aproximaron a estudiarlo de cerca muchos se impresionaron al comprobar que en realidad se trataba de los restos del palo mayor de una nave portuguesa cuyo tonelaje debió superar en mucho al de la propia *Marigalante*.

Cundió el pánico entre los más pusilánimes y esa noche volvieron a escucharse los sollozos de quienes continuaban convencidos de que el fin de la travesía estaba próximo y habían llegado al punto en que todo barco que se aventurase por el «Tenebroso Océano Desconocido» sería arrastrado a los abismos por las inmensas bestias que lo poblaban y que protegían celosamente los confines del universo.

Pascualillo de Nebrija formaba parte de esa nutrida legión de asustadizos sobre los que las sombras de la noche parecían ejercer una maligna e invencible influencia, pese a que durante las horas en que lucía el sol destacara como líder de los grumetes e indiscutible cabecilla de las pequeñas conjuras que solían tener lugar en el sollado de proa.

Allí tenían lugar también las semiclandestinas partidas de naipes, y fue él quien iniciara al joven pastor isleño en el complejo mundo del juego, con lo que consiguió involuntariamente hacerle el más flaco favor imaginable.

Fue a la tarde siguiente.

Aún estaba fresco en la memoria de todos el incidente del palo de la nao portuguesa, y mientras en el castillo de popa se discutía acaloradamente sobre el tema, en el sollado de proa se organizó una partida a la que por casualidad asistió un desprevenido *Cienfuegos* al que extrañamente no se le había encargado en esos momentos tarea alguna.

Desde el primer instante le llamaron poderosamente la atención los naipes, a los que dio vueltas una y otra vez entre los dedos, maravillado al parecer por sus coloreadas figuras y por el extraño significado de unos dibujos a los que atribuyó de inmediato un confuso significado mágico.

Reyes, damas, caballeros, ases y números de distintos palos y valoraciones que podían intercambiarse en una variopinta cantidad de combinaciones de sonoros nombres jamás oídos anteriormente, se le antojaron poco menos que fabulosos seres dotados de vida propia que consiguieron fascinarle como no lo habían hecho hasta aquellos momentos más que los ojos o el inimitable cuerpo de su amada.

Descubrió su alma de empedernido jugador casi desde el momento mismo en que se sentó a la mesa, y descubrió también de inmediato que las únicas damas de este mundo que jamás le prodigarían sus favores serían las de la baraja.

Por un inexplicable sortilegio que comenzó aquella misma tarde, siempre y a todo lo largo de su azarosa vida, el cabrero *Cienfuegos* se vería perseguido por la curiosa circunstancia de que, indefectiblemente y fuera cual fuera su suerte, hasta ese instante, en cuanto en un momento determinado le caía una dama de la baraja en las manos, perdía hasta la camisa si es que en esos momentos era dueño de alguna.

En aquella ocasión no poseía desde luego camisa; no poseía nada más que su tiempo y su inagotable capacidad de trabajo, y fue por ello por lo que en una sola sentada perdió las guardias de ocho días viéndose en la penosa obligación de tener que pagar un corto rato de diversión con la casi totalidad de sus horas de sueño de toda una semana.

No le sirvió de escarmiento. Jamás, nada de cuanto hiciera en el futuro le apartaría por mucho tiempo de una mesa de juego, y a menudo se preguntó años más tarde cuál hubiera sido su auténtico destino, y cuántos trances amargos podría haberse ahorrado si aquel maldito día a bordo de la *Marigalante* no hubiera tenido la nefasta ocurrencia de enamorarse de las cartas.

Los cinco días siguientes los pasó, por tanto, yendo de un lado a otro con el fin de cumplir con sus tareas y las de dos grumetes, semejante a una máquina comandada a distancia, agotado e incapaz de reaccionar a la orden más simple.

–¡Este chico es tonto!

Incluso el amable Juan de la Cosa o el malhumorado contramaestre, que habían aprendido a creer en él, comenzaron a desconfiar de su auténtica capacidad mental, ignorantes como estaban de que su casi total ineficacia era debida a que trabajaba veinte horas seguidas sin apenas descanso y sin probar más que unos cuantos bocados de una hedionda comida que continuaba antojándosele totalmente intragable.

Tan sólo el avispado Luis de Torres, un hombretón de ojos negros y ganchuda nariz que le conferían el inquietante aspecto de una gran ave de presa, pareció captar qué era lo que le estaba ocurriendo en realidad, ya que al ejercer el curioso oficio de futuro intérprete ante el Gran Kan o los restantes reyes de las costas del Cipango, no tenía de momento tarea alguna que realizar a bordo, y dedicaba por ello la mayor parte de su tiempo a observar como un gigantesco halcón cuanto ocurría sobre la cubierta de la nave.

–¡Ven aquí! –le llamó un día obligándole a subir al alcázar de popa–. ¿Cómo se explica que no pares un minuto de faenar mientras tus compañeros se dedican a pescar o a tomar el sol en la toldilla? ¿Es que realmente eres tan tonto como dicen?

El isleño dudó puesto que el juego no estaba bien visto a bordo y admitir que a veces se celebraban partidas en el sollado de proa podía acarrearle problemas al resto de la tripulación, pero ante la insistencia del intérprete y su aparentemente irreductible decisión de no permitirle alejarse sin recibir una convincente explicación, acabó por confesar cuanto había ocurrido.

–Decididamente eres tonto... –señaló Luis de Torres en un pintoresco castellano que evidenciaba su ascendencia levantina–. ¿Cuánto debes aún?

–Dos días de trabajo.

–No vas a resistirlo –sentenció el otro convencido–. En cualquier momento te caerás del palo mayor y te romperás la cabeza. –Metió la mano en la bolsa de cuero que colgaba de su cinturón y le entregó tres monedas.– Paga con esto –señaló–. Cuando cobres me devolverás cinco monedas. Si pasan treinta días, seis, si cuarenta, siete. ¿Está claro?

El muchacho pareció a punto de rechazar la oferta, pero al fin extendió la mano y se apoderó de las monedas.

–Muy claro... ¿Por casualidad es usted judío?

–Converso... –admitió el otro con una leve sonrisa de complicidad.

–Pues aún debe oler a agua bendita.

–Es posible... Me bauticé justo el día antes de zarpar de Sevilla.

–¿Cómo es Sevilla?

–Muy grande y muy bonita. Una de las ciudades más bellas del mundo con un precioso río que la atraviesa por completo.

–Algún día iré a Sevilla –señaló el muchacho convencido–. En realidad yo creía que la *Marigalante* iba a Sevilla, pero cuando descubrí su destino era ya demasiado tarde.

–No la vuelvas a llamar *Marigalante* –le advirtió el converso bajando mucho la voz–. Al almirante le molesta. Ya sé que la mayoría de la tripulación prefiere mantener su antiguo nombre pero a él le pone furioso.

–¿Por qué? –se sorprendió el isleño–. ¿Qué importancia puede tener el nombre de un barco?

El otro indicó las dos pequeñas carabelas que navegaban siempre a la vista, y que a la caída de la tarde solían aproximarse a recibir instrucciones.

–Una es *La Niña* y la otra *La Pinta* –dijo–. Si ésta continuara llamándose *Marigalante*, más pareceríamos una alegre excursión de prostitutas a la caza de aventuras picantes que una seria expedición en busca del Gran Kan... Por eso el almirante le cambió el nombre por el más conspicuo y reverente de *Santa María*.

–Pues lo que es a mí, uno u otro me traen sin cuidado... *Marigalante* o *Santa María* ni una ni otra me llevarán de momento a Sevilla.

–¡Tómalo con calma! Eres muy joven y Sevilla siempre estará en el mismo sitio.

–¿Y qué ocurrirá si cuando llegue la persona que tengo que ver allí ya se ha marchado...?

–Que encontrarás a otra. Se trata de una mujer, ¿no es cierto? Pues te garantizo que con tu aspecto no van a faltarte nunca. Te lo dice alguien que siempre se interesó por las mujeres, aunque ninguna se interesara nunca por él. –Se golpeó levemente la sien con una sonrisa irónica–. Nada importa que aquí dentro puedan estar todos los conocimientos científicos e intelectuales de este mundo, e incluso que consiga hablar correctamente nueve lenguas. Eso no les importa: prefieren a los tipos como tú.

–Ella es distinta. Distinta a todas.

–¿Tiene tres piernas?

–¡Naturalmente que no!

–Entonces es igual que todas, créeme. Y ahora vete; pero recuerda que me debes dinero y deberle dinero a un converso es peor que debérselo al mismísimo demonio...

–Lo tendré muy presente.

–¡Y que no se te ocurra jugártelo!

El cabrero dudó un instante porque tal vez había sido ésa su primera intención, pero reparó en la severidad de los ojos de halcón y asintió al tiempo que de un salto caía ágilmente sobre la cubierta principal:

–¡Descuide, señor...! No me los jugaré. ¡Y gracias!

Esa noche pudo dormir por primera vez a pierna suelta en varios días, y tal era su agotamiento, que ni siquiera reparó en la cercana presencia del hombre que olía a cura, que en esta ocasión permaneció mucho más tiempo del acostumbrado observando el horizonte y las estrellas, a la par que murmuraba por lo bajo frases cada vez más confusas.

A la mañana siguiente, sin embargo, tuvo conocimiento bien pronto de lo que le sucedía, ya que tanto los pilotos de las tres naves como algunos de los más veteranos timoneles habían comprobado aterrorizados que, incomprensiblemente, las brújulas «noresteaban» casi una cuarta.

–¿Y eso qué diablos significa? –quiso saber.

–Que en lugar de señalar directamente a la estrella Polar, como siempre ha ocurrido, declinan unos quince grados, lo cual tan sólo puede deberse a que la estrella ha cambiado de lugar, cosa impensable, o que todas las brújulas se han averiado a un tiempo, posibilidad harto improbable.

El isleño no hizo comentario alguno ya que a decir verdad aún no se había hecho una idea muy clara de cómo funcionaba y para qué servía una brújula, y en cierto modo se le antojaba demoníaca brujería que un pedazo de metal acabase siempre por apuntar en una dirección exacta por más vueltas que se le diera.

Decidió, por tanto, desentenderse del tema, pero esa noche nadie pareció capaz de descansar a bordo puesto que todos los ojos permanecían clavados en aquella rutilante estrella que mantenían siempre por la banda de estribor.

Resonaron una vez más los lamentos, ya que el eterno coro de los asustadizos consideró un síntoma de terrible agüero que aquella hermosísima estrella, que había demostrado a través de los siglos una inquebrantable fidelidad a los hombres de mar, decidiera traicionarles abandonándoles a su suerte en pleno corazón del «Tenebroso Océano».

–¡Volvamos! –suplicaba la mayoría–. La Polar nos está dando el definitivo aviso de que Dios no desea que sigamos adelante.

Pero el almirante Colón, aquel que según *Cienfuegos* hedía a cura y a ropa polvorienta, y apenas abandonaba su minúscula camareta más que para tomar la altura de las estrellas o calcular la velocidad de las naves, reunió a sus pilotos y capitanes para comunicarles que en su opinión el inquietante hecho nada tenía que ver con designios divinos, sino tan sólo con algún desconocido fenómeno astronómico.

–Tal vez la Tierra no sea absolutamente redonda sino en forma de pera –dijo–. Lo cual explicaría que al pasar de una determinada latitud, la posición de la estrella sufre una ligera variación. Sea como sea, lo que puedo asegurar es que una cuestión tan nimia no va a hacer variar ni un ápice mis planes. Seguiremos rumbo al Oeste.

–Con todos los respetos... –se decidió a intervenir Vicente Yáñez Pinzón que estaba considerado como el más experimentado de los pilotos de la escuadra–. Alterar levemente el rumbo al Sudoeste favorecería en mucho la andadura de las naves. El viento sopla insistentemente en esa dirección y al tomarnos de popa nos permitiría avanzar más aprisa y con menos quebranto para unos cascos y unos aparejos ya de por sí muy castigados.

–Según mis cálculos, el Cipango y las costas de Catay están frente a nosotros –fue la tajante respuesta del almirante– y hacia allí nos dirigimos. Todo desvío de la ruta se me antoja una inútil pérdida de tiempo.

–A mi modo de ver –puntualizó el andaluz sin dar su brazo a torcer a las primeras de cambio–, nuestro principal objetivo es encontrar tierra y tranquilizar de ese modo a la tripulación. Una vez en ella podremos indagar la mejor forma de continuar hasta el Cipango.

–La mejor forma de llegar al Cipango es seguir el rumbo marcado. En diez días avistaremos sus costas.

Nadie volvió a argumentar de momento ni una sola palabra, ya que al fin y al cabo el genovés continuaba siendo, por mandato real, el almirante indiscutible de la flota.

Ello no impidió sin embargo que entre una parte de la marinería cundiera el descontento, ya que los más expertos habían advertido que el hecho de abandonar la ruta natural de los vientos dominantes –que años más tarde acabaría por denominarse «Ruta de los Alisios», y convertirse en el auténtico «Camino Real» de las travesías hacia las costas del «Nuevo Mundo»– les iba adentrando cada vez con mayor frecuencia en una región de grandes calmas, y para un navegante experimentado ningún peligro más temible existía que el de quedarse sin viento en mitad de un caluroso y desconocido océano completamente inmóvil.

Algunos aprovecharon para recordar los últimos consejos que les diera el viejo Vázquez de la Frontera, quien cuarenta años atrás y en el transcurso de un viaje exploratorio hacia el Oeste patrocinado por el monarca portugués Enrique *el Navegante*, había caído en idéntica trampa. Vázquez de la Frontera confesaba que más tarde se había tropezado con una inmensa barrera vegetal que convertía el agua en una especie de masa impenetrable, lo cual le impidió, a su modo de ver, alcanzar las costas del Cipango cuando las tenía ya casi al alcance de la mano.

–¡Al Sudoeste! ¡Siempre al Sudoeste! –gritó cuando se alejaban de las costas andaluzas rumbo a Canarias–. ¡Dejaos llevar por el viento! ¡El viento nunca engaña!

Para algunos –el almirante entre ellos–, Vázquez de la Frontera no había sido nunca más que un viejo charlatán enredador que apenas había superado en unas cincuenta leguas el cabo de La Orchila de la isla del Hierro, confín del mundo conocido hasta aquellos momentos, pero muchos otros –entre ellos el severo Juan de la Cosa– eran de la opinión de que el anciano sabía muy bien de lo que hablaba, aceptando a pies juntillas que los resecos hierbajos que con tanto mimo conservaba habían sido extraídos realmente del mítico mar de los Sargazos y no eran, como sus detractores afirmaban, simples algas marinas jareadas al sol.

Por desgracia, sus casi setenta años habían impedido al veterano marino enrolarse como era su deseo en la arriesgada expedición que seguiría sus pasos de tanto tiempo atrás, y sus sabios consejos no eran ya más que un añorado recuerdo al que los supremos mandatarios de la escuadra no parecían dispuestos a prestar la más mínima atención.

Al despreocupado e ignorante *Cienfuegos*, por su parte, todas aquellas cuestiones parecían tenerle absolutamente sin cuidado, puesto que ya se había hecho a la idea de que nadie pensaba llevarle a Sevilla, igual le daba Oeste que Sudoeste, Norte que Sur y bastantes problemas tenía con sobrevivir y procurar que no continuaran arrebatándole en el juego lo poco que obtenía con su trabajo.

Esa indiferencia con respecto a la ruta a seguir, y el hecho de que se hubiera subido a un barco que marchaba en dirección completamente opuesta a la que pretendía, hacía que la marinería le gastase constantes bromas sobre su extraño sentido de la orientación, cosa que no le molestaba en absoluto, puesto que se diría que estaba hecho de una pasta especial que hacía que aparentemente tan sólo dos cosas le importaran en este mundo: Ingrid Grass, vizcondesa de Teguise, y un mazo de cartas de baraja.

Seguía jugando.

Y seguía perdiendo.

Le debía dinero al converso Luis de Torres, y horas de trabajo a cuatro o cinco grumetes, pero ya sabía contar hasta mil e incluso era capaz de sumar y restar operaciones de dos cifras. La mayoría de las gentes de a bordo le apreciaba por su predisposición a ayudar en todo y hacer favores, aunque no carecía de enemigos a los que parecía molestar su innegable prestancia y en especial el envidiable órgano viril que había quedado claramente a la vista la mañana en que aprovechando una calma chicha, la mayor parte de la tripulación decidió lanzarse al agua tal como había venido al mundo.

Los agudos ojillos del intérprete real, que seguían sin perder detalle sobre cuanto sucedía a su alrededor, hicieron que poco más tarde le llamara aparte para comentar sin manifiesta mala intención:

–Entiendo ahora que exista una dama dispuesta a seguirte a Sevilla e incluso al fin del mundo... Y que prefiera lo que tú le ofreces a mis conocimientos de árabe o caldeo. Si algún día regresamos a la Corte, cosa que empiezo a poner en duda, un tipo como tú, asesorado por alguien como yo, podría llegar muy lejos teniendo en cuenta que, aunque la mayoría lo niegue, a este mundo lo gobiernan las mujeres. En España, sin ir más lejos, pesa más la opinión de doña Isabel que la de don Fernando.

–Yo no sé más que cuidar cabras, silbar y fregar cubiertas –fue la inocente respuesta del pelirrojo–. Incluso cumplir correctamente la guardia del reloj me cuesta un gran esfuerzo. Malamente podré convertirme por tanto en caballero.

–Siempre resultará más fácil hacer de ti un caballero, que de un caballero un tipo como tú... –sentenció seriamente el converso–. Yo pertenezco a un pueblo al que hace más de catorce siglos todos se empeñan en cambiar. Ahora, por una simple orden de la reina, nos han privado de todo; incluso del derecho a vivir en la tierra en que nacimos. Si han conseguido hacer de mí un cristiano, ¿por qué no puedo hacer yo de ti un caballero? Háblame de tu dama.

–¿Qué quiere que le diga?

–Quién es, cómo la conociste y qué piensa hacer por ti.

–La conocí en una laguna, no supe que estaba casada y era noble hasta el último momento, y jamás he pretendido que haga nada por mí, más que volver a mi lado. Yo la amo.

–A tu edad el amor es siempre algo transitorio. Pero lo que una mujer llegue a sentir por ti puede muy bien ser permanente. ¿Te gustaría aprender a leer y escribir?

–¿De qué me serviría?

–Es el primer paso para soñar con convertirte algún día en algo parecido a un caballero.

–Nunca soñé con ser caballero. Lo único que en verdad desearía es regresar a mis montañas, y estar siempre junto a Ingrid.

–¡Escucha rapaz! –la respuesta no admitía réplica–. Si hay algo de lo que yo entienda en esta vida es de seres humanos, y sé muy bien que no has nacido para cuidar cabras en las montañas de La Gomera. Le pediré al contramaestre que te deje una hora libre al día para enseñarte a leer y escribir. Empezarás mañana.

Fue de ese modo, sin desearlo en un principio, como el pastor *Cienfuegos*, también conocido por *El Guanche*, se inició en el mundo de las letras, pero quedó bien patente desde el primer momento que su innata curiosidad y su casi intacta inteligencia natural consiguieron que en pocos días se entusiasmara por el hecho de descifrar los extraños signos que el converso iba trazando sobre un improvisado pizarrón de madera, y no resultaba por lo tanto extraño descubrirle atareado a todas horas dibujando palotes con ayuda de un aguzado pedazo de carbón.

Pascualillo de Nebrija le observaba perplejo.

–¿Qué conseguirás con eso? –repetía una y otra vez desconcertado–. Aunque la mona se vista de seda, mona se queda, y aunque el borrico aprenda a leer, siempre rebuzna.

El isleño se limitaba a hacer caso omiso a sus pullas, empeñado día y noche en una dura lucha con círculos y rayas, decidido como estaba a aprovechar la oportunidad que se le ofrecía de escapar de aquella agobiante sensación de profunda impotencia que le asaltó en un tiempo, cuando teniendo entre sus manos el precioso rostro de la mujer que amaba, se consideró totalmente incapaz de expresarle cuanto en verdad sentía por ella.

En principio no dispuso sin embargo de demasiado tiempo para dedicarse de lleno a su nueva tarea, puesto que a la cuarta noche de haber «noresteado» la brújula, el aguzado oído de los marinos percibió claramente que la andadura de la nave disminuía de forma notable pese a que el viento no parecía haber perdido fuerza.

Al poco se escuchó a Juan de la Cosa lamentarse de que el timón no obedecía con la presteza a que les tenía acostumbrados, y en conjunto podría creerse que una gigantesca mano se entretuviera en aferrarles desde el fondo, o que súbitamente el mar se hubiera espesado hasta convertirse en un denso puré difícilmente navegable.

Antes del alba ya todos los cuerpos aparecían inclinados sobre la borda, y la primera claridad del día les sorprendió observando atónitos un pacífico mar que parecía haberse convertido en una infinita y ondulante pradera de hierba de largas hojas lanceoladas y color azul verdoso, semejantes a las grasientas plantas que acostumbran a crecer sobre las rocas que deja al descubierto la bajamar, y con muy poco en común con las algas marinas.

¡El mar de los Sargazos!

Allí estaba, rodeándoles en cuanto alcanzaba la vista, tal como lo describiera el viejo Vázquez de la Frontera y en el lugar exacto que él marcara, al Norte de la ruta de los vientos que soplaban firmemente hacia el Sudoeste.

¿Quién podía dudar ahora de que había estado allí y las resecas plantas que conservaba provenían de aquel lugar?

¿Quién se atrevía a negar que habían caído ciegamente en la trampa de la que con tanta insistencia les previno?

–Recuperemos la ruta del Sudoeste –rogó Juan de la Cosa–. Tal vez los vientos nos saquen de este cepo.

–El Cipango y Catay están al Oeste... –fue la inmutable respuesta–. Esto no puede ser más que la vegetación que crece sobre un bajío de roca... ¡Largar la sonda!

Y fue naturalmente a *Cienfuegos* a quien le tocó una vez más el pesado trabajo de echar al agua la larga liña y agitar continuamente el brazo, buscando tocar un fondo al que nunca alcanzarían porque en realidad se encontraba miles de brazas más abajo.

Muchos a bordo no acertaban sin embargo a creérselo y se mantenían pendientes del más mínimo detalle que revelase que se hallaban a punto de estrellarse contra un traicionero arrecife a flor de agua.

–Esta noche moriremos... ¡Todos moriremos!

Una vez más la eterna cantinela obsesionante; el miedo que reptaba por la borda como una oscura víbora que se iba apoderando de los espíritus de los hombres que no pertenecían a la raza de auténticos marinos, sino a la de los hambrientos de tierra adentro que vieron en la expedición una postrer oportunidad de escapar a la miseria.

Las gentes de la *Marigalante* –o de la *Santa María* como el almirante Colón exigía que se la llamase–, así como los de *La Pinta* y *La Niña*, se dividían claramente en dos grupos perfectamente diferenciados por su origen y su comportamiento: los auténticos marinos para los que el viaje no constituía más que un arriesgado paso en la eterna conquista de nuevas rutas comerciales, y los miserables desesperados –e incluso un diminuto puñado de fugitivos de la Justicia– para los que embarcarse tan sólo constituyó en su día una especie de terrorífica huida hacia delante.

Para la mayoría de estos últimos, el mar sería siempre un elemento hostil y peligroso del que mil acechanzas sin nombre cabía esperar continuamente; en especial en aquel «Océano Tenebroso» del que nada más que negras historias de muerte y destrucción habían oído contar hasta el presente.

Todo resultaba para ellos factible cuando las naves se arriesgaban más allá de la última punta de la Isla del Hierro; desde la posibilidad de que las aguas se precipitasen de improviso en un abismo sin fondo, a que monstruos marinos altos como montañas devorasen los barcos, o éstos fueran condenados a navegar eternamente por una ilimitada extensión de aguas muy quietas adentrándose en la mansa y obsesionante eternidad de las almas en pena.

Ahora estaban allí, apresados por una maraña de hierbajos de aspecto repelente; un viscoso mejunje contra el que las proas luchaban bravamente, pero que al aferrarse al timón amenazaban con bloquearlo de una vez para siempre.

–¿Fondo?

–¡No hay fondo!

La pregunta y la respuesta se repetían de forma obsesiva, del alcázar a proa, y luego los ojos se alzaban a inquirir noticias del vigía que respondía de igual modo la machacona cantinela:

–¡Sargazos hasta el confín del horizonte!

De noche las embarcaciones pequeñas acudían a buscar cobijo muy cerca de la nao capitana, se arriaba el trapo hasta dejarlo al mínimo, y cuatro hombres permanecían con los ojos y el oído atentos a la aparición de las rompientes que constituían según todos el origen del mal que les amedrentaba.

Nadie parecía querer aceptar el hecho, desconocido hasta el presente, de que aquella espesa maleza tuviera su origen en sí misma a flor de agua, o que ascendiese desde los miles de metros de un abismo insondable.

Los días se hicieron más largos.

Y las noches eternas.

El reloj de arena tan sólo giraba cuarenta y ocho veces pero cabía imaginar que el paso de una a otra burbuja se había estrangulado, puesto que su ritmo no parecía corresponder en absoluto al ritmo de los hombres.

La desidia se apoderó de las naves y la desgana de sus tripulaciones, cuyos nervios parecían haber aflorado hasta la superficie, y no resultaba extraño por lo tanto que surgieran de continuo disputas por los más nimios motivos.

El malencarado contramaestre se vio en la obligación de echar mano a toda su autoridad de vasco malhablado, y el contemporizador Juan de la Cosa a su innegable diplomacia, mientras encerrado en su camareta el almirante repasaba una y otra vez sus cálculos, y empezaba a temer por el éxito de una empresa de la que en apariencia jamás había dudado. Su fe en que el mundo era redondo y se podía llegar al Este por el camino del Oeste se mantenía evidentemente intacta, pero tal vez empezaba a temer que invencibles obstáculos se interpusieran empecinadamente en su camino.

Entretanto, el pelirrojo pastor dedicaba las horas que no pasaba en la sonda o en la guardia del reloj a aprender nuevas letras, consiguiendo completar por primera vez su nombre la misma tarde en que un indecente alcatraz se posó en un obenque para cagarse justo sobre la rosa de los vientos.

De dónde había salido y por qué diantres eligió semejante lugar para hacer sus necesidades cuando tenía a su entera disposición mil millas cuadradas de mar abierto nadie pudo averiguarlo, aunque quizá fuera pura casualidad o una deliberada exhibición de magnífica puntería.

Pascualillo de Nebrija lo consideró no obstante una vez más preludio de desgracias, pese a que los más experimentados marineros prefirieron suponer que se trataba de una original y desvergonzada forma de darles la bienvenida a tierras que debían encontrarse lógicamente muy cercanas.

Se alejó hacia el Sudoeste.

Juan de la Cosa y Pero Alonso Niño quisieron ver en ello una señal inequívoca de que había sido enviado por los cielos para reclamar de forma harto evidente su atención e indicarles el camino a su nido de la costa, pero el rumbo de las naves continuó pese a ello inalterable, abriéndose camino como buenamente podían a través de aquel sucio «potaje de berros» como muy gráficamente lo describió un castizo.

Nadie sabía exactamente cuánto habían avanzado,

ni a qué distancia se encontraban ya de las costas canarias.

Cada noche el almirante apuntaba en su Diario la estimación de las leguas recorridas, pero al propio tiempo en un cuaderno aparte iba anotando las millas, restándole siempre una pequeña parte al camino hecho durante la jornada, pues de ese modo pretendía tranquilizar a la tripulación haciéndole creer que se habían alejado menos de lo que era en realidad, al tiempo que conservaba para sí el secreto de en qué punto se encontraba tierra firme cuando al fin pusieran pie en ella.

Había sin embargo otros hombres a bordo duchos en calcular la velocidad de unos navíos en los que habían navegado largos años, y ni los hermanos Pinzón, ni Juan de la Cosa, ni el mismo Pero Alonso Niño se dejaban engañar por aquel truco inocente, pese a que en apariencia dieran por buenas las acotaciones de Colón.

De todo ello se discutía a menudo en los sollados, entre dados, barajas, vino y trifulcas, pero a todo ello permanecía por completo ajeno el gomero, que disfrutaba ahora con un espeso mar absolutamente en calma que había conseguido que el malestar de los primeros días quedase olvidado, y el suave balanceo de cubierta se le antojase a menudo incluso agradable.

Las bazofias de la cocina de a bordo continuaban siendo no obstante su mayor enemigo y de continuo tenía que ingeniárselas para conseguir un poco de pestilente queso agusanado o unos frutos secos con que engañar el estómago, ya que cada vez que intentaba aplacar su hambre con los grasientos guisos de judías, lentejas o garbanzos se veía en la obligación de correr a buscar acomodo en los toscos y cada vez más frecuentados retretes que se alzaban a popa.

Luego, un caluroso mediodía hizo su aparición una gigantesca y solitaria ballena de grandes manchas blancas, y resultaba un curioso espectáculo observarla emerger de las profundidades cubierta de unos sargazos que le conferían un aspecto fantasmagórico, para descubrir esa misma tarde que entre la espesa vegetación pululaban cientos de diminutos y vivarachos cangrejos.

Tenían que existir rocas muy cerca.

–¿Fondo?

–¡No hay fondo!

–¿Vigía?

–¡Mar en calma en todas direcciones!

¿Quién podía explicar tal cúmulo de anomalías?

La Pinta, la más veloz de las tres naves, se adelantaba en las horas diurnas, zigzagueaba, iba y venía en misión exploratoria tratando de avistar al fin un rastro de tierra o una pequeña rompiente semioculta, pero a la caída de la tarde regresaba con la eterna evidencia de que continuaban aún en mitad de la nada.

Tan sólo octubre estaba cerca.

–¡Aguas libres a proa!

El grito, lanzado al amanecer por el vigía de cofa, alegró los espíritus más deprimidos y consiguió esperanzar a una tripulación cuya desesperanza rayaba los límites de lo humanamente soportable, puesto que algunos comenzaban ya a musitar que incluso una muerte rápida y noble era más digna que aquella triste condena a vagar eternamente por un infinito mar de hierbas nauseabundas.

Cuando al fin se cerraron sobre las estelas los últimos «sargazos», y el rumor del agua libre cantó con su alegría de siempre contra las rodas y los cascos, la indescriptible felicidad de unos hombres que tenían la impresión de haber dejado definitivamente atrás una oscura e irrepetible pesadilla les impulsó a respirar a pleno pulmón un aire oloroso y cálido, suave y distinto; un aire que parecía querer hablarles de mundos diferentes; de aromas hasta aquel momento insospechados; de paisajes luminosos y tan nuevos que nadie anteriormente había osado siquiera manchar con su presencia.

Cardúmenes de minúsculos pececillos saltaban ahora airosamente ante la proa de las naves, grandes y hermosos «dorados» –la salvación del náufrago–, se dejaban atrapar sin oponer apenas resistencia, y en la noche se hacía necesario mantenerse a cubierto porque enloquecidos peces voladores de notable tamaño acudían a precipitarse sobre cubierta, amenazando con propinar un mal golpe o dejar tuerto a quien tuviera la estúpida ocurrencia de interponerse en su largo y tembloroso vuelo.

Todo era paz y armonía en aquel rincón del desconocido mundo de Poniente, puesto que la gran frontera de hierba verdeazulada ejercía función de barrera amansando las aguas y permitiendo que los vientos impulsaran las naves como si de inmensos albatros se tratara.

Ahora sí que la tierra parecía estar cerca.

Se palpaba ya en el aire su presencia; se dejaba sentir como el inaprehensible espíritu de una persona amada; como el de ese viejo sueño que se tiene la certeza de que muy pronto va a cumplirse, pero aún juega caprichosamente a escurrirse entre los dedos.

Los hombres se quemaban los ojos de mirar al Oeste. Existía la promesa de la Reina de un jubón de seda y una renta vitalicia de diez mil maravedíes para quien divisara en primer lugar las deseadas costas del Oriente, y un centenar de pobres indigentes que jamás habían poseído más que un remendado pantalón y una vieja camisa se mordían los labios de impaciencia aspirando a conquistar para sí semejante fortuna.

Cientos de aves, miles tal vez, surcaban ya los cielos y su rumbo seguía siendo el mismo: Sudoeste, como si una y otra vez se empeñaran en señalar a aquellos tristes seres, cuyos pies se veían obligados a permanecer indefectiblemente clavados a las vetustas cubiertas de sus naves, que el paraíso tan soñado se encontraba a su izquierda; una cuarta a babor y en el punto hacia el que eternamente se emperraba en empujarlas el firme y dulce viento.

Pero la inquebrantable obstinación del almirante no admitía discusiones: él buscaba el Cipango, Catay o las costas de la India, y sus mapas secretos y los relatos de Marco Polo y otros muchos viajeros que habían intentado hallar por las tierras del Este el anhelado camino del Oeste, le confirmaban que se encontraba en la latitud deseada.

Un pájaro multicolor; un ave extraña, de fuerte y curvado pico que mostraba a las claras que no se alimentaba de peces sino de frutos y semillas, se posó unos minutos sobre el bauprés emitiendo estridentes chillidos que podían confundirse en un cierto momento con airadas voces humanas que reclamaran atención, y, aunque Pascualillo de Nebrija se aventuró a darle caza, todo cuanto consiguió fue un susto, un chapuzón, y una dura reprimenda por parte del adusto contramaestre que a punto estuvo de arrancarle una oreja al sacarlo del agua. Luego el parlanchín pajarraco se alejó con un vuelo pesado e impreciso, y aquellos que habían recorrido tiempo atrás las costas de Guinea no dudaron en señalar que sus congéneres de África jamás solían alejarse de la costa.

Pero el rumbo continuó invariable y creció el descontento. Hacía ya un largo mes que las cumbres de La Gomera habían desaparecido por la popa, y los más acobardados comenzaban a sentirse profundamente inquietos ante la posibilidad de continuar navegando para siempre rumbo al sol, dejando a barlovento tierra firme, por culpa únicamente del terco empecinamiento de un impasible «extranjero» al que importaban mucho más sus estúpidas teorías que el destino de sus hombres.

En realidad, Colón parecía estar absolutamente convencido de encontrarse navegando por entre aquel lejanísimo «Archipiélago de las Mil Islas» a que con cierta frecuencia se habían referido los viajeros de Oriente, y que según los más fiables cosmógrafos se encontraba al Este de las costas de la India y del Catay. Pero no constituía aquel archipiélago a su modo de ver un lugar que mereciese una especial atención, y perder tiempo en explorarlo tan sólo conduciría a retrasar su arribo al mítico imperio del Gran Kan y sus templos de oro.

No cabe duda de que si –tal como él imaginaba– el mundo hubiera sido considerablemente más pequeño de lo que era en realidad, en aquellos momentos, y navegando como lo hacía a unos veinticuatro grados de latitud norte, debería encontrarse frente a las costas de China, de la que únicamente le separaría ya la isla de Formosa, tras haber dejado muy atrás, a barlovento el archipiélago de Hawai.

Era un error disculpable en quien no disponía de los elementos necesarios como para hacerse una idea precisa de las auténticas dimensiones del planeta, pero era al propio tiempo un error que inquietaba a sus hombres, ya que venía a sumarse a los muchos errores que se habían ido cometiendo hasta el presente.

–¿Estás con nosotros o contra nosotros?

La pregunta tomó absolutamente por sorpresa al joven *Cienfuegos*, que había bajado al sollado de proa con la sana intención de jugar a las cartas y se enfrentaba a los rostros hostiles de un puñado de excitados tripulantes.

Aquélla sería una pregunta muy concreta a la que tendría que enfrentarse demasiado a menudo a lo largo de su azarosa existencia, y con el tiempo aprendería que los hombres –y muy en especial sus compatriotas– se mostraban con frecuencia firmemente partidarios de exigir a sus interlocutores una elección rápida e inapelable sin ofrecerles posibilidad alguna de optar por posiciones más moderadas o intermedias.

–¿De qué se trata? –quiso saber al menos.

–De plantearle un ultimátum al almirante para que cambie el rumbo al Sudoeste o nos devuelva a casa.

–No me entero de nada –admitió el pelirrojo desconcertado–. ¿Qué diablos es eso de un... –dudó, incapaz por completo de repetir la extraña palabra– como se llame...?

–¡Ultimátum, animal! –repitió un timonel de Santoña al que todos llamaban *Caragato* y que era quien llevaba la voz cantante–. Hay que obligarle a que nos desembarque cuanto antes. Hace ya una semana que podríamos haber tocado tierra si no fuera por su maldita cabezonería...

En parte el rijoso asturiano tenía razón, ya que si Colón hubiera aceptado los consejos de Vázquez de la Frontera, o incluso las indicaciones de los más expertos navegantes de su armada, los vientos alisios le hubieran conducido tiempo atrás a las playas de Guadalupe o Martinica ahorrándose atravesar el mar de los Sargazos, e incluso a aquellas alturas un leve desvío de una cuarta a estribor hubiera conseguido acortar notablemente el pesadísimo viaje.

Sin embargo, para el cabrero canario, ignorante de cuanto se refiriese a las artes de la navegación e indiferente a cualquier destino que no fuese el tan anhelado de Sevilla, la sola idea de tratar de imponerle «al hombre que olía a cura» una decisión tal vez equivocada, se le antojó totalmente improcedente y una estúpida pérdida de tiempo.

–¡A mí déjame de bobadas! –fue su sincera respuesta–. Me subí a este barco por error y me trae sin cuidado adónde vaya.

–¡Eres un burro que déjase conducir como una acémila!

El gomero extendió la mano y le aferró firmemente por el pescuezo. No tenía más que catorce años y el timonel era ya un hombre maduro, pero le doblaba en tamaño y su fuerte manaza parecía muy capaz de quebrarle el cuello de un solo golpe.

–¡Escucha, *Caragato*! –le advirtió–. Mientras esté a bordo de un barco me dejaré conducir por quienes saben navegar, porque contigo al mando estoy seguro de que nos íbamos al fondo. ¡Así que déjame en paz o te rompo la crisma!

Fue aquélla la primera ocasión en que el pastor *Cienfuegos*, también conocido por *El Guanche*, dejó entrever que pese a lo afable de su trato y su rostro infantil y un tanto soñador, no se dejaba avasallar y poseía un carácter agrio en los momentos difíciles.

Sus manos, como mazas, imponían un indudable respeto, y de todos era conocida su agilidad y la diabólica habilidad con que era capaz de manejar un largo palo que tanto le servía para dar saltos y salvar precipicios como para atacar o protegerse.

La «lucha o juego del palo» había sido desde los más remotos tiempos una práctica común entre los aborígenes del archipiélago canario, y los pastores de las altas montañas de La Gomera continuaban manteniendo la tradición hasta el punto de convertirla en un auténtico arte de la autodefensa.

Nadie osó por tanto volver a incomodarle con el tema del conato de motín que comenzaba a fraguarse en los sollados, pero se palpaba en el aire un creciente malestar que conseguía que incluso el propio Juan de la Cosa arrugase preocupado el entrecejo y mantuviese un discreto cambio de impresiones con los hermanos Pinzón.

La sola idea de que se mencionase la posibilidad de una rebelión a bordo de naves de Sus Majestades los Reyes Católicos repugnaba a los pilotos y capitanes españoles, y la mayoría fue de la opinión de que lo mejor que podía hacerse era cortar por lo sano ahorcando a una docena de los más señalados cabecillas, pero el almirante –que se mostraba siempre mucho más tímido en sus enfrentamientos con los seres humanos que con la

Naturaleza– se inclinó abiertamente por la conciliación, restándole importancia a las protestas.

Por primera vez decidió por tanto descender en pleno día al castillo de proa y dialogar sin reservas con los más descontentos en una aparentemente estéril intentona de hacerles copartícipes de sus sueños, enseñando –también por primera vez– sus más secretos mapas de las costas de Oriente en un último esfuerzo por convencerles de que el Cipango y Catay se encontraban al alcance de la mano.

–¡Palabras!

–¡Palabras y promesas!

–¡Promesas y mentiras!

–¡Nos conduce directamente a la muerte!

–¡A un viaje sin retorno!

–¿Por qué tendría que hacerlo? –inquirió desconcertado el gomero–. También está en juego su vida.

–Por odio y por venganza. Aunque se niegue a admitirlo, todos sabemos que es judío, y conducir al desastre a una armada de sus Majestades no es más que una forma de vengarse por la expulsión de sus hermanos de raza.

A *Cienfuegos* semejante explicación se le antojó una estupidez de colosales características, pero aun así aprovechó la siguiente hora de estudio con Luis de Torres para inquirir abiertamente:

–¿También el almirante es converso?

El otro le observó de reojo con sus penetrantes ojillos maliciosos e inquirió ásperamente:

–¿Y a ti qué coño te importa? Los cristianos tenéis la mala costumbre de clasificar a los hombres más por sus creencias que por su valía, y así no se llega nunca a parte alguna.

–Yo no soy cristiano.

–¿Cómo que no eres cristiano? –se asombró el otro bajando instintivamente la voz como si temiera que alguien más pudiera oírles– ¿Qué eres entonces? ¿Judío o musulmán?

–No soy nada. Una vez intentaron bautizarme pero salí corriendo. Mi madre era guanche, casi una salvaje según dicen, y creo que mi padre ni se enteró que había nacido. Para la mayoría de los «godos» los guanches ni siquiera tienen alma y cuando los capturan en Tenerife los tratan como animales. Yo, por lo tanto, aún no sé si oficialmente tengo alma, y si vale o no la pena que me bautice.

El intérprete real pareció sinceramente impresionado por lo que acababa de oír, y durante unos instantes reflexionó sobre ello hasta comentar al fin con toda seriedad:

–¿Sabes que ésa es la frase más larga que has dicho nunca? Y la más inteligente. Tengo la ligera impresión de que en el fondo no eres tan estúpido como pretendes hacernos creer demasiado a menudo.

–Para navegar en este barco es mejor izar el pabellón de estúpido, que de listo. «Listos» ya hay demasiados.

–Haré de ti un caballero...

–No tengo ningún interés en convertirme en caballero.

–¡Escucha, cabeza de chorlito! –le espetó el otro en tono desabrido–. Existen cosas que resultan mucho más fáciles de conseguir para un caballero que para un cabrero analfabeto. Entre ellas conservar el amor de una hermosa vizcondesa. Con lo que te cuelga entre las piernas no basta. Ayuda, pero no es todo. Hay que ser importante.

El converso sabía muy bien cómo tratar a su joven discípulo, y tenía plena conciencia de que el tema de Ingrid era su punto débil y el único que le mantenía de alguna forma atado a una realidad a la que con demasiada frecuencia el isleño parecía mostrarse completamente ajeno. Si pretendía de alguna forma convertir aquel valioso diamante en bruto, que se había cruzado inesperadamente en su camino, en una preciada joya apta para sus fines, el indestructible amor que parecía sentir por la alemana constituía, a su modo de ver, su mejor instrumento.

–Pronto podrás escribirle una carta –señaló–. Le dirás cuánto la amas, y dónde y cuándo os encontraréis.

–De poco va a valerme –replicó sonriente el pastor–. No habla un carajo de español.

–Yo te la traduciré.

–Pues para eso me la escribe usted directamente y me ahorro el trabajo de aprender.

Por toda respuesta recibió un sonoro coscorrón y la orden de copiar ese día cuatro veces más palotes de los que solía, lo cual tuvo la virtud de obligarle a ocultarse en un rincón de la bodega a cumplir el castigo, aislándose por completo de los mil problemas de la nave.

Al amanecer del día siguiente le despertó no obstante un lejano cañonazo ya que desde *La Niña* que marchaba en vanguardia notificaban alborozados que el vigía había divisado tierra, pero aunque se agradeció a los cielos tal portento con una sonora *Salve* que la mayoría rezó de hinojos, pasaron las horas y la dulce promesa se diluyó en una oscura nube que al final demostró que en su seno no ocultaba más que un agua que empapó las cubiertas.

El mar traía sin embargo hermosos augurios de un próximo final feliz en forma de cañas, ramas recientemente desgajadas de los manglares, e incluso una vara en la que se habían labrado a fuego cabalísticos signos que únicamente podían deberse a la mano del hombre.

La esperanza anidó por fin en todos los corazones. Los amargos presagios de destrucción, muerte, descontento y motín se disiparon y de nuevo la única preocupación se centró en alcanzar la gloria de ser el primero en avistar el Cipango y adueñarse de un jubón de seda y una renta vitalicia.

El domingo, siete de octubre, el día en que *La Niña* disparó erróneamente su bombarda, Juan de la Cosa lamentó por primera vez no llevar a bordo un sacerdote que oficiara una misa, convencido como estaba de que con tan sencilla ceremonia se conseguiría que los cielos se mostraran totalmente propicios, y muchos veían en esa carencia la mano de converso del almirante, que había preferido no compartir el supremo honor de arribar por primera vez a las costas de Oriente, o que temía que la Iglesia tratase de arrogarse de inmediato la tarea de imponer el cristianismo a los paganos del Cipango y Catay.

Desde el oscurecer del jueves once estuvieron oyendo cruzar sobre sus cabezas nutridas bandadas de pájaros, y en mitad de las tinieblas, poco antes de la medianoche, *Cienfuegos* acudió al alcázar de popa para señalarle al insomne Luis de Torres.

–Huele a tierra. Estoy seguro de que se encuentra justamente frente a nosotros por la cuarta de babor. ¿Me entregaría el almirante el jubón de seda y los diez mil maravedíes si le doy la noticia?

El otro le observó unos instantes, descolgó de su cinturón la pesada bolsa que jamás abandonaba y la hizo tintinear repetidas veces ante sus narices.

–Si hueles tierra, cóbrate con el sonido, rapaz –replicó burlón–. ¡Me asombra tu inocencia! El mandato de los Reyes especifica que el premio será para quien divise en primer lugar las costas de Oriente. Para nada hace mención a los olores.

Pese a la cruel respuesta el canario permaneció con los ojos muy abiertos, seguro como estaba de sus apreciaciones, hasta que el cansancio del fatigoso día acabó por rendirle obligándole a descabezar un corto sueño, que duró apenas hasta que en la quietud de la noche, cerca ya de las dos de la mañana, resonó jubilosa la potente voz de un vigía de *La Pinta* al que todos llamaban Rodrigo de Triana aunque no fuera ése al parecer su verdadero nombre:

–¡TIERRA! ¡Tierra por la cuarta de babor!

Su Excelencia don Cristóbal Colón, que a partir de esos momentos recibía ya el fabuloso título de Almirante de la Mar Océana y Virrey de las Indias, atajó de inmediato su alborozo.

–Hace más de tres horas que divisé una luz en ese punto –gritó–. Se lo avisé a don Pedro Gutiérrez y me reservo por tanto el derecho a la recompensa.

Cuentan las leyendas que tras mucho pleitear inútilmente por sus despojados derechos, Rodrigo de Triana concluyó por emigrar a Argel abjurando de su patria y religión para abrazar el islamismo y dedicar el resto de su vida a una feroz lucha contra quienes habían cometido con él una notoria injusticia que había indignado igualmente al resto de la tripulación.

–Ver una luz, es como oler tierra –señalaría más tarde *Cienfuegos*–. Y el almirante podría cobrarse por tanto con el brillo de una moneda. Me duele en el alma, si es que la tengo, descubrir que las leyes, incluso las que imparten personalmente los Reyes, no tengan idéntico valor para todos.

–El que manda, manda... –fue la desencantada respuesta del converso–. Aprende la lección y recuerda lo que siempre te dije: lo importante es ser importante. Lo demás es mierda.

La tierra estaba allí.

Era una isla baja, de arenas blancas, transparentes aguas y una selva de un verde luminoso y lujuriante, lo más parecido al paraíso que ningún hombre hubiera imaginado nunca, oliendo a flores y a mil esencias ignoradas; tibia y acogedora, pacífica y amable; superando con mucho los más audaces sueños de los más empedernidos soñadores; el final perfecto para el más aventurado e imperfecto de los viajes.

–¡San Salvador!

Ése fue el nombre que le otorgó el almirante, dueño a partir de ese instante de todos los nuevos nombres de las mil nuevas tierras; virrey indiscutible y absoluto de cuanto pudiera descubrirse de allí en adelante.

El sol apuntaba apenas en el horizonte cuando lanzaron el ancla en la quieta bahía protegida por hermosas barreras de coral, y al poco dos lanchas de la *Santa María* y una de cada una de las naves pequeñas, bogaron lentamente hacia la playa en la que habían hecho su aparición una docena de nativos totalmente desnudos que observaban idiotizados las inmensas «casas flotantes» que acababan de irrumpir inesperadamente en sus tranquilas aguas.

Era un momento histórico, el final de una época y el

comienzo de una edad en todo diferente, pero el joven *Cienfuegos*, remando frente a Luis de Torres que había insistido en que les acompañara, no parecía tomar conciencia de que estaba siendo testigo de uno de los acontecimientos claves del devenir del tiempo, ya que su atención, como la de la mayor parte de la marinería, permanecía pendiente de los erguidos pechos y los cadenciosos andares de una hermosa muchacha que avanzaba por el borde del agua sonriendo abiertamente. Tenía el cabello muy largo y muy negro, grandes ojos oscuros, y una piel tan blanca como la de los indígenas canarios.

–¡Madre mía! –exclamó entusiasmado el *Caragato*–. Cómo está la tía. ¡Y en pelotas!

Los grumetes saltaron a tierra empujando la embarcación sobre la arena para que ni el almirante ni los capitanes y pilotos que vestían sus mejores galas se mojaran, y el isleño tuvo que lanzar un corto reniego ya que por estar demasiado atento a la proximidad de la hermosa nativa no advirtió que un pesado remo se desprendía de su tolete para caer y golpearle justamente el empeine.

–¡Mierda! –exclamó–. Con mal pie entro yo en Cipango...

La muchacha amplió aún más su hermosa sonrisa, pero casi al instante su expresión se tornó en asombro al advertir cómo la mayoría de aquellos extraños seres cubiertos de pesados ropajes multicolores, clavaban sus pretenciosos estandartes en la arena para caer de rodillas entonando una monótona canción de indudable significado mágico.

Concluida una larga, aburridísima y fastidiosa ceremonia durante la cual don Cristóbal Colón se emperró en que el escribano mayor de la Armada, Rodrigo de Escobedo, transcribiese puntualmente todos los actos y palabras de su toma de posesión de las nuevas tierras en nombre de los reyes de España, el intérprete Luis de Torres se aproximó al grupo de indígenas, e intentó, echando mano a cuantos idiomas conocía, averiguar el nombre de la isla, y si se encontraba en las proximidades del Cipango o Catay.

Al rato se volvió sudoroso admitiendo su fracaso.

–¡No hay manera! –dijo–. No entienden nada: ni árabe, ni hebreo, ni latín, ni caldeo. ¡Nada!

–Marco Polo asegura que las gentes del Cipango y Catay son amarillas y de ojos rasgados, y por lo tanto éstos, de piel cobriza y ojos redondos, deben ser probablemente «indios». Intentad averiguar al menos cómo se llama la isla.

El converso se enredó nuevamente en una larga «charla» hecha más de muecas y aspavientos que de auténtica palabra de lógico significado, hasta que cansado al parecer de tanta cháchara, el más espabilado de los indios se golpeó el pecho con el dedo y señaló luego todo cuanto le rodeaba:

–¡Guanahaní! –exclamó fastidiado–. ¡Guanahaní!

–¡De acuerdo... por mí, Guanahaní! –se resignó Luis de Torres–. La isla se llama Guanahaní.

–¿Qué más da un nombre que otro? –sentenció alguien, tal vez Juan de la Cosa–. Lo que importa es que hemos atravesado el océano y estas gentes dan la impresión de ser de lo más pacíficas y amistosas. Y si no que se lo pregunten al *Guanche*.

En efecto, *Cienfuegos* parecía haber entablado una afectuosísima relación con la hermosa muchacha de los agresivos pechos, que se mostraba particularmente interesada en despojarle de los pantalones y observar qué era lo que escondía en la parte posterior de su cuerpo, justamente allí donde la espalda cambia de nombre.

El muchacho se defendía como Dios le daba a entender, y eran tales las risas y el alboroto que se traían, que Luis de Torres concluyó por intervenir.

–¿Se puede saber qué diablos haces? –quiso saber–. Un poco de respeto al acto.

–¡Perdone, señor! –fue la tímida respuesta del isleño–. Pero sospecho que esta gente opina que vamos vestidos porque tenemos rabo, y esta loca está intentando comprobarlo.

–¿Rabo? –se asombró el converso–. ¿Qué estupidez es ésa?

–La que alguno de esos graciosos ha insinuado. Con su permiso, señor, creo que se burlan de nosotros.

–¡Pues sí que estamos buenos! –El intérprete meditó unos instantes–. ¡Está bien! –admitió–. Ve detrás de esos matojos, y demuéstrale que no tenemos rabo. No es cuestión de enseñar el culo en público a la media hora de haber pisado tierra.

El muchacho se apresuró a cumplir de buena gana la orden, y poco después la preciosa nativa regresó a poner en conocimiento de sus congéneres que los curiosos extranjeros no ocultaban colas de mono bajo sus calientes ropajes, pero que a tenor de su propia experiencia, lo que escondían resultaba muchísimo más gratificante y divertido.

Más tranquilos en cuanto se refería a la auténtica naturaleza de sus inesperados visitantes, los indígenas cargaron alegremente con las grandes barricas que transportaban las barcas, precediéndoles por un estrecho sendero hasta una hermosa laguna en la que los españoles pudieron abastecerse de un agua fresca y cristalina.

Cienfuegos y sus compañeros de viaje marchaban como embobados por la portentosa belleza del lugar y la infinita variedad de árboles, plantas y flores allí existentes, algunas de las cuales, en especial las multicolores orquídeas con que las mujeres se adornaban el cabello, resultaban tan llamativas y esplendorosas, que costaba admitir que no fuesen pintadas, y en más de una ocasión tuvieron que detenerse a admirar, fascinados, el prodigioso vuelo de minúsculos colibríes de alas rojizas que libaban de unas flores amarillas, considerándose incapaces de discernir si se trataba en verdad de insectos gigantes o pájaros diminutos.

Eran tantas las aves, y tan variadas y estruendosas, que sus trinos y cantos hacían daño al oído, compitiendo con las risas y las voces de los alegres indios que parecían sentirse los seres más felices del mundo por la presencia de aquellos excitantes y maravillosos «hombres de lejos».

De tanto en tanto, alguno de éstos aprovechaba para perderse entre la espesura en compañía de una mujer sin que la aventura pareciese molestar lo más mínimo a los nativos, y no cabía duda de que el entusiasmo que ponían en el empeño unos marinos que llevaban ya más de un mes embarcados, hacía las delicias de sus acompañantes que celebraban la «hazaña» con risas y al parecer picantes comentarios.

–¡Esto es vida!

–¡Bendito sea el almirante que nos supo traer al Paraíso!

–¡A mí no me sacan de aquí ni a tiros!

El rijoso *Caragato* ensayó un sonoro corte de mangas.

–¿Santoña? –exclamó–. ¡Toma Santoña! ¡A buenas horas vuelvo yo!

Fueron días inolvidables; únicos para unos hombres que por lo general no atesoraban en su memoria más que recuerdos de hambre, frío o frustración, y que se sentían auténticamente libres por primera vez en el transcurso de sus miserables existencias, lejos de toda regla de conducta mojigata, disfrutando de los más dulces frutos de la Naturaleza, y las más espontáneas criaturas de esta tierra.

Tan sólo en el alcázar de popa de la *Santa María* Europa estaba cerca; tan sólo en la oscura camareta del almirante las ambiciones y las viejas reglas de juego seguían vigentes, y tan sólo en el cerebro y el corazón del nuevo virrey anidaba el deseo de volver a la mar en busca del Cipango.

¡Oro!

La palabra que tradicionalmente movía a todos, allí movía a muy pocos, porque lo que en aquellos momentos poseían valía más que todo el oro del mundo, pero Cristóbal Colón sabía que al regreso de su viaje tenía que rendir cuentas de su costosa aventura, ya que al partir del puerto de Palos había prometido a muchos que encontraría «La fuente de donde nace el oro».

Sin oro su triunfo no merecería reconocimiento alguno, y regresar con unos cuantos «salvajes», monos o estridentes papagayos sería tanto como admitir su fracaso, porque el viaje había costado muchísimo dinero y aquellos que lo habían aportado, reyes, banqueros y comerciantes, confiaban en que trajera algo más que palabras grandilocuentes ya que no le habían enviado en busca de un pequeño paraíso de lascivas costumbres, sino en pos del anhelado metal amarillento capaz de justificar por sí mismo las más locas empresas.

–¿Pero dónde estaba ese oro?

Tan sólo en adornos de tan escaso valor que en conjunto no hubieran bastado ni para cubrir la manutención de media docena de grumetes.

–No hemos llegado hasta aquí para que todo se reduzca a comer y fornicar como animales –sentenció hoscamente el almirante–. Y si cuanto esta isla ofrece es pecado y molicie, hora es ya de abandonarla en procura de más ambiciosos horizontes.

–¿Qué mayor ambición puede existir que la felicidad que al fin hemos hallado? –replicaron algunos–.

¿Si a Adán y Eva los expulsaron del Paraíso, por qué cometer el error de abandonarlo de forma voluntaria?

Pero el Paraíso privado del almirante Colón no se limitaba a una bellísima isla hecha de amor y risas, sino al reconocimiento por una lejana Corte de que todo cuanto había asegurado era cierto y tenían la obligación de confirmarle como virrey de las tierras en que duermen «Las fuentes de las que nace el oro».

El sueño de «llegar» se había cumplido, pero casi sin transición aquel sueño tan largamente acariciado y por el que había luchado sin descanso durante la mayor parte de su vida, dejaba paso a la perentoria necesidad de convertir esa «llegada» en algo productivo, rentabilizando sus esfuerzos con vistas a un indiscutible triunfo económico, por lo que continuamente atosigaba a Luis de Torres exigiéndole que obtuviese de los nativos más información sobre nuevas tierras y el lugar del que provenía su escasísimo oro.

Pero día tras día el converso se estrellaba contra la incomprensión de unas gentes que apenas sabían hacer otra cosa que reír y juguetear con las pequeñas campanillas que les habían regalado, y que se colgaban de los más insospechados lugares del cuerpo hasta el punto de conseguir que a media tarde y en las primeras horas de la noche, la selva toda vibrase al son de una desenfrenada sinfonía hecha de música, jadeos y dulces lamentos que incluso acallaban los trinos de los pájaros.

El isleño por su parte obtenía sin embargo notables progresos a la hora de entenderse con la joven indígena de los pechos altivos, tal vez debido al desmesurado amor que ésta le demostraba, o tal vez –como opinaba la mayoría–: «Al hecho de que, por ser tan bruto y primitivo como ella, no se le presentaban grandes problemas de comunicación.»

La chica, a la que el pelirrojo había bautizado *Alborada* debido a las locas ganas de hacer el amor que mostraba al despuntar el día, consiguió, al fin, tras muchas horas de besos y caricias, dar a entender al canario que más allá de aquella isla existían las grandes tierras de Caniba y Magón, de donde de tanto en tanto feroces guerreros acudían a atacarles para comérselos en crueles y macabras ceremonias.

–¿Estás seguro de que es eso lo que ha dicho? –quiso saber el intérprete real cuando vino a comunicarle lo que había conseguido averiguar–. ¿Que esos salvajes son antropófagos?

–Absolutamente –admitió el gomero convencido–. A la tercera vez, y para confirmármelo, me mordió aquí en la pierna. ¡Mire la marca!

En efecto, lucía una clara señal en uno de sus muslos, pese a lo cual el converso se limitó a comentar que probablemente se debería a que la muchacha había calculado mal las distancias errando su auténtico objetivo.

–¡Le repito que es cierto! –protestó el cabrero–. ¡Vienen a comérselos! Caníbales o caribes, les llama ella, y por lo visto son la gente más horrenda y deforme que nadie ha visto nunca. Incluso el contramaestre le parece más guapo.

–Eso sí que ya no me lo creo. ¿Qué dice del oro?

–Que ellos lo tienen.

–¿Mucho?

–Por lo visto sí. Asegura que sus armas, sus adornos e incluso sus escudos son de oro, y que poseen afilados cuchillos con los que abren el pecho a sus víctimas y les arrancan el corazón para devorárselo mientras aún palpita.

–¡Diantres! –se horrorizó el converso–. ¡Eso manda cojones! Al almirante no le va a gustar la noticia.

En efecto, al almirante no sólo no le gustó, sino que incluso se negó a admitir que pudiera ser cierta, ya que ni en los relatos de Marco Polo, ni en los de ningún otro viajero de Oriente de que él tuviera noticias, se hacía mención alguna al hecho de que unos crueles «caribes» o «caníbales» habitasen en las tierras de la India, Cipango o Catay.

–Ese *Cienfuegos* es tonto –fue su seco comentario–. Siempre lo ha sido y lo seguirá siendo hasta que muera. Seguro que lo ha entendido todo al revés.

Luis de Torres abrigaba notables dudas con respecto a tan drástico razonamiento, pero como hasta cierto punto se consideraba íntimamente culpable por el sonoro fracaso de la falta de entendimiento con los indios, no deseaba en modo alguno mantener un enfrentamiento con quien podía considerarse virrey de aquella parte del mundo, y tal vez fuera esa absoluta incapacidad de comunicarse en ninguna de las lenguas consideradas civilizadas, lo que hizo que, de un modo casi inconsciente, don Cristóbal Colón no llegase nunca a considerar a los indígenas como a seres humanos dotados de un alma y un entendimiento en todo semejante al de los europeos.

Al segundo día de su desembarco ya los describía como «magníficos y sumisos servidores de los que se podría obtener un gran provecho en un futuro», y poco más tarde, en el momento de tomar la decisión de reemprender la marcha, ordenó que «capturaran y trajeran a bordo siete cabezas de macho y tres de hembra para llevarse a España».

–¡Cabezas! –exclamó el canario espantado–. ¿Es que piensa cortarles la cabeza?

–¡No seas bestia! –le riñó el contramaestre–. Los quiere vivos para enseñárselos a los Reyes y que aprendan nuestro idioma.

–¡Pero ha dicho cabezas! –insistió el gomero–. En mi tierra «cabezas» es un término que solamente se emplea para designar ganado. Yo no soy muy listo, pero cuando se trata de personas se habla siempre de hombres y mujeres.

–¡Escucha, guanche! –replicó el vasco con su acostumbrado mal humor–. ¡Me importa un carajo, pues, lo que hagan en tus islas y cómo se expresen! Si el almirante pide cabezas de indios, le traeré cabezas, aunque con todo el cuerpo debajo, desde luego. ¡Él sabrá lo que hace!

–A muchas de las gentes de mis islas..., guanches, como usted les llama, se los llevaron como esclavos –señaló el pelirrojo–. Pero siempre creí que esos tiempos habían pasado, y aquí veníamos con otra idea.

–¿Qué idea, chaval? ¡No seas estúpido! Tan sólo existen tres cosas de auténtico valor en este mundo: oro, especias y esclavos. Si hemos llegado tan lejos para no encontrar ni oro, ni especias, ya me explicarás... ¡Al fin y al cabo, son paganos!

Aquél constituyó a buen seguro el primer enfrentamiento del joven *Cienfuegos* con una cruel realidad que habría de acompañarlo a todo lo largo de su vida. Algunos hombres, por el simple hecho de tener distintas costumbres o un idioma y unas creencias diferentes, podían automáticamente dejar de ser considerados seres humanos para pasar a convertirse en esclavos a los que no se les reconocía ningún tipo de derecho. Si los nativos de aquella primera isla que se cruzó en el camino de Colón, en lugar de andar desnudos y hablar en una complicada jerga ininteligible, se hubieran cubierto con una sencilla túnica expresándose en árabe, latín o caldeo, el destino de millones de otros hombres y mujeres semejantes hubiera sido sin lugar a dudas mucho menos doloroso.

Los habitantes de San Salvador o Guanahaní eran gentes sencillas, que andaban desnudas a causa del calor, y a los que ni siquiera podían considerarse idólatras puesto que carecían de cualquier clase de rito o sentimiento religioso. Se limitaban a vivir en absoluta paz consigo mismos y con la Naturaleza, pero fue ese inquebrantable respeto hacia las dos cosas más respetables que Dios había creado: Hombre y Tierra, lo que les acarreó de inmediato el desprecio de quienes como Colón, se suponía que llegaba con la misión de «civilizarlos» y evangelizarlos preservando sus viejas costumbres.

Ni siquiera una semana duró la luna de miel o el simple equilibrio armónico entre dos mundos que acababan de encontrarse, y lo más triste fue, quizá, que la primera orden de capturar cabezas y reducir a la esclavitud a toda una raza llegó de quien menos motivos tenía para impartirla.

Cristóbal –«el que lleva a Cristo»– Colón eligió desde el primer momento convertirse en virrey de un rebaño de semihombres, en lugar de líder de un nuevo mundo de seres libres, y su nefasto ejemplo marcaría el devenir de una historia que tal vez –¡sólo tal vez!– hubiera podido transcurrir en un futuro por cauces muy diversos.

¿Pero tenía exacta conciencia entonces de la magnitud del error que estaba cometiendo?

Su única justificación estriba, quizás, en el hecho de que al creer, como siempre creyó, que en realidad se encontraba a las puertas de la India o el Cipango, no podía considerar a los habitantes de Guanahaní más que como un pequeño grupo marginal e irrelevante, cuyo cautiverio tan sólo tendría un simple valor anecdótico de cara al futuro.

Aquél fue sin duda uno más, pero desgraciadamente el de peores consecuencias, de todos sus errores, ya que quienes en los siglos venideros siguieron sus huellas en un desesperado intento por emular sus hazañas, no podían por menos que imitarle en sus fallos, ya que ninguno fue capaz de imitarle en sus aciertos.

–«Si Colón lo hizo, puede hacerse» –opinaron muchos, y para cuando se alzaron las primeras voces discrepantes ya el mal tenía escaso remedio.

–¡Huye!

Los hermosos ojos le observaron interrogantes y los agresivos pechos se alzaron más que nunca como si buscaran sus caricias o sus besos.

–¡Huye, te digo! ¿Es que no lo comprendes? Escóndete en lo más profundo de la selva y no regreses hasta que nos hayamos ido. No quiero verte esclava. Sé que no lo resistirías.

¿Cómo explicárselo? ¿Cómo hacerle entender a aquel sencillo espíritu sin malicia, que el almirante de la mar océana había ordenado capturar tres cabezas de mujer joven para exponerlas a la curiosidad del populacho de las ciudades de España?

La sola idea de imaginar a la dulce y apasionada *Alborada* exhibida como oso de feria, mujer-barbuda o tragafuegos le hacía daño en el alma, porque conociéndola como la conocía sabía perfectamente que muy pronto moriría de desesperación y pena, ya que era una criatura que había nacido para ser tan libre como los rojos colibríes de la espesura.

¿Pero cómo hacerle entender el peligro que corría? ¿Cómo explicarle por señas y medias palabras, a una chiquilla que había nacido y se había criado rodeada de seres tan infantiles como ella en un lugar como Guanahaní, que existían hombres capaces de someter a los demás a sus caprichos sin más justificación que sus intereses y egoísmos?

Durante todo un largo día perdió el tiempo intentando darle a entender que debía marcharse, hasta que al fin, convencido de que hiciese lo que hiciese volvería una y otra vez a buscarle e incluso la creía muy capaz de llegar nadando hasta la nave, tomó una cruel decisión, y armado de una larga cuerda y un enorme cuchillo, la condujo a un escondido rincón de la espesura y tras hacerle el amor hasta casi el agotamiento, la aferró por sorpresa atándola a un árbol tras ligarle fuertemente las muñecas.

En un principio la infeliz criatura se echó a reír imaginando que se trataba de un nuevo juego amoroso, pero al advertir cómo el canario comenzaba a amontonar leña con la manifiesta intención de encender una gran hoguera su expresión cambió paulatinamente para dar paso a una palidez de muerte que mostraba a las claras el terror que le estaba invadiendo.

Con toda parsimonia, y esforzándose por contener la risa, *Cienfuegos* comenzó a afilar ostensiblemente su largo cuchillo con ayuda de una piedra, al tiempo que dirigía a su víctima hambrientas miradas, relamiéndose descaradamente ante el innegable banquete que al parecer le estaba aguardando.

Presa del pánico la infeliz *Alborada* no pudo evitar orinarse encima sonoramente, lo cual a punto estuvo de quebrar la entereza de su verdugo, pero consciente de que lo hacía por su bien y más valía un susto que toda una vida de esclavitud, el isleño de los cabellos rojizos continuó con su macabra tarea aproximándose a ella para palparle las nalgas y los pechos como si estuviese calibrando, qué parte de aquel espléndido cuerpo, joven y macizo, devoraría en primer lugar.

Por último, y tras calcular cuánto podría tardar la desfallecida muchacha en librarse por sí sola de sus ligaduras, el canario fingió haber olvidado algo muy importante a bordo, y haciéndole significativos gestos de que pronto regresaría a degollarla y llenarse la tripa con su corazón y sus hermosos senos, le dirigió una última mirada de cariño para regresar apresuradamente a la *Marigalante.*

Al amanecer del día siguiente siete cabezas de macho y tres de hembra, entre las que no se encontraba lógicamente la de *Alborada*, fueron conducidas a bordo para que las carabelas zarparan de inmediato rumbo al Oeste.

Durante los meses que siguieron, los habitantes de Guanahaní se dedicaron a llorar desconsoladamente a los seres queridos, imaginando que probablemente habían sido devorados a bordo, tras lo cual llegaron a la dolorosa conclusión de que aunque no tuvieran rabo, aquellos amables «hombres de lejos» no eran en realidad mejores que los caribes o caníbales de otras islas, lo que les enseñó a no volver a recibirlos sonrientes y con los brazos abiertos.

Una nueva tierra, grande, montañosa, verde y lujuriante, que podría tratarse muy bien de un continente apareció al fin ante la proa.

Los indígenas que venían a bordo, y algunos otros que encontraron por el camino en islas menores, no dudaron en admitir –tal como el almirante deseaba– que aquél era sin duda el reino de Cuba-y-Can, o del Gran Kan, en el que se encontraban «Las fuentes de las que nace el oro», dándole nombre así a la que más tarde sería «Perla del Caribe», y sumando un nuevo error al incontable rosario de ellos que conformarían a la larga aquel confuso viaje que perduraría con letras de oro en la historia de los hombres.

Pero la más lamentable de todas aquellas equivocaciones pudo ser, de cara al futuro, la inexplicable decisión que Colón tomó de desviar por primera vez su rumbo al Sudoeste en el preciso momento en que se encontraba en un punto equidistante entre las costas de Cuba y la península de La Florida.

De haber seguido como siempre hacia el Oeste lo más probable es que la flota hubiese ido a topar directamente con el enclave que ocupa actualmente la ciudad de Miami, con lo que resulta muy plausible que en ese caso los españoles se hubieran asentado definitivamente en lo que son hoy los Estados Unidos procediendo a su inmediata colonización en lugar de permitir que fueran los ingleses los que acometieran tal empresa un siglo más tarde.

Pero debido a un simple capricho del almirante, fue en la costa norte de Cuba donde al fin desembarcaron y donde el intérprete Luis de Torres recibió órdenes de adentrarse en la selva en busca de noticias del Gran Kan y «Las fuentes del oro».

Como acompañante le proporcionó a un tal Rodrigo de Jerez, un hombrecillo vivaracho y parlanchín con fama de astuto, pero el converso, que abrigaba serias dudas sobre su propia capacidad de comunicarse con los nativos, optó por llamar aparte al isleño rogándole que se brindara voluntariamente a unirse al grupo.

–El almirante no me lo permitirá –fue la sincera respuesta–. Me tiene ojeriza porque asegura que lo tergiverso todo.

–No tiene por qué enterarse –replicó el otro ladinamente–. Bastantes problemas tiene como para reparar en un grumete. Cuando nos vayamos dejas pasar un rato y nos sigues sin que nadie lo advierta. Te estaremos esperando...

Fue así como el gomero *Cienfuegos*, también conocido por *El Guanche* se inició en un vicio que habría de acompañarle hasta la tumba, ya que a la caída de la tarde y cuando las rápidas sombras del trópico amenazaban con impedirles continuar avanzando, el trío alcanzó las lindes de un minúsculo poblacho de no más de quince chozas de techo de palma, en la que unos indios muy semejantes a los de Guanahaní les recibieron con amplias muestras de afecto pasado el primer momento de asombro ante la desconcertante indumentaria de los recién llegados.

Les ofrecieron de comer asando sobre las brasas una especie de enorme lagarto de repugnante aspecto pero sabrosa carne al que llamaban iguana, para tomar luego asiento ceremoniosamente en torno a un fuego del que el más anciano apartó con sumo cuidado una tea encendida.

Una mujerona inmensa repartió entonces entre los presentes una especie de gruesos rollos de una hierba de color castaño, y tras el anciano todos fueron aplicando el carbón a uno de sus extremos mientras aspiraban profundamente por el otro.

Los españoles les observaban asombrados.

–¿Qué coño están haciendo? –inquirió horrorizado Rodrigo de Jerez–. ¡Se van a abrasar los pulmones!

Al poco los indígenas expulsaron el humo con manifiesta satisfacción, y pronto un extraño olor, entre agrio y dulzón, denso y desconocido, se extendió por el poblado.

–Debe ser para espantar los mosquitos –aventuró el canario–. Nunca los vi tan grandes.

–O para matarse los piojos –insinuó el converso–. ¡Mira cómo se fumigan los unos a los otros!

–¡Magia! –sentenció el jerezano.

La mujer, cuya ancha sonrisa mostraba sin recato su penuria de dientes, entregó al poco a los tres españoles sendos canutos de hierba que éstos aceptaron con innegable aprensión.

–«Ta-ba-co» –señaló la mujer golpeándoles alternativamente el pecho con el dedo–. Tabaco.

–Tabaco... –repitió Rodrigo de Jerez haciendo girar entre los dedos aquel extraño envoltorio de hojarasca–. ¿Qué diablos querrá decir con eso?

–Probablemente pretenden que también echemos humo –aventuró Luis de Torres–. Parece ser que esto de fumigarse mutuamente es aquí señal de aprecio.

–¡Ni que fuéramos jamones! –protestó el jerezano–. Yo me niego.

Cienfuegos había aceptado gustosamente sin embargo la tea encendida que uno de los nativos le ofrecía, y tras dudar unos instantes la aplicó al extremo del canuto y sopló con fuerza.

Las chispas cayeron en cascada sobre Rodrigo de Jerez que dio un violento salto sacudiéndose las ropas.

–¡La madre que te parió! –exclamó furibundo–. ¡Mira qué eres bruto, carajo!

–¡Perdona! –se disculpó el pelirrojo–. No es tan sencillo como parece.

Lo intentó de nuevo aspirando ahora profundamente, y de inmediato cayó de golpe hacia atrás tosiendo con tanta desesperación que se diría que se encontraba a punto de ahogarse.

–¡Dios bendito! –exclamó el intérprete real fuera de sí–. ¿Qué te han hecho estos salvajes? ¿Te han envenenado?

Los indígenas por su parte habían estallado en divertidas carcajadas, y un par de ellos acudieron a ayudar a erguirse al muchacho al tiempo que le palmoteaban la espalda.

Congestionado y con lágrimas en los ojos, el gomero aún tosió largo rato aunque sin abandonar por ello el tabaco que al fin observó con profundo detenimiento.

–¡Qué cosa tan rara! –dijo al fin–. Pero resulta divertido.

–¿Divertido? –se asombró el de Jerez–. ¡Casi te mueres!

–Debe ser cuestión de acostumbrarse –fue la respuesta del isleño al tiempo que volvía a intentarlo con más cuidado–. ¡Me gusta! –admitió al fin tras inclinar levemente la cabeza–. ¡Ya lo creo que me gusta! ¡Pruébalo!

–¡Quítame eso de delante! –protestó vivamente el jerezano–. ¿Crees que estoy loco? Esas magias están bien para ti, que eres tan salvaje como ellos.

Tal vez los indios opinaron también que el muchacho «era tan salvaje como ellos», o tal vez el simple hecho de advertir que les imitaba en una costumbre tan arraigada entre los de su raza, les invitó a sentirse más inclinados hacia él, puesto que de inmediato se apresuraron a demostrarle sus preferencias, dejando un tanto de lado a sus acompañantes que aún continuaban con los apagados cigarros en la mano.

Cienfuegos, que no cesaba de echarle humo a la cara al que parecía más importante de entre los nativos, se volvió al converso y comentó alegremente:

–Me parece, señor, que si pretende hacer amistad con estas buenas gentes para que nos conduzcan hasta donde se encuentran el oro y el Gran Kan, no le va a quedar más remedio que ahumarse un poco.

–Me da la impresión de que éstos saben tanto de oro y del Gran Kan, como yo de la «Fuente de la Eterna Juventud» –fue la agria respuesta del converso.

El gomero, que empezaba a sentir una leve y agradable somnolencia, sonrió divertido:

–Puede que en verdad no sepan nada –admitió–. Pero me caen muy bien, y esto del «ta-ba-co» o comoquiera que se llame es estupendo. –Hizo un significativo gesto hacia una choza cercana–. Y con su permiso me voy a ahumar un poco a aquella jovencita que hace rato que no me quita ojo.

Se puso pesadamente en pie para desaparecer al poco en las tinieblas en compañía de una linda nativa de larguísima melena, seguido por la complacida sonrisa del resto de los indios y el desconcierto de sus compañeros de fatigas que al fin, y tras intercambiar una larga mirada de resignación, estudiaron de nuevo sus cigarros.

–Me parece que no nos va a quedar más remedio que intentarlo –señaló Luis de Torres.

–Eso veo –admitió el otro–. Aunque tengo la impresión de que esto no puede ser bueno para la salud.

A la mañana siguiente les estallaba la cabeza y experimentaban un amargo sabor de boca con la lengua gruesa y pastosa, como de corcho, pese a lo cual *Cienfuegos* y el converso aceptaron de inmediato un segundo cigarro, mientras Rodrigo de Jerez, que se había pasado la noche vomitando, juró que jamás volvería a fumar aunque le fuese en ello la vida.

Decidieron quedarse dos días más con aquellos amables y simpáticos nativos que se ofrecieron a mostrarles las increíbles bellezas de su tierra, conduciéndoles entre risas y bromas por hermosos campos cultivados, verdes colinas, tranquilos ríos, altivas montañas y diminutos poblados de gentes igualmente pacíficas y afectuosas, sin que a todo lo largo de tan encantador recorrido turístico descubriesen rastro alguno de las «Fuentes del Oro», y muchísimo menos, desde luego, del poderoso Cuba-y-Kan y sus inmensos palacios.

–El almirante puede cantar misa... –sentenció el canario durante uno de los continuos altos que solían hacer para tomar un corto refrigerio o fumigarse alegremente con notorio entusiasmo–. Pero a mí me da la impresión de que, siguiendo por estos caminos, antes llegamos a Sevilla que al Cipango.

–¡Yo opino lo mismo! –se apresuró a señalar el jerezano–. ¡Y deja de echarme el humo a la cara! ¡Me da náuseas!

–¡Disculpa! –fue la irónica respuesta–. ¡Qué delicado te has vuelto!

–¡Ni delicado, ni mierda! ¡Esa porquería apesta! Y te repito que no puede ser buena para la salud.

–¡Ya está bien! –intervino Luis de Torres conciliador–. No vamos a pelearnos por culpa del tabaco... Estoy de acuerdo con el hecho de que por aquí no vamos a ninguna parte y lo mejor que podemos hacer es regresar y hacerle comprender al almirante que esto no es más que una isla grande...

–Se va a enfadar porque jura que estamos ya en un continente y detesta que le demuestren que se equivoca.

–Pues que se enfade si quiere, pero los nativos aseguran que al otro lado de aquellas montañas se encuentra el mar y que más allá hay tierras muy altas de donde llega el oro.

–¡Sí! –se lamentó el jerezano–. Todos aseguran siempre que el oro viene de más lejos. ¿Pero cómo de lejos?

Ésa fue, casi exactamente, la pregunta del almirante don Cristóbal Colón cuando Luis de Torres le puso al corriente de cuanto creía haber conseguido averiguar en el interior de Cuba.

–¿Cómo de lejos?

–Lo ignoro, Excelencia. Y dudo que alguien lo sepa.

–Me habéis decepcionado, Torres... –fue la agria respuesta–. Confié ciegamente en vuestra capacidad como intérprete y habéis demostrado una sorprendente ineficacia. Nos encontramos en tierra firme, el Cipango, Catay o la India tienen que estar a menos de doscientas leguas de distancia, pero no habéis conseguido que nadie os señale el rumbo exacto. Tendré que ingeniármelas solo. ¡Como siempre! –Se volvió con gesto altivo a Juan de la Cosa que había asistido, visiblemente incómodo, a la entrevista–. ¡Levamos anclas! –señaló–. Navegaremos hacia el Este, a la vista de la costa, hasta que encontremos un puerto importante.

–¡Puerto importante! –se lamentaría poco después el converso a solas con *Cienfuegos*–. Estos salvajes han demostrado que jamás habían visto una embarcación mayor que sus tristes canoas, pero el «Señor Almirante» insiste en que a menos de doscientas leguas tiene que existir un puerto con palacios y templos de oro. ¡Está loco! –Cambió bruscamente el tono–. ¿Tienes uno de esos tabacos? Me ayuda a relajarme...

El isleño fue a buscar el único que le quedaba y lo compartieron amistosamente mientras observaban cómo la marinería izaba el velamen y levaba anclas para que las naves comenzaran a moverse lentamente sobre un mar en calma empujadas por un suave viento de Poniente.

Caía la tarde y sobre la superficie de las quietas aguas tan sólo destacaban algunas gaviotas y las triangulares aletas de una veintena de tiburones azulados que merodeaban en torno a las embarcaciones poniendo nerviosos a los hombres que se veían obligados a desplazarse por las jarcias en peligroso equilibrio sobre el vacío.

El contramaestre, al advertir la innegable repercusión que la presencia de los escualos tenía sobre la rapidez con que se llevaban a cabo las maniobras de a bordo, no tuvo mejor ocurrencia que tratar de ahuyentarlos arponeando al más próximo, lo que trajo como inmediata reacción que al verle sangrar varios de sus congéneres se lanzaran sobre el herido destrozándolo a dentelladas.

En cuestión de minutos un dantesco espectáculo tuvo lugar en torno a la *Santa María*, ya que de inmediato docenas y casi centenares de otros tiburones acudieron desde los cuatro puntos cardinales y, como si aquella simple ruptura del equilibrio natural hubiera sido el toque de arrebato para una cruel batalla, comenzaron a devorarse los unos a los otros con insaciable saña.

Fue una auténtica carnicería; una desesperada lucha sin cuartel en la que nadie parecía respetar a nadie, hasta el punto de que las aguas se enturbiaron tiñéndose de rojo, y no se advertían más que violentos coletazos, enormes mandíbulas de ensangrentados dientes y veloces cuerpos aerodinámicos que cruzaban como flechas bajo la quilla.

Los hombres saltaron de inmediato a cubierta, blancos como el papel y temblando de miedo, e incluso *Ca-*

ragato, el timonel, estuvo a punto de lanzar la nave contra un arrecife de coral incapaz por unos instantes de dominar sus nervios.

–¡Dios nos asista! –gritó alguien–. ¡Vámonos de aquí! ¡Vámonos de aquí!

Cuando al fin las velas consiguieron adueñarse del viento y la embarcación aceleró su andadura alejándose del lugar de la contienda, cien pares de ojos horrorizados permanecían clavados en el rojo punto en que las salvajes bestias continuaban agrediéndose desesperadamente, y pocos fueron los que esa noche consiguieron dormir sobre cualquiera de las tres carabelas, porque en el recuerdo de todos perduraba la impresión de la terrible escena, y en su ánimo la idea de lo que podría sucederle a un ser humano que tuviese la mala ocurrencia de caer en tales aguas.

El contramaestre fue castigado de inmediato con la pérdida de dos semanas de salario por su estúpida imprudencia, lo cual provocó que su ya notorio mal carácter se acentuase con lo que los pobres grumetes pagaron las consecuencias a la hora de sacar más brillo que nunca a las cubiertas.

El incidente de los tiburones y el hecho indiscutible de que –dijera lo que dijera el almirante– ni el Cipango ni Catay con sus «Fuentes del Oro» estaban cerca, contribuyó a crear un visible clima de malestar entre los tripulantes, que de nuevo comenzaron a murmurar en los sollados de proa.

Un calor pegajoso y denso, unido a continuos chubascos que en lugar de refrescar el ambiente aumentaban de forma notable la molesta humedad, exarcerbaron aún más los ánimos, hasta el punto de que por primera vez tuvo lugar una auténtica pelea en el sollado, cuyos protagonistas, el *Caragato* y un violento aragonés ex presidiario, a punto estuvieron de abrirse las tripas con inmensas navajas, y si no lo hicieron fue porque el contramaestre, única autoridad de a bordo, testigo del incidente, impuso una vez más su peculiar sentido de la justicia obligándoles a despojarse de las camisas y propinarse alternativamente latigazos en la espalda hasta que uno de ellos solicitara clemencia.

Era tal sin embargo la inquina y la ira que les iba invadiendo a medida que sufrían los golpes, que el canario llegó a temer que acabaran matándose, por lo que agradeció en el alma la oportuna aparición de «maese» Juan de la Cosa, quien puso fin al feroz espectáculo lanzando los rebenques por la borda y amonestando duramente al malhumorado vasco.

Los días siguientes transcurrieron en un monótono vagabundear por las costas de Cuba en una inútil búsqueda de ciudades, o de la mítica «Isla de Babeque» en la que, según los indígenas que llevaban a bordo: «Existía tanto oro que se recogía en las playas como si fueran conchas» y fue durante ese ir y venir sin rumbo fijo, cuando *La Pinta*, al mando de Martín Alonso Pinzón, se perdió un atardecer en el horizonte sin que a pesar de las desesperadas señales que se le hicieron, o las luces que se dejaron toda la noche encendidas, volviera a hacer su aparición.

A la mañana siguiente resultó evidente que la pequeña carabela no había sabido encontrar el camino de regreso, y aunque la estuvieron aguardando hasta el oscurecer e incluso salieron en su busca, no volvió a dar síntomas de vida.

El almirante, siempre desconfiando de cuantos le rodeaban, acusó de inmediato a Martín Alonso Pinzón de haber desertado para apoderarse de los tesoros de Babeque, y durante un cierto tiempo pareció dudar entre salir en su persecución y disputarle el oro, o continuar con su primera idea de alcanzar las tierras del Gran Kan.

Cinco días más tarde alcanzaron el extremo sur de Cuba, desde donde consiguieron avistar la silueta de una nueva tierra, alta y escarpada, que según el almirante tenía todos los visos de pertenecer también al continente en que deberían asentarse la India y el Catay.

Tras toda una noche de agitada navegación empujados por un viento propicio aunque zarandeados por un agitado mar de leva, anclaron al amanecer en una abrigada rada rodeada de altas montañas cubiertas de suave hierba, estilizados árboles y abundantes matojos, en lo que constituía un tranquilo paraje que, por primera vez desde que zarparon de La Gomera, se les antojó auténticamente familiar.

Don Cristóbal Colón fue de la opinión que era aquél el más hermoso lugar que hubiera visto nunca, y que por su semejanza con algunas regiones de la península Ibérica bien merecía el nombre de La Española, despreciando el de Haití con que la conocían los indígenas y que en su idioma venía a significar: «Tierra de Montañas.»

Los haitianos –fuertes, hermosos y que igualmente recordaban a los primitivos guanches de las Canarias por sus rasgos y el color de la piel– continuaban formando parte de la familia de los araucos o azawan, en contraposición con los feroces caribes o caníbales con los que los españoles aún no habían mantenido afortunadamente el más mínimo contacto pese a que recibían continuas noticias de ellos y de sus frecuentes razzias en busca de esclavos o carne humana.

Tan amables y hospitalarios como los habitantes de Cuba o Guanahaní, acudieron de inmediato a recibirles descendiendo de un amplio poblado que se extendía casi en las faldas de la montaña, y pese a que anduvieran también desnudos, sus cuerpos aparecían pintarrajeados con múltiples colores lo que les proporcionaba un curioso aspecto que invitaba a imaginar que se encaminaban a una alegre fiesta de carnaval.

También se encontraba muy arraigada entre ellos la

pintoresca costumbre de fumar, cosa que alegró tanto a *Cienfuegos* como a Luis de Torres, a pesar de que apenas el primero hubo dado un par de chupadas a uno de los enormes cigarros que el cacique les regalara, comentó convencido:

–Me gusta más el tabaco de Cuba.

–Pues éste no está mal –replicó el converso meditabundo–. Más suave, pero de mejor aroma. Quizás el problema estribe en que lo aprietan demasiado.

–O que aún está algo verde.

–Es otro tipo de hoja.

–Yo creo que se debe más bien a la forma de elaborarlo.

–Tal vez sería un buen negocio llevarse a España alguna de estas matas, cultivarlas y acostumbrar a la gente a fumar –comentó meditabundo Luis de Torres.

–¿Pagando? –se sorprendió el cabrero–. ¡Qué bobada! ¿Quién sería tan estúpido como para gastarse el dinero en algo a lo que va a prenderle fuego?

–¡Yo mismo! –fue la sincera respuesta–. Ayer, sin ir más lejos, hubiera sido capaz de dar cualquier cosa por uno de estos tabacos... Me encontraba nervioso –dudó–. ¡Me hacía falta!

–Los indígenas aseguran que cuando te acostumbras ya no puedes dejarlo. Que es un vicio como entre algunos marineros la bebida. ¿Usted lo cree?

–En absoluto. Les ocurre porque son gentes primitivas y sin cultura. Ningún civilizado se enviciaría realmente con esto.

En los postreros días de su vida, cuando, con un grueso cigarro siempre entre los dientes, el canario *Cienfuegos* solía sentarse en el porche de su casa a pasar revista a los acontecimientos que habían marcado su existencia y recordar a cuantos personajes curiosos había conocido, y hasta a qué punto habían influido en su destino, sonreía a menudo para sus adentros evocando aquella absurda charla con el converso Luis de Torres, y cuán equivocado se encontraba el día que aseguró que ningún ser civilizado se enviciaría jamás con el tabaco.

–Podríamos habernos hecho ricos... –musitaba en voz muy baja agitando incrédulo la cabeza–. ¡Inmensamente ricos!

Pero aquella otra mañana de principios de diciembre se limitaron a continuar sentados sobre una roca fumando apaciblemente, mientras observaban cómo el almirante se esforzaba una vez más por entenderse sin ayuda de nadie con toda una pléyade de indios pintados de rojo, negro o verde, en un vano intento de averiguar dónde nacían «Las Fuentes del Oro», o detrás de cuál de aquellas altivas montañas se ocultaba el palacio del poderoso emperador de los hombres amarillos.

La Pinta de Martín Alonso Pinzón continuaba sin hacer su aparición y Colón comenzaba a inquietarse temiendo que el español hubiera decidido emprender el regreso a España para apuntarse los méritos del descubrimiento, sobre todo si –como empezaba a sospechar– había tenido la suerte de encontrar en su camino aquella fabulosa isla de Babeque que le habría permitido atiborrar de oro sus bodegas.

Entre un andaluz que llegaba nadando en oro, y un genovés que arribaría mucho más tarde sin otra fortuna que algunos salvajes y animales exóticos, no cabía duda alguna de que las simpatías de reyes y banqueros se inclinarían de inmediato por el primero, arrebatándole al segundo toda la gloria a que creía en buena lógica tener derecho en exclusiva.

Una sorda ira y un hondo rencor iban anidando por tanto día tras día en el ánimo del almirante que, encerrado en su camareta, se obsesionaba durante horas ante la disyuntiva de continuar su fatigosa aventura en pos de lo que en realidad venía buscando: la corte del Gran Kan, o emprender un acelerado viaje de retorno a Sevilla, a notificarle a Isabel y Fernando que al fin había conseguido alcanzar las puertas mismas del Cipango.

¿Pero eran aquellas islas de gentes desnudas esa puerta?

En honor a la verdad se debe reconocer que el almirante jamás se planteó la posibilidad de estar equivocado, y por su mente nunca cruzó la idea de haber errado en sus cálculos puesto que confiaba ciegamente en su capacidad como marino.

Él estaba exactamente donde tenía que estar: a unos veintitantos grados de latitud Norte y al otro lado del Océano Tenebroso, y si el Cipango o Catay no se encontraba aún ante su proa, se debía evidentemente a su incapacidad de comunicarse con los nativos, y nunca a un fallo en su arte de navegar.

Era cuestión de días, tal vez semanas, poder entregarle al Gran Kan las cartas que los reyes de España le enviaban, pero por desgracia el sucio Martín Alonso Pinzón le estaba robando su tiempo, y el simple hecho de imaginarle navegando rumbo a Levante le impedía conciliar el sueño.

–¡Traidores! –se repetía una y otra vez casi mordiendo las palabras–. ¡Todos traidores!

La noche estaba en calma.

El mar, como un espejo.

Existían dos lunas al reflejarse la auténtica en aquellas mansas aguas, y una brisa muy suave empujaba las naves transportando desde la orilla un denso olor a flores, papayas, mangos, guayabas y tierra húmeda y caliente.

Jamás existió una noche tan perfecta.

El Niño-Dios había nacido.

Los hombres habían pasado el día celebrándolo, y con el anuncio de las primeras sombras un viento favorable que era casi un suspiro que abultaba apenas los vientres de las velas invitó al almirante a ponerse en camino rumbo al Este, abandonando la tranquila bahía en que habían conmemorado tan señalada fecha en compañía de más de un centenar de hospitalarios indígenas.

La marinería estaba cansada.

Había bebido en exceso, y tras un largo día de fuerte sol, mar, mujeres y unos gruesos tabacos a los que la mayoría aún no había conseguido acostumbrarse, muchos optaron por dejarse caer sobre las literas o en la misma cubierta para roncar sonoramente en cuanto las proas enfilaron la bocana y comenzaron a navegar sin ni tan siquiera un leve balanceo por aquellas tibias y cristalinas aguas que se dirían de seda.

Acodado en la borda, *Cienfuegos* fumaba en silencio disfrutando de la magia del hermoso momento, ya que su natural fortaleza, el hecho de no beber alcohol, y el estar más habituado a los efectos del tabaco, hacía que se encontrase en bastante mejor estado que la mayoría de sus compañeros, lo que le permitía concentrarse en el recuerdo de la maravillosa mujer que continuaba ocupando todos sus pensamientos y con la que quizá muy pronto conseguiría reunirse nuevamente.

¡Regresaban a Sevilla!

Oficialmente Colón aún no había dado la orden, pero corría el rumor de que Juan de la Cosa empezaba a preparar la nave –«su» nave– para la larga y tal vez difícil travesía del Océano.

El almirante aún pretendía explorar un poco más las costas de La Española en un desesperado intento por encontrar oro y a la espera de un posible regreso de *La Pinta*, pero era ya cosa sabida que con los primeros días del nuevo año pondrían definitivamente rumbo al Este, de regreso a España.

Y en España estaba Sevilla.

Y en Sevilla, Ingrid.

El canario –tan inocente en todo– jamás abrigó la duda de que la vizcondesa cumpliera su promesa de buscarle, y estaba plenamente convencido de que al llegar a puerto lo primero que distinguiría entre la multitud sería su hermosa melena rubia agitándose al viento y sus profundos ojos azules invitándole en silencio a poseerla.

Y es que a pesar de ser uno de los primeros seres humanos que habían atravesado de parte a parte el inmenso «Océano Tenebroso», para el infeliz cabrero el mundo continuaba siendo algo realmente pequeño en el que a la hora de la verdad apenas tenía cabida algo más que su amor por la alemana y el maravilloso universo particular que habían sabido crearse juntos. El hecho por tanto de que ella se encontrase en Sevilla y supiese que llegaba a bordo de la *Marigalante* se le antojaba absolutamente lógico por más que Luis de Torres pudiese juzgarlo una imbecilidad de tamaño gigante.

Observó la larga hilera de palmeras que iban desfilando a estribor y que parecían barrer con las sombras de sus penachos un mar hecho de plata, y no pudo evitar evocar aquellas otras palmeras de su isla, ¡tan distintas!, a cuyos pies más de una vez se amaron locamente.

¡Qué lejos se encontraba!

¡Qué lejos y, sin embargo, qué cerca la sentía!

¡Pronto estaría a su lado!

¡En Sevilla!

–¡*Guanche!* –llamó una aborrecida voz inoportuna que le obligó a volver a la realidad–. ¡Ven aquí un momento!

–¡Déjame en paz!

–¡Ven te digo! –insistió el *Caragato*–. Sólo un momento.

Acudió de mala gana junto al rijoso asturiano que parecía a punto de caer desplomado a causa del sueño y la bebida, y que se limitó a ponerle en la mano la caña del timón.

–¡Llévalo tú! –pidió–. Yo es que no veo.

El muchacho dio un paso atrás horrorizado.

–¿Yo? –repitió con hilo de voz–. ¿Te has vuelto loco? En mi vida he tocado un timón. ¡Llama a otro!

–Todos están durmiendo. O borrachos. –Hipó sonoramente–. Y yo ambas cosas. ¡Aguanta aquí! –ordenó malhumorado–. No tienes más que mantenerlo a la vía. Va solo y sin problemas.

–¡No!

–¡Cógelo, coño!

–¡Te repito que no!

–¡Tú verás lo que haces! –fue la desabrida respuesta

del de Santoña que abandonó su puesto dejándose caer sobre un montón de lonas–. ¡Hasta aquí llegué!

Al instante cerró los ojos y pareció como si le hubieran propinado un mazazo en la cabeza, puesto que a pesar de que el cabrero le agitó violentamente no fue capaz de reaccionar ni tan siquiera para lanzar un leve gemido.

–¡*Caragato!* –casi sollozó el pelirrojo atemorizado–. ¡No me hagas esto, *Caragato*...! Yo no sé un coño de esto.

Sus empeños resultaron inútiles aunque trató de ponerle en pie alzándolo por los sobacos, ya que el timonel parecía haberse convertido de improviso en un informe saco de huesos deslavazados.

El barco dio un bandazo.

El timón derivó levemente, el viento restalló contra las velas, la botavara de popa bailó por un instante y el asustado *Cienfuegos* optó por dejar caer al *Caragato* y lanzarse sobre la caña a intentar enderezar la nave obligándola a regresar a su primitivo y pacífico rumbo.

Resultó más sencillo de lo que hubiera imaginado nunca porque, con semejante mar y un viento tan liviano y sin malicia, la *Marigalante* se comportaba con tal docilidad que incluso un niño hubiera sido capaz de gobernarla.

A los diez minutos, pasado el primer susto, *Cienfuegos* ganó confianza.

Luego le tomó gusto al trabajo.

Era algo grandioso encontrarse en pie en el alcázar de popa del más hermoso navío que hubiera visto nunca, deslizándose dulcemente sobre un cristal bruñido y viendo pasar a estribor un ejército de palmeras que parecían saludarle, hipnotizado por el rielar de la luna en el agua y embriagado por los mil perfumes del mar y de la selva.

Le hubiera gustado que ella le viera en aquellos momentos.

Nunca en su vida se sintió tan importante.

Ni fue tan hombre.

A popa, siguiendo su estela a tiro de bombarda, navegaba dulcemente *La Niña*, y en los sollados, las camaretas o sobre cubierta, más de un centenar de hombres descansaban soñando quizá con el regreso a unos hogares que habían quedado muy lejos.

Él, humilde cabrero de la isla de La Gomera, velaba sus sueños y los conducía de vuelta a casa.

Fue aquél, sin duda, el más hermoso momento de su vida que no hubiera compartido con Ingrid, y por primera vez entendió plenamente el amor que muchos de aquellos hombres sentían por el mar.

El contacto con la caña del timón le ayudaba a ser importante.

Y libre.

Luego la puerta de la camareta de popa se abrió y el almirante hizo su aparición sobre cubierta.

Al canario le invadió de inmediato el pánico, puesto que las más estrictas órdenes de a bordo señalaban que bajo ningún concepto se dejara el timón en manos de un grumete.

Permaneció muy quieto, sin respirar apenas, como estatua de sal o piedra buscando que la sombra de la vela ocultara su rostro y Colón no pudiera distinguir si era el *Caragato* o cualquier otro timonel el que se encontraba a menos de cinco pasos de distancia, y tan sólo se sintió más tranquilo cuando advirtió cómo se encaminaba a proa donde permaneció largo rato observando el mar y las estrellas según su eterna costumbre.

Pero en esta ocasión, y sin que nunca pudiera saber por qué, el almirante se entretuvo más de lo normal.

Durante el resto de su vida el isleño abrigaría inquietantes dudas sobre la auténtica razón de tal demora.

Pero en aquellos instantes lo único que le preocupó fue el hecho de que «el hombre que olía a cura» regresara meditabundo, ascendiera pesadamente los cortos escalones del alcázar de popa y se detuviera frente a él como si se pretendiera darle una orden.

Se miraron. De frente, cara a cara, a menos de tres pasos de distancia, y pese a que el gomero tuvo la absoluta certeza de que le había reconocido, el almirante no hizo gesto alguno ni pronunció una sola palabra, limitándose a permanecer como en otro mundo, sumido en la complejidad de sus oscuros pensamientos.

Su rostro se le antojó totalmente inescrutable.

Su expresión, ausente.

Fue aquél un momento clave.

Tal vez uno de los más importantes en la vida de *Cienfuegos*.

Pero no ocurrió nada.

Absolutamente nada.

Don Cristóbal Colón, Almirante de la Mar Océana y Virrey de las Indias se limitó a mirarle a los ojos, agitar levemente la cabeza y penetrar de nuevo en su camareta cerrando la puerta a sus espaldas.

El canario lanzó un suspiro de alivio.

Sus rodillas dejaron poco a poco de temblar, su pulso se serenó, y su mano se aferró con más fuerza que nunca a la caña del timón.

El mar seguía en calma.

El manso viento traía olor a guayabas.

La luna hacía que la visibilidad fuera perfecta.

El Niño-Dios había nacido.

Regresaban a casa.

A Sevilla.

¡A Ingrid!

El mundo estaba en paz consigo mismo y todo, ¡todo!, se le antojó en aquellos momentos armonioso y perfecto.

La *Marigalante* se estremeció de punta a punta.

Una mano gigante, de uñas de acero le arañó las entrañas obligándole a lanzar un hondo gemido de dolor y protesta.

Algo se le quebró en el alma.

Cienfuegos se precipitó hacia delante, y al recobrar el equilibrio advirtió que la nave se le moría entre los dedos.

Se escucharon gritos de espanto.

Llamadas.

Carreras.

Arrancados de su profundo sueño los hombres surgieron de sus agujeros como larvas vomitadas por inmensas bocas negras, y en un principio nadie acertó a descubrir qué era lo que en realidad estaba ocurriendo.

–¡Nos hundimos!

–¡Dios nos proteja! ¡Naufragamos!

El recuerdo de la ferocidad de los tiburones acudió de inmediato a todas las mentes, y un hondo lamento de terror colectivo ascendió hacia la pálida luna que contemplaba indiferente la tragedia.

El almirante hizo su brusca aparición sobre el alcázar.

–¿Qué ha ocurrido? –gritó.

–Hemos encallado, Excelencia –replicó desde proa la temblorosa voz de Juan de la Cosa.

–¿Arena?

–¡Arrecifes!

–¡Dios nos asista! ¡Botes al agua! Un disparo para llamar la atención de *La Niña*. Que cuatro hombres bajen a las sentinas a inspeccionar los daños.

Era un buen marino. Aquél era su auténtico mundo y sabía dar órdenes en un tono seco y autoritario que no daba opción a réplica, por lo que pronto todos a bordo tomaron plena conciencia de cuál era su misión y qué era lo que tenían que hacer para intentar salvar la nave.

Pero la *Marigalante* estaba herida de muerte.

Inclinada levemente sobre su costado de babor se estremecía y cada una de sus destrozadas cuadernas chirriaba bajo una insoportable presión para concluir por estallar con un gemido que obligaba a pensar en los sollozos de un fiel animal moribundo.

Sentado en el suelo y aferrado aún a la ya inútil caña del timón, el atónito *Cienfuegos* unió su llanto al de la nave.

A las cuarenta y ocho horas del accidente, todo el contenido de las bodegas de la nao se encontraba debidamente guardado y protegido en las cabañas de los indígenas de la región sin «que faltase ni tan siquiera una aguja».

La *Marigalante*, o *Santa María* –¡qué poco le había durado tan sonoro y respetable nombre!– descansaba en la playa aparentemente intacta pero definitivamente perdida para los mares y las largas travesías, en una quieta bahía en que no había hombres que supieran devolverle la vida ni medios para intentarlo.

El inmutable Juan de la Cosa, aquel que había sido capaz de construirla con sus propias manos en su Santoña natal, vagaba de un lado a otro de la playa, macilento y demacrado, incapaz de aceptar que lo más valioso que había poseído en este mundo no fuera ya más que un montón de inservible madera, y el resto de la tripulación se esforzaba por salir de su estupor, preguntándose ansiosamente qué futuro les aguardaba en aquel perdido confín del universo.

Nadie tuvo una sola palabra de reproche para el joven *Cienfuegos*.

Ni tan siquiera para el desesperado *Caragato*.

Era como si hasta el último grumete aceptase con obligada resignación, que había sido la mano de Dios la que empuñara el timón conduciendo directamente la proa de la nave hacia el único bajío de las aguas circundantes.

–¿Qué va a ocurrir ahora?

La pregunta del canario, no obtuvo en principio más que un leve encogimiento de hombros por parte de Luis de Torres.

–No tengo ni la menor idea –señaló al cabo de un rato–. El almirante y sus pilotos lo están decidiendo en estos momentos, pero «maese» Juan de la Cosa asegura que la nao no tiene arreglo y él es quien mejor puede saberlo.

–¿Entonces?

–Queda *La Niña*.

–No soportará el peso de todos. ¡Si al menos regresara *La Pinta*!

–Dudo que lo haga. Tal vez, como Colón asegura, esté ya camino de Sevilla.

–Un Pinzón nunca haría eso.

–¿Qué sabes tú? ¿Qué sabe nadie de por qué la gente hace las cosas que hace? –meditó unos instantes con sus acerados ojos clavados en un punto perdido en el horizonte y añadió sin mirarle– ¡Repíteme lo que ocurrió la otra noche! –pidió.

–¡Ya se lo he contado diez veces! –protestó *Cienfuegos*–. No fue culpa de nadie.

–¿Estás seguro?

–Todos dormían.

–¿Todos?

Había una intención tan marcada en aquella pregunta, que el muchacho no pudo por menos que sentirse incómodo.

–Todos menos yo... –hizo una corta pausa–. Y el almirante.

–...Que pasó un largo rato en proa. –Ante el mudo asentimiento inquirió–: ¿Y estás seguro de que no pudo ver el bajío?

–Si lo hubiera visto, me hubiera ordenado variar el rumbo. ¿O no?

–Eso es lo que continuamente me pregunto –señaló el converso preocupado–. Anoche di un paseo hasta la punta; a la luz de la luna y con la mar en calma, el bajío se adivina en la distancia. A un buen marino nunca le hubiera pasado inadvertido. Y el almirante siempre fue un buen marino.

–Me inquieta lo que pretende insinuar.

–A mí también, muchacho... –fue la intrigante respuesta–. A mí también, pero por más que lo intento no puedo dejar de pensar en ello.

Esa misma noche se conocieron las conclusiones del cónclave que el almirante había mantenido con sus pilotos. Si como resultaba evidente, la *Santa María* no navegaría nunca más y *La Niña* no disponía de capacidad suficiente como para devolverlos a todos a casa con unas mínimas garantías de seguridad, la única solución viable estribaba en que parte de la tripulación se quedara en *La Española*, fundando una ciudad y aguardando el regreso de Don Cristóbal Colón que empeñaba su palabra y su honor jurando estar de vuelta antes de un año.

Don Diego de Arana, un hombre gris y sin carisma, cuyos únicos méritos se limitaban al hecho de ser primo segundo de Doña Beatriz Enríquez, amante del recién nombrado Virrey de las Indias, quedaría al frente del que sería llamado a partir de aquel momento «Fuerte de la Natividad» y como segundo en el mando se imponía al repostero real Pedro Gutiérrez, curiosamente el único miembro de toda la expedición que aseguraba haber visto una luz en tierra en el momento en que el almirante se la indicó la noche del once de octubre.

Unos veinte miembros de la tripulación, en su mayoría aquellos que menos estaban relacionados con el mar, y la casi totalidad de los que tenían cuentas pendientes con la justicia española decidieron quedarse voluntariamente, buscando rehacer sus vidas en aquella hermosa tierra fértil y acogedora, pero por desgracia tal cantidad no bastaba, y se hacía necesario que al menos otros tantos permanecieran en la isla de grado o por la fuerza.

–¿En virtud de qué criterio se decidirá; quiénes serán condenados a alejarse –tal vez para siempre– de sus hogares y sus familias, si no sabemos cuándo volveremos y si algún día realmente volveremos?

La pregunta de «maese» Juan de la Cosa quedó flotando en el aire de la choza en que se había mantenido la reunión, y todos los ojos se volvieron al virrey que era en quien recaía tamaña responsabilidad, pero una vez más Don Cristóbal Colón consiguió eludirla con aquella extraña habilidad que demostraba para esquivar los problemas difíciles:

–Que lo decidan ellos –dijo.

–¿Cómo? –se asombró el mayor de los Pinzones–. ¿Por qué ellos?

–Porque son los que deben hacerlo –fue la seca respuesta–. Excepto *Caragato*, el timonel que abandonó su puesto y que debe lógicamente pagar sus culpas, y tres o cuatro revoltosos que prefiero dejar en tierra, los restantes deben decidir por votación quién se queda y quién se va.

–¡Acabarán matándose!

–Intentaremos impedirlo. Quiero esos nombres sobre mi mesa mañana porque dentro de cinco días levaremos anclas rumbo a España. Cuanto antes nos vayamos, antes estaremos de vuelta.

A aquellas alturas era ya oficialmente virrey de las Indias, podía ordenar lo que quisiera e incluso ejecutar a quien le viniera en gana sin tener que dar cuentas de sus actos, y resultaba evidente que tampoco había nadie que tuviera un excesivo interés en discutir sus decisiones.

Descontados los voluntarios y los obligados, se calculó por tanto en doce el número de los que tendrían que quedarse «por las buenas o por las malas». Pero en contra de la opinión del almirante, la elección no tuvo lugar democráticamente, sino que se llevó a cabo por un procedimiento que estaba mucho más en consonancia con la lógica teniendo en cuenta la personalidad de los involucrados: se lo jugarían a las cartas.

Excepto los más ancianos, los enfermos o aquellos de los que se sabía sin lugar a dudas que eran padres de familia numerosa, los hombres se fueron encaminando por grupos a la más apartada de las cabañas del poblado, lejos de la vista del almirante o de sus incondicionales, para tomar asiento en torno a una sucia manta sobre la que *el Caragato* –que por no tener ya nada que perder quedaba libre de toda sospecha– ejercía las funciones de *croupier* de la trascendental partida.

No obstante, y para tratar de investir de unas mínimas dosis de lógica al sorteo, se decidió agrupar a los participantes según sus misiones a bordo, de forma que los contramaestres se enfrentaran a los contramaestres, los gavieros a los gavieros, los carpinteros a los carpinteros y los grumetes a los grumetes.

Fue así como, por mor de la suerte y de su ínfimo grado como miembro de la tripulación, el canario *Cienfuegos* se vio abocado a enfrentarse en último lugar y por la única plaza que quedaba a bordo de *La Niña*, con Pascualillo de Nebrija, que al igual que él, había ido perdiendo uno tras otro sus sucesivos envites.

–¡Bien! –exclamó sonriente el resabiado *Caragato* al que parecía divertir el papel de árbitro de los destinos ajenos–. ¡Veamos quién completa la docena de los condenados a pudrirse en este miserable agujero...! –Barajó una y otra vez las cartas regodeándose en mantener el suspense el mayor tiempo posible y añadió–: ¡A ver, tú! –ordenó dirigiéndose a un grasiento cocinero llamado Simón Aguirre–: ¡Corta!

El buen hombre lo hizo con mano temblorosa, y sentados uno a cada lado del timonel asturiano, Pascualillo de Nebrija y el isleño contuvieron la respiración mientras el corazón parecía a punto de estallarles en el pecho. Ambos sabían muy bien lo que se estaban jugando, y sobre todo el canario tenía plena conciencia de que si permanecía por lo menos un año a aquel lado del océano, jamás volvería a reunirse con Ingrid.

–Como siempre, a la carta mayor... –especificó el *Caragato*–. Y no se aceptan reclamaciones. Tú primero, Pascualillo. –Señaló, y centímetro a centímetro comenzó a voltear el naipe hasta que, de improviso, y con un golpe brusco, lo lanzó sobre la vieja manta.

–¡Dama!

La exclamación dè alegría partió de los labios del nebrijano al tiempo que el pelirrojo advertía cómo un sudor frío le corría por la frente, ya que sabía perfectamente que según las reglas establecidas tan sólo con un rey podía vencer. Tenía por lo tanto doce posibilidades en contra y sólo una a favor.

Con desesperante parsimonia, el improvisado *croupier* destapó una nueva carta:

–¡Dama!

Un sordo rumor se extendió por la cabaña ante el inesperado empate, y todos los cuellos se estiraron tratando de captar mejor la escena.

–Ahora te toca a ti en primer lugar, *Guanche* –señaló el asturiano– ¡Ahí va!

–¡¡DAMA!!

En esta ocasión se trató de un auténtico rugido de asombro y entusiasmo, ya que se había dado el inaudito caso de que tres cartas seguidas fueran exactamente iguales, lo que hacía que, de forma sorprendente, se volvieran las tornas, y el hasta pocos instantes antes sonriente Pascualillo de Nebrija apareciera ahora lívido y a punto de estallar en sollozos.

El Caragato le dirigió una larga mirada de burla y desprecio, y mientras comenzaba a lanzar la carta espetó ásperamente.

–¡No seas mierda, coño! No llores y compórtate como un hombre.

El naipe cayó sobre la manta.

–¡¡REY!!

Cuando la popa de *La Niña* se perdió definitivamente en la distancia, rumbo al este, un profundo silencio planeó como una inmensa gaviota negra sobre las cabezas de los treinta y nueve hombres que permanecían al borde del agua contemplando cómo el cordón umbilical que les unía a su mundo se cortaba en dos definitivamente.

Un vacío y una angustia indescriptibles se adueñó incluso de los corazones más insensibles, afectando de igual modo a quienes se habían visto obligados a quedarse a la fuerza en la isla, y a quienes habían elegido voluntariamente renunciar a su país y su pasado.

Una vida humana no está hecha únicamente de carne, sangre, huesos y esperanzas de un futuro mejor, sino también, y de forma muy especial, de recuerdos y vivencias, y aquel triste puñado de hombres solos parecía definitivamente condenado a cortar con una parte tan importante de su existencia, adaptando sus mentes a un «Nuevo Mundo» del que apenas habían entrevisto la más superficial de sus envolturas.

Recostado sobre el torcido tronco de una caprichosa palmera que habiendo nacido en tierra jugaba a dejar caer sus frutos sobre el mar a base de extenderse casi horizontalmente sobre la blanca playa, *Cienfuegos* se iba haciendo más y más hombre a medida que aprendía a controlar sus emociones impidiendo que unas amargas lágrimas vencieran en su enconada lucha por saltarle a los ojos.

Él era sin duda, de entre los treinta y nueve condenados, quien más perdía al no haber conseguido plaza a bordo de la nave que se alejaba, porque él era el único que estaba perdiendo la posibilidad de volver a amar como pocas veces se había amado en este mundo.

No era un hogar, una familia, honores o riquezas lo que le aguardaban al otro lado del océano, pero lo era también todo al propio tiempo, porque para el humilde cabrero de La Gomera, el cuerpo, los ojos y la voz de Ingrid Grass constituían sin lugar a dudas su hogar, su familia, y la mayor gloria y fortuna que un hombre hubiera podido obtener a lo largo de toda una vida.

Deseaba llorar, y no lloraba.

Deseaba gritar y guardaba silencio.

Deseaba morir y seguía respirando.

Era como si la vesícula le hubiera estallado mansamente para que una amarga bilis inundara sus venas extendiéndose arteramente por cada partícula de su cuerpo, envenenando su sangre y sus pensamientos, y produciéndole un dolor tan hondo y tan sordo que el cerebro no alcanzaba a encontrar una forma de expresarlo abiertamente.

Odiaba al mundo y se preguntaba por qué razón el destino se había empeñado en jugar con él de una manera tan absurda, ofreciéndole lo mejor que un ser humano se atreve a soñar para quitárselo luego bruscamente y lanzarle de improviso a una desquiciada carrera sin objeto, como si un furioso vendaval hubiese arrancado un árbol de raíz para arrastrarlo por los aires y plantarlo de nuevo en mitad del desierto.

Miró a su alrededor y no distinguió más que seres humanos igualmente desolados que tomaban asiento sobre las arenas o las rocas contemplando ya sin ver la estela de la nave que se llevaba su pasado.

Oscuros presagios de tragedia se habían adueñado poco a poco de todas las voluntades, y la que hasta sólo unas horas antes se le antojara maravillosa tierra de promisión en la que algunos imaginaban que les aguardaba un hermoso futuro, se había transformado como por arte de hechicería en hostil presidio del que nadie conseguiría escapar nunca con vida.

Lo quisieran o no, no eran ya más que náufragos burdamente disfrazados de colonos; andrajosos marinos abandonados a su suerte lo más lejos que jamás estuvo nadie hasta aquellos momentos de su lugar de origen, juguetes de los caprichos de un hombre que no dudaba en sacrificarlos fríamente en aras de sus mezquinos intereses.

–¡Lo consiguió! –fue lo primero que comentó el *Caragato* al tomar asiento a su lado señalando con un gesto el ahora vacío horizonte–. Ya tiene una disculpa para volver.

–¿Qué quieres decir?

–¡No te hagas el tonto, *Guanche*! –fue la desabrida respuesta del timonel–. Lo sabes muy bien. Al no encontrar ni oro, ni al Gran Kan, sino tan sólo unos cuantos papagayos y salvajes desnudos, necesitaba algo con que convencer a los Reyes de que le permitieran regresar, y ese «algo» hemos sido nosotros.

–¿Qué otra cosa podía hacer? –quiso saber *Cienfuegos*–. En *La Niña* no cabíamos todos.

–Eso va en opiniones. Y la mía es que las cosas le han salido a pedir de boca.

–¿Incluso el naufragio?

El otro asintió convencido.

–Sobre todo el naufragio. El día oportuno, en el momento oportuno, sin el menor peligro y tras haber permitido por primera vez durante el viaje que «toda» una tripulación bebiera hasta reventar.

–Era Navidad.

–¡Lo sé! Era Navidad. Un día en que a ningún capitán sensato se le ocurriría la peregrina idea de zarpar con una tripulación borracha cuando no perdía ninguna marea ni tenía prisa por llegar a parte alguna.

–Fuiste tú quien abandonó el timón –le recordó el canario.

–¡Sí! –admitió el asturiano hoscamente–. Fui yo... Pero cualquier otro hubiera hecho lo mismo en las mismas circunstancias. Por primera vez en mi vida me sentía incapaz de mantener los ojos abiertos y te juro por mi madre que después de tantos años de trasegar jarras de vino conozco bien sus efectos. Había algo más.

–El tabaco.

–Yo no pruebo esa mierda.

–El sol y las mujeres.

–Un timonel tiene que estar habituado a aguantar más sol que una veleta, y las mujeres no tiran a toda una tripulación bajo las mesas. Había «algo más»...

–Prefiero no escucharte –replicó *Cienfuegos* con un tono de voz extrañamente serio–. Lo que insinúas puede convertirse en una acusación que te lleve a la horca.

–No me asusta la horca... –replicó el otro con calma–. Lo que teníamos que haber hecho era tirar a ese sucio judío por la borda hace ya mucho tiempo. Pero os dio miedo, y ahora estamos aquí, a merced de esos salvajes y sin la más mínima posibilidad de regresar a casa.

–¡Volverá!

–¡Sí, desde luego! Volverá, de eso estoy seguro... Pero de lo que no lo estoy, es de que consiga volver a tiempo.

–¿A tiempo de qué? ¿Qué puede ocurrir?

–¡Muchas cosas, muchacho! Probablemente, demasiadas.

Se alejó por la playa tal como había venido, sin aparente prisa por llegar a parte alguna puesto que no había allí lugar alguno al que ir, y *Cienfuegos* advirtió cómo al fin iba a tomar asiento junto a uno de los gavieros, para volver a señalar de nuevo el horizonte y repetir sin duda idénticas acusaciones.

¿Podía asistirle alguna razón en lo que había insinuado?

Más que nadie, *Cienfuegos* disponía de suficientes elementos de juicio como para considerar seriamente el punto de vista del asturiano, puesto que hora tras hora se preguntaba qué era lo que en verdad cruzaba por la mente del almirante aquella aciaga noche en que se detuvo frente a él, le miró como si se encontrase a miles de millas de distancia, pareció a punto de darle una orden o inquirir por qué razón se había consentido que el más inexperto de los grumetes gobernase la nave capitana, para acabar por guardar silencio y encerrarse en su camareta.

¡Era todo tan confuso!

Ta vez, de haber sabido que días más tarde *La Pinta* y *La Niña* volverían a encontrarse frente a las costas de La Española, y de que a pesar de la repetida insistencia de sus capitanes de regresar en busca de los que habían quedado en el mal llamado «Fuerte de la Natividad», el virrey se había opuesto a volver, las ideas del cabrero hubieran concluido por aclararse definitivamente.

En *La Pinta* había espacio suficiente para treinta y nueve hombres más, y a partir de aquel momento no existía ya la disculpa de las prisas por adelantar a Martín Alonso Pinzón, pero no obstante la orden de Colón fue poner rumbo a España sin pérdida de tiempo, despreciando las vidas de quienes se habían visto obligados a quedarse atrás.

El virrey de las Indias jamás accedió a dar explicaciones sobre la razón de un acto tan cruel e insensato, e incluso cuando mucho más tarde tuvo ante sus ojos la innegable evidencia de la terrible tragedia que había provocado, se negó a aceptar su indiscutible responsabilidad sobre los hechos, considerando tal vez –como suelen hacerlo la mayoría de los gobernantes– que todo sufrimiento ajeno está plenamente justificado siempre que convenga a los fines de quienes se consideran elegidos por el dedo del destino.

Pero aquellos detalles carecían ahora de importancia.

Ahora, allí, en la isla, arrinconados entre una espesa selva desconocida y un tranquilo océano infestado de tiburones, lo único que importaba era esforzarse por sobrevivir por lo menos un año, y concluir un improvisado «fuerte» utilizando los restos de la que había sido la altiva y fiel *Marigalante*.

Diego de Arana, sumiso y mustio servidor del almirante durante los largos meses de travesía, hasta el punto de que casi nadie a bordo parecía haber reparado en la existencia de aquel hombrecillo encorvado y calvo con más trazas de sacristán o escribano que de marino, pareció descubrir de improviso –cuando ya ni las velas de *La Niña* se avizoraban por parte alguna– que en lo más profundo de su escuálido pecho había dormido siempre un auténtico conductor de multitudes, por lo que se apresuró a impartir inapelables órdenes de cómo y dónde debían alzarse las empalizadas y los fosos, y cuáles eran las nuevas obligaciones de cada uno de sus súbditos.

–¡Disciplina! –fue su norma–. Trabajo y disciplina.

Comenzó por tanto a cometer errores, y quizás el más grave de entre todos ellos fue el de abrigar el convencimiento de que si no quería dejarse arrebatar aquel dulce poder que el amante de su prima le había otorgado tan caprichosamente, lo primero que tenía que hacer era ejercerlo para imbuir en el ánimo de todos la absurda idea de que sin él no era concebible abrigar esperanza alguna de supervivencia.

–Planta el palo mayor de la *Marigalante* en el centro

del patio –le ordenó a su lugarteniente, Pedro Gutiérrez–. Y advierte a todos que quien desobedezca permanecerá una semana atado a él tras recibir veinte latigazos. Y al que reincida, lo ahorco.

Al obtuso repostero real, que jamás había hecho otra cosa que asentir a cuanto un superior insinuase, ni siquiera se le cruzó por el reblandecido cerebro la más mínima duda de que aquélla fuese la mejor forma de tratar a unos hombres que aún no habían salido del profundo estupor que significaba acostumbrarse al hecho de que los habían abandonado a su suerte, y cuanto hizo por tanto fue actuar como desafinada caja de resonancia, desmesurando, con broncas voces e intespestivas amenazas, la inoportuna orden.

Dos días más tarde, y cuando un estrábico granadino apellidado Vargas, acudió a hacerles notar que se había quedado voluntariamente en la isla, no para ejercer funciones de soldado o constructor de fortalezas, sino con la pacífica intención de levantar una casa y cultivar unos campos como hombre libre y sin obligaciones militares, la respuesta inmediata fueron los ya citados latigazos y una semana abrasándose al sol.

Los nativos no salían de su asombro.

De pronto descubrían que aquellos extraños «semidioses» de absurda vestimenta a los que con tanta simpatía habían acogido y con quienes habían disfrutado de una especie de maravillosa y divertida luna de miel hecha de fiestas y regalos, podían comportarse de una forma cruel y despiadada, actuando como si de la noche a la mañana se hubieran convertido en sus peores enemigos.

El «fuerte» alzaba sus hostiles muros de cara a sus humildes chozas, y a las anchas sonrisas y la eterna bienvenida a bordo sucedían ahora miradas de recelo y agrias palabras, como si los extranjeros no fueran capaces de advertir que ellos siempre habían carecido de armas, pertenecían a la tribu más pacífica del mundo, y nada tuvieron nunca en común con aquellos temidos caribes o caníbales que de tanto en tanto acudían a robar mujeres o a devorar a sus hijos.

¿Cómo era posible que un hombre azotase brutalmente a otro por un simple intercambio de palabras?

¿Cómo podían permitir que un ser humano se consumiese bajo un sol de fuego mientras las moscas se cebaban en su sangre y el pus de sus heridas?

¿Actuaban siempre así los extranjeros dueños del trueno y de los mil objetos portentosos?

Ellos, que habían llorado al asistir al desastre de la gran casa flotante, y que se habían ofrecido de todo corazón para ayudar en cuanto estaba en su mano a los infelices náufragos, se sorprendían ahora al observar cómo la sincera amistad de los primeros días parecía ir dejando paso a una latente animadversión, que comenzaba extrañamente en la propia relación entre los mismos semidioses.

Cienfuegos, observaba.

Infantil e inocente aun en lo más profundo de su ser, los vertiginosos y desagradables acontecimientos que se habían ido desarrollando ante sus ojos en los últimos tiempos comenzaban poco a poco a carcomer su ánimo, obligándole a hacerse hombre a toda prisa incluso en contra de sus más íntimos deseos.

Echaba de menos a Luis de Torres.

El astuto intérprete y el afable Juan de la Cosa habían llegado a convertirse con el paso del tiempo en sus mejores amigos y se sentía como huérfano y sin protección desde el instante en que se despidiera de ambos en la playa.

–¡Cuídate! –suplicó el converso–. Yo volveré a por ti.

–No se preocupe –replicó el gomero agradecido–. Ya ha hecho bastante por mí. –Se interrumpió un instante–. Pero necesito un último favor.

–¿Qué le comunique a tu amada dónde estás? –sonrió el otro comprensivo–. No te inquietes: tenía pensado hacerlo. –Le colocó afectuosamente la mano sobre el hombro–. Pero a cambio quiero que me prometas algo.

–Lo que usted diga.

–Para cuando vuelva tienes que saber leer y escribir correctamente. He hablado con «maese» Benito de Toledo, el maestro armero, y está dispuesto a ayudarte.

–Cuente con ello.

Cienfuegos no era de los que hacían falsas promesas y por ello cada anochecer, en cuanto concluía el trabajo diario y no le correspondía turno de guardia, se encaminaba al chamizo en que el obeso toledano había establecido la armería y se aplicaba durante una larga hora a dibujar letras sacando mucho la lengua, o a tratar de descifrar un manoseado libro que el otro accedía a prestarle siempre que lo leyera sobre la mesa, y sin tocarlo, hasta el punto de que cuando el canario concluía una página tenía que llamarle para que le pasara cuidadosamente la hoja.

«Maese» Benito era un tipo pintoresco y bondadoso aunque algo maniático, y formaba parte del grupo de los que habían optado por quedarse en el Nuevo Mundo convencidos de que el antiguo ya nada tenía que ofrecer. Misógino e introvertido, se decía que había asesinado a su mujer en el transcurso de una discusión religiosa, aunque otras versiones aseguraban que en realidad su esposa, una atractiva muchacha judía, había preferido compartir el exilio con los de su raza, a convertirse al cristianismo para poder continuar a su lado.

Cienfuegos sospechaba que al menos cinco de los miembros de la tripulación que habían decidido desembarcar por propia voluntad, eran en realidad judíos o ladinos que fingían haber abrazado una fe que no sentían, y que abrigaban la esperanza de que a este lado del océano las imposiciones de los Reyes y la Iglesia no fuesen tan estrictas.

Luis de Torres le había hablado a menudo del dantesco y bochornoso espectáculo que constituyeron en su día las caravanas de judíos, que por culpa de una ley injusta y racista se habían visto obligados a abandonar sus hogares y la patria de sus antepasados en una masiva emigración hacia las costas del norte de África, expulsados por el fanatismo de unos reyes que abrigaban el absurdo convencimiento de que únicamente quien creyera ciegamente en Cristo podía engrandecer a su patria.

Nadie se atrevió a advertir a los todopoderosos soberanos que con aquel cruel y estúpido acto de barbarie condenaban a su país a un negro e interminable período de estancamiento, ya que los judíos habían detentado, por tradición, la mayoría de los oficios directamente relacionados con la ciencia y la cultura.

Obsesionados por los efectos de una larguísima contienda para liberar a la Península del dominio musulmán, los cristianos se habían concentrado preferentemente en la práctica de las artes marciales, relegando a un lado las humanísticas, y ahora, cuando ya el último bastión árabe había caído, en lugar de volver los ojos hacia quienes podían transformar una sociedad eminentemente guerrera en otra más pacífica y evolucionada, los expulsaban.

Mal aconsejados, y cegados sin duda por su reconocida soberbia, Doña Isabel y Don Fernando no habían sabido calcular los demoledores efectos de tan insensata orden, menospreciando a todas luces la firmeza de las creencias de todo un pueblo, hasta el punto de que, cuando al fin comprendieron la magnitud del daño que estaban causando, no demostraron poseer el coraje suficiente como para enmendar su gigantesco error.

La estructura de toda una sociedad se vino por tanto

súbitamente abajo, puesto que de pronto desapareció un altísimo porcentaje de sus intelectuales, arquitectos, médicos, científicos y artesanos más cualificados, a la par que un gran número de familias se destruían al impedirse que seres de distintas creencias pudieran compartir un mismo techo.

Si había sido ese el caso de «maese» Benito de Toledo, o si por el contrario se trataba de un simple crimen pasional, el canario jamás conseguiría averiguarlo, pero lo cierto fue que con el transcurso del tiempo aprendió a tomarle un especial afecto al gordinflón toledano, por más que nunca llegara a ocupar el puesto del converso Luis de Torres.

El maestro armero, crítico observador desde su mesa de trabajo de todo cuanto sucedía en el «fuerte», no tardó tampoco en pronosticar que un sinfín de irremediables desgracias se cernían sobre las obtusas cabezas de la diminuta comunidad, lamentando profundamente el hecho de que los seres humanos fueran tan proclives a llevar consigo sus peores instintos y sus más feas costumbres por lejos que pudieran trasladarse.

–Estamos aquí –dijo una noche en que una lluvia caliente y torrencial se desplomaba a chorros sobre la bahía impidiendo poner un pie fuera del tosco chamizo– en otro país y otro clima, rodeados de plantas, animales y hombres diferentes, y en lugar de aprovechar la maravillosa oportunidad que se nos brinda de construir un mundo nuevo y más perfecto, nos limitamos a importar antiguos vicios, esforzándonos por crear una pésima caricatura de nuestra más decadente sociedad.

–No puedo entender de qué me habla –replicó convencido el cabrero–. Yo siempre viví solo.

–¡Dichoso tú, y maldito el día en que decidiste abandonar tu soledad! –fue la respuesta–. Porque de todas las desgracias que pueden ocurrirle a un hombre, el noventa por ciento le suelen acontecer por culpa de otros hombres... –sonrió apenas–, o de una mujer.

Una de estas mujeres había hecho una vez más su aparición en la vida del joven *Cienfuegos*, cuyo destino parecía marcado por la innegable atracción que, sin proponérselo, ejercía sobre la mayoría de ellas, ya que desde el momento en que la pequeña Sinalinga le descubrió cortando un grueso tronco de roble con el torso desnudo, jadeante y sudoroso, no cejó ni un instante hasta acabar compartiendo con él una ancha hamaca.

Fue ésta en principio una aventura en cierto modo frustrada, ya que pese a que el cabrero había admirado desde su llegada a Guanahaní la aparente comodidad de las extrañas redes en las que los nativos acostumbraban a dormir a salvo de la humedad y el ataque de hormigas, alacranes o escorpiones, jamás se había decidido a utilizarlas, y mucho menos aún en compañía de una mujer.

Hacer por tanto el amor sobre una de ellas se le antojó empresa más propia de funambulistas que de seres normales, y las tres primeras intentonas concluyeron dando con su huesos en tierra, lo que trajo aparejado de inmediato la falta de concentración en el acto y la consiguiente decepción por parte de la ardiente nativa.

Era ésta una mujer de corta estatura pero rotundas formas, cintura estrecha, magníficas caderas y un firme trasero que causaba la admiración y provocaba los silbidos de la marinería, pero era al propio tiempo una mujer que sabía muy bien lo que buscaba, puesto que al advertir que la aventura de la hamaca no daba el resultado apetecido, se apresuró a aferrar al muchacho por las muñecas arrastrándolo al suelo y llevando a feliz término su primitivo propósito hasta el punto de que al día siguiente el orondo Benito de Toledo no pudo por menos que asombrarse ante el demacrado aspecto y las notorias dificultades con que su único alumno parecía moverse.

–¿Qué te ocurre? –inquirió preocupado.

–Nada. ¿Por qué?

–Tienes un aspecto horrible. ¿Estás enfermo?

–Me caí de un «chinchorro» –fue la extraña respuesta–. Y lo peor no estuvo en la caída, sino en lo que me esperaba abajo. A poco más no me levanto nunca.

–¿La indiecita?

–La indiecita es como toda una tribu hambrienta, y a veces me pregunto si no tendrá algo de sangre de esos caribes de los que se comen a la gente.

–Pues ándate con ojo porque tengo entendido que es hermana del cacique Guacaraní, y ése es un pájaro de cuenta del que no me fío un pelo: sonríe demasiado.

–Es que es amable.

–«De los tipos amables líbreme Dios, que de los jodidos ya me libraré yo» –sentenció el cazurro toledano–. Cada vez que aparece por aquí puedo advertir cómo sus ojillos chispean de codicia, porque debe estar convencido que si se apoderara de tanta chuchería como guardamos en el almacén, se convertiría en el reyezuelo más poderoso de la región. Le gusta más un espejo que a un cura un entierro con caballos.

A decir verdad, *Cienfuegos* tampoco simpatizaba con el pintarrajeado jefezuelo de la tribu, un tipo untuoso y servil por el que el almirante había demostrado siempre una especial deferencia, pero que desde que éste había desaparecido en el horizonte había comenzado a modificar sensiblemente su amistosa actitud.

Una cosa debía parecerle mostrarse hospitalario con los gigantescos «semidioses» que realizaban una corta visita a sus costas ofreciendo maravillosos regalos a cambio de unos cuantos adornos de oro o multicolores papagayos, y otra muy distinta tenerlos como ruidosos e incómodos vecinos que no cejaban ni un momento en su empeño de molestar a las mujeres o pedir más y más alimentos.

Para Guacaraní lo que las muchachas solteras hicieran o dejaran de hacer con los ansiosos españoles era cosa que tan sólo a ellas incumbía, pero cuando alguno de sus guerreros acudía a quejarse de que los extranjeros habían asaltado en la espesura a su mujer disponiendo de ella contra su voluntad, comenzaba a inquietarse.

Él era realmente un gran cacique, pero si como tal tenía derecho a exigir respeto y un trato especial, también tenía la obligación de proteger la vida, la hacienda y el honor de los miembros de su tribu y estaba claro que los recién llegados no se mostraban muy dispuestos a respetar gran cosa.

En especial, a las mujeres.

O a los niños.

Una tarde el cadáver de un muchachito apareció oculto entre la espesura. Debía llevar por lo menos tres días allí y resultaba evidente que, había sido golpeado, violado y estrangulado, lo que provocó de inmediato que un clamor de ira se extendiera como una inmensa ola sobre el poblado indígena, y al poco el desnudo y emplumado Guacaraní acudió al «fuerte» en compañía de media docena de ancianos consejeros, exigiendo aclaraciones por parte de sus nuevos vecinos.

Don Diego de Arana montó en cólera lanzando espumarajos por la boca y amenazando con despellejar vivo al maldito salvaje que osara acusar de asesino y sodomita a un español bajo su mando, puesto que era cosa bien sabida que «El pecado nefando no existía ni existiría nunca» entre los católicos súbditos de sus Católicas Majestades.

Resultaba difícil aclararle a un nativo que apenas entendía media docena de palabras castellanas un concepto semejante, y todo cuanto se consiguió fue calmarle con un sinfín de regalos para él y para la familia del muchacho, pese a que el gobernador Arana insistió en señalar que no debían considerarse como una especie de pago o reparación, ya que su gente nada tenía que ver con semejante hecho, sino tan sólo una muestra de afecto y simpatía ante tan sensible pérdida.

Despidieron al jefezuelo con la reiterada recomendación de que buscase dentro de su comunidad al autor de tan execrable crimen, pero apenas los indios hubieron traspasado la ancha puerta de la empalizada, Diego de Arana llamó urgentemente a Pedro Gutiérrez, Benito de Toledo, Sebastián Salvatierra y un viejo carpintero al que apodaban *Virutas*, para encerrarse con ellos a estudiar durante toda un larga noche la desagradable y comprometida situación.

Tanto entre los miembros del citado «cónclave», como entre el resto de los hombres que permanecían en los chamizos y barracones, las opiniones se radicalizaron de inmediato entre dos versiones totalmente contrapuestas: la de quienes aseguraban que aquél no era más que un problema interno de unos viciosos y amorales «salvajes desnudos», que intentaban cargarles el muerto aprovechando la ocasión para obtener algún beneficio en forma de regalos, y los que aceptaban la posibilidad de que el asesino se encontrara en el «fuerte».

El Caragato, era el más firme defensor de esta segunda opción:

–«Ellos» aceptan la sodomía –dijo–. La aceptan e incluso la practican abiertamente, ya que hemos visto a media docena de «locas» que se mueven y comportan como auténticas mujeres sin ningún tipo de rubor o cortapisa... Y un sodomita que tiene libertad para mantener una relación con otro hombre, no tiene por qué cometer un crimen semejante...

–¿Lo dices por experiencia? –inquirió con intención el malencarado aragonés con el que una vez estuviera a punto de matarse–. ¿Qué sabes tú de sodomitas?

–Menos que tú, probablemente, hijo de puta... –fue la agria respuesta–. Pero yo tengo una cabeza que me sirve para algo más que para llevar cuernos y boina. Y me apuesto la paga de este año a que quien mató a ese niño no puede ser más que un maldito «ocultón» malnacido que ha sabido siempre que si llegaran a descubrir su vicio le cortarían el nabo para obligarle a comérselo ¿Alguien acepta la apuesta?

Se hizo un pesado silencio, roto tan sólo por el batir del mar contra la playa, puesto que aunque el rijoso timonel fuese un tipo desagradable y áspero, todos reconocían que era probablemente el más inteligente de entre ellos, y entraba muy dentro de lo posible que en aquel caso concreto tuviese toda la razón del mundo.

–Supongamos que sea como dices –intervino por último *Cienfuegos*–. ¿Qué podemos hacer?

–Descubrir al culpable y hacer que se coma sus propios huevos antes de colgarle del palo mayor.

Hubo un largo, pesado e incómodo intercambio de miradas, y por último, el granadino Vargas que por haber pasado una semana encadenado y encontrarse aún postrado en un jergón e incapaz de moverse era el único que quedaba libre de toda sospecha, señaló:

–Sembrar semejante semilla de desconfianza, no puede conducir a nada bueno. Os recuerdo que tenemos que pasar juntos por lo menos un año, y que ese hijo de perra de Arana no piensa hacernos la vida nada fácil. Si no nos andamos con cuidado, esto puede convertirse en un infierno. ¡Y yo sí que lo sé por experiencia!

A la tarde siguiente, el canario no pudo por menos que comentar con «maese» Benito la escena que había tenido en el barracón, a lo que el cachazudo maestro armero no hizo más que asentir con gesto pesimista:

–Razón tiene el granadino –admitió–. Y algo así me venía temiendo hace días, aunque nunca imaginé que llegara a ser tan sucio. No cabe duda de que el «civilizado» no puede evitar llevar consigo la corrupción donde quiera que vaya.

–¿Y quién puede haber sido? Por más que busco a mi alrededor no se me ocurre nadie.

–¡Olvídalo! –replicó el otro con rapidez–. Ni lo pienses siquiera, porque el simple hecho de pensarlo te llevará a desconfiar de todos, y por ese camino acabaríamos odiándonos los unos a los otros. ¿Quién te asegura que no pude ser yo, por ejemplo? ¿Qué sabes en realidad de mí y de mis aficiones? ¿Cómo podrías sentarte a mi lado o quedarte dormido sobre la mesa imaginando que en cualquier momento puedo asesinarte?

–¡No diga tonterías!

–¿Por qué tienen que ser tonterías? ¿Porque me conoces? –Hizo un amplio ademán con las manos, abriéndolas en una especie de gesto de impotencia–. Aquí los conoces a todos, quien quiera que sea, oculta su culpa en los más íntimo de su corazón, y allí no conseguirás llegar nunca. ¡Olvídalo! –repitió–. Obsesionarte con ello no conduce a nada.

Era sin duda un buen consejo, pero muy difícil de seguir, ya que la sombra del crimen se había establecido como un gigantesco torreón que dominara el «fuerte» envenenando la relación entre sus habitantes, que no conseguían liberarse de la sensación de crispación que se había apoderado de la mayoría por el hecho de imaginar que quien dormía a su lado podía ser un sucio asesino homosexual.

–No me importaría morir en un naufragio –musitó una tarde el viejo *Virutas*–. Ni que me mataran de un navajazo en una riña o en lucha abierta con los salvajes de ahí enfrente, pero la sola idea de que alguien me estrangule para darme luego por el culo, me quita el sueño.

–¿Culo? –se asombró el *Caragato* divertido–. ¿Qué culo, *Virutas*? Tú el culo te lo debiste dejar hace cien años en algún sillón que vendiste en Pamplona. –Le dio una afectuosa cachetada en la granujienta mejilla–.

¡Duerme tranquilo! –añadió–. No eres mi tipo y tu culo está a salvo.

–¿Cómo puedes bromear con algo tan terrible? –se sorprendió *Cienfuegos*–. No lo entiendo.

–Yo soy capaz de bromear hasta con el cadáver de mi padre, *Guanche* –replicó el timonel con absoluta sinceridad–. Cuando murió, y como siempre había sido un borrachito sin remedio, decidimos montarle el velorio en la taberna, pero hacia la medianoche, y ya con demasiadas copas encima, a alguien se le ocurrió preguntar si el ataúd flotaba. ¡La que se armó! Dejamos al viejo recostado contra la barra, nos fuimos todos a la playa a comprobarlo, y cuando regresamos nos encontramos a otro borrachito muy cabreado porque llevaba más de media hora contándole chistes a mi viejo sin conseguir que sonriera ni siquiera una vez. ¿Qué te parece?

–Que eres muy bestia.

–Tengo que serlo. Siempre fui más pobre que las ratas, nunca me acosté más que con putas, y salvo mi padre, todos los hombres de mi familia murieron ahogados. Mis cuatro hermanos durante la gran galerna del ochenta y siete... Si tienes hermanos sabrás lo que eso significa.

–No tengo hermanos. –El canario hizo una corta pausa–. Nunca tuve a nadie.

–¿A nadie? –se sorprendió el otro cambiando bruscamente el tono–. ¿A nadie de nadie?

–A nadie de nadie. Mi madre murió siendo yo un niño, y me crié casi completamente solo en las montañas.

–Eso no es bueno, muchacho –sentenció el timonel–. Nada bueno, pero no me negarás que al menos ofrece una ventaja: te impide sufrir el dolor de ir perdiendo a los seres que amas.

Era en verdad un tipo extraño el *Caragato*; uno de esos individuos que tienen la rara habilidad de provocar de inmediato odios o afectos, consiguiendo una atracción total o un absoluto rechazo, pues a pesar de ser un hombre de no muy fuerte complexión, potente voz o especial presencia, su particular sentido de la observación y una inquietante habilidad para encontrar siempre la frase más hiriente en el momento más oportuno le convertían en un personaje especialmente temido y admirado por el conjunto de una tripulación por lo general bastante obtusa.

Cienfuegos tampoco había tenido nunca muy claro qué era lo que en verdad sentía por él, ya que si bien en un par de ocasiones habían chocado frontalmente, el timonel no demostraba guardarle rencor por ello, siendo quizás aquél el único defecto del que jamás solía hacer gala.

Odiaba eso sí, callada o abiertamente a mucha gente, en especial al gobernador Diego de Arana y a su sumiso lacayo Pedro Gutiérrez, más conocido por *el Guti*, aunque tal vez más que odio a las personas en sí, lo que el atravesado asturiano sentía era un instintivo rechazo hacia todo aquello que representase de algún modo cualquier tipo de autoridad.

«Maese» Benito por su parte lo despreciaba abiertamente.

–Es un liante –solía decir cada vez que el isleño lo mencionaba–. Y mi consejo es que te apartes de él y todos los de su «cuerda». Este lugar es muy pequeño, y me temo que pronto no habrá sitio para los *Caragatos* y los *Aranas*.

–No le entiendo.

–¡Ya entenderás, muchachito! Ya entenderás. Acostúmbrate a la idea de que, vayas donde vayas, el mundo se divide siempre en facciones, y todos pretenderán que te adhieras a una. Somos tipos gregarios a los que tan sólo nos dejan solos para aquello que jamás desearíamos estarlo: morir.

A menudo el cabrero no conseguía captar la totalidad de los conceptos que el maestro armero trataba de imbuirle, pero le agradaba escucharle porque era un hombre al que la vida le había ido revelando con el paso del tiempo muchos de sus secretos, proporcionándole una fatigada sabiduría que no parecía en absoluto interesado en emplear ya más en su propio provecho.

Lo que sí estaba claro, era que aquella profunda división que había pronosticado comenzó muy pronto a concretarse, ya que frente al pequeño grupo de los dispuestos a aceptar a ojos cerrados la suprema autoridad de Don Diego, que le venía otorgada por el propio virrey, lo que era tanto como decir de los mismísimos Reyes de España y casi de Dios, iba tomando cuerpo un compacto bloque de disidentes que empezaba a plantearse la auténtica validez de semejante autoridad.

–Si éstas son en verdad las tierras del Gran Kan, los Reyes no tienen ningún derecho sobre ellas –argumentaba el timonel en buena lógica–. Y si no lo son, pertenecen a quienes se aposenten en ellas y las trabajen. Y ésos somos nosotros.

–Habrá oro, tierras y honores para todos cuando Colón regrese –puntualizaba el gobernador–. Él le entregará a cada cual lo que le corresponda.

–¿Y si vuelve con nuevas gentes que pretenden disputarnos lo que es nuestro?

–Nada es nuestro –fue la firme respuesta–. Todo pertenece de momento a la Corona, o en su defecto, a los nativos. Tan sólo cuando el almirante tenga a bien hacer las «reparticiones» tendremos derecho a considerarlo nuestro.

Pero muchos no estimaban justo que fuera el hombre que los había abandonado a su suerte en el último rincón del mundo el que tuviera que regresar a señalarles con qué pedazo de ese mundo podían quedarse, y ya eran varios los que, sin contar desde luego ni con el gobernador ni con los nativos, se habían adjudicado a sí mismos la mayor parte de las tierras, bosques, y ríos de las proximidades.

El Nuevo Mundo comenzó muy pronto a causar estragos entre los recién llegados.

Aquel paraíso, a buen seguro el más hermoso y plácido lugar que ningún español hubiera contemplado hasta el presente, ocultaba, sin embargo, infinidad de inimaginables peligros, y más allá de las azules y cristalinas aguas, los hermosos arrecifes de coral, la cortina de altivas palmeras de rumorosas copas y la espesa, verde y luminosa vegetación salpicada de orquídeas, monos y cacatúas, pululaban desconocidos enemigos, que venían a demostrar a los haitianos que en realidad los semidioses eran tan vulnerables o más que ellos mismos.

El primero en caer fue Sebastián Salvatierra, ya que una mañana hizo su aparición corriendo aterrorizado al tiempo que gritaba que una serpiente le había mordido, para aferrarse desesperadamente al palo mayor, vomitar por tres veces y derrumbarse entre terribles convulsiones cambiando de color hasta quedar de un tono entre grisáceo y morado para entregar su alma a Dios maldiciendo como un poseso endemoniado.

La terrible impresión dejó a todos sin aliento, dado que a pesar de múltiples calamidades sufridas durante el viaje ninguno de los hombres que zarparan de España había muerto hasta el presente, y aquél constituía sin duda un terrible precedente y un mal augurio de nuevas e incontables desgracias.

Como para concederles la razón a los más pesimistas, una semana más tarde, el ibicenco *Gavilán*, un vigía con fama de vista de lince pero más aún de vagancia de oso, tuvo la mala ocurrencia de quedarse dormido bajo una especie de «manzanillo» de pequeños frutos verdes de rayas negras, sin percatarse de que sus rugosas hojas oscuras iban destilando un jugo blanco y pegajoso que le cubrió el pecho de rojizas ronchas que muy pronto comenzaron a llagarse y supurar haciéndole fallecer presa de altísimas fiebres que le obligaban a delirar llamando a gritos a un tal Miguel, que nadie logró nunca averiguar quién era.

Luego le tocó el turno al granadino Vargas.

Azotado y abandonado durante toda una larga semana al sol del trópico, su estado físico y su aspecto fueron durante un tiempo lamentables, aunque poco a poco comenzó a recuperarse, excepto por el detalle de unas pequeñas ampollas que se le habían formado en los pies y a las que en un principio no concedió excesiva importancia. Más tarde, y como si de una especie de molesta sarna se tratase, el mal se extendió por los tobillos y la pierna izquierda hasta el punto de impedirle casi andar.

Una tarde en que *Cienfuegos* estaba intentando ayudarle a dar unos pasos por el amplio patio central del fuerte, Sinalinaga reparó en las ampollas y no pudo por menos que lanzar una violenta exclamación de desagrado:

–¡«Niguas»! –señaló–. ¡Malo! ¡Muy malo!

Obligó al granadino a que se tumbara en el suelo, y con ayuda de una espina abrió por completo una de aquellas oscuras bolsas del tamaño de un garbanzo de la cual surgió de inmediato un chorro de un líquido espeso y viscoso y una especie de diminuta pulga que huyó dando saltos.

–¡«Nigua»...! –repitió señalándola, y luego, entremezclando palabras castellanas, términos de su propia lengua a los que ya el canario había logrado habituarse, e infinidad de gestos y aspavientos, consiguió darle a entender que la tal «nigua» era un bichejo odioso que se introducía bajo la piel dejando allí sus huevos que se multiplicaban por millares invadiendo y pudriendo la carne hasta llegar al hueso.

Ya a solas con el gomero, su explicación no dejó lugar a dudas: o Vargas perdía la pierna o perdía la vida.

Cienfuegos había aprendido bien pronto que Sinalinga no era una mujer, a la que se pudiera acusar de exagerada o alarmista y sabía mucho más de la vida de lo que cabía esperar de una «desnuda salvaje» de una isla perdida, tal vez por el hecho de ser hermana del cacique Guacaraní, o simplemente por poseer una inteligencia fuera de lo común entre los de su raza.

–Lo que ocurre es que es una marimandona con muy mala leche –señaló en cierta ocasión «maese» Benito, cuyos juicios solían ser bastante acertados–. O mucho me equivoco, o te va a costar Dios y ayuda quitártela de encima.

–De momento no tengo ningún interés en quitármela de encima –fue la sincera respuesta del muchacho–. Me siento bien con ella.

–¡Tiempo al tiempo, chaval! Tiempo al tiempo –sentenció el maestro armero haciendo ademán de amenazarle con una lima–. Si a tu edad consientes que una mujer te domine, acabarás jodido.

Aunque acostumbraba aceptar los consejos de su bonachón amigo, en esta ocasión el canario no quiso tomarlos muy en cuenta, ya que aunque admitía que la nativa se mostraba a menudo un tanto exigente y resabiada, en conjunto sabía hacerle la vida increíblemente agradable, sobre todo en cuanto se refería a unas relaciones sexuales en las que demostraba ser maestra indiscutible.

No es que a aquellas alturas de la vida, y tras su maravillosa relación con la alemana, *Cienfuegos* estuviese necesitado de muchas enseñanzas pero a la larga no le quedaba más remedio que admitir que el universo sexual de una criatura de apariencia terriblemente primitiva ofrecía no obstante una gama tan amplia de insospechadas novedades que en otras circunstancias jamás le hubiera cruzado por la mente la idea de que pudiera existir.

Libre de los tabúes impuestos por la rígida moral cristiana, y sin otros límites aceptados que el del propio placer o el que consiguiera proporcionarle a su pareja, la haitiana sabía dar rienda suelta a su imaginación hasta unos extremos tan disparatados, que con frecuencia el isleño no podía por menos que lanzar rugidos de entusiasmo, para pasar luego largas horas imaginando lo que ocurriría el día en que tuviera ocasión de transmitirle aquel ingente cúmulo de nuevas experiencias a la mujer que seguía amando sobre todas las cosas de este mundo.

Si en un momento determinado de su vida Ingrid Grass le enseñó a ser un hombre, él soñaba ahora con la posibilidad de enseñarle a ser algún día una auténtica mujer, por lo que no le importaba gran cosa permitir entretanto que la agresiva indígena se considerara en ciertos aspectos su dueña y su esclava al propio tiempo.

Por el momento quedó muy pronto patente que cuanto había asegurado con respecto al pobre granadino se cumplía al pie de la letra ya que, tras un largo conciliábulo, «maese» Benito y el viejo *Virutas* llegaron a la conclusión de que si no se le cortaba la pierna, la gangrena acabaría indefectiblemente con la difícil vida del desgraciado Vargas.

La reacción inmediata de gran parte de la marinería, azuzada en la sombra por el intrigante *Caragato*, fue culpar de la terrible desgracia al gobernador por el injusto y desmesurado castigo a que había sometido al granadino, lo que trajo aparejado, en buena lógica, que el abismo que dividía a ambas facciones se ensanchase considerablemente.

«Maese» Benito de Toledo emitió por ello a la tarde siguiente una de sus personalísimas sentencias:

–Esto puede acabar como el rosario de la aurora.

Y las cosas empezaron en verdad a ponerse incómodas a partir del momento en que el *Caragato* se aproximó a *Cienfuegos* una mañana en que éste pescaba tranquilamente en lo alto de una roca, para espetarle de entrada y sin más preámbulos:

–¿Estás con nosotros, o contra nosotros?

–¡No jodas! –se asombró el canario–. ¿Otra vez?

–Desde luego. Y ahora no tienes disculpa de que nos encontramos en mitad del océano. Tendrás que decidirte.

–¿Sobre qué?

–Sobre continuar aceptando las órdenes de ese hijo de puta que nos trata como a siervos, o enviarle al infierno y hacer una repartición de tierras y nativos para que nadie pueda discutir nuestros derechos el día de mañana.

–¿Derechos? –se asombró *Cienfuegos*–. ¿Qué derecho tenemos sobre los nativos o sobre unas tierras que son suyas?

–Tomamos posesión de ellas en nombre de los Reyes.

–En ese caso, supongo que serán los Reyes los que tendrán que decidir. –Dejó a un lado la caña, desentendiéndose de momento de una actividad que le proporcionaba un insospechado placer, y se volvió al asturiano tratando de mostrarse lo más razonable posible–. ¡Escucha, *Caragato*! –señaló–. Yo no entiendo un carajo de derechos y obligaciones, y lo único que pretendo es llegar cuanto antes a Sevilla. –Se encogió de hombros mostrando su extrañeza–. ¿Para qué quiero unas tierras que no me podré llevar, ni a unos indios que no me servirán de nada?

–Te pagarían bien por ellos.

–¿Por los indios? –se horrorizó el cabrero–. ¿Acaso son cerdos? ¿Qué dirías si de pronto se les ocurriera agarrarnos por el cuello y vendernos a los caníbales para que nos convirtieran en filetes?

–¿Cómo puedes comparar? ¡Son salvajes!

–Menos que nosotros, digo yo, ya que ni siquiera se les ocurre semejante barbaridad. Y lo tienen más fácil.

–¡Que lo intenten! –replicó el timonel súbitamente agresivo–. Me gustaría que lo intentaran para poder demostrarles quién manda aquí.

El isleño le observó desconcertado, ya que ni siquiera lograba concebir que existiesen seres que se plantearan seriamente la posibilidad de esclavizar a sus semejantes por el simple hecho de que hubieran nacido al otro lado del mar, anduviesen desnudos o practicasen diferentes costumbres. Su experiencia de la vida era aún escasa y tenía plena conciencia de la magnitud de sus limitaciones y la abismal profundidad de su ignorancia, pero pese a ello una voz en su interior le dictaba normas de comportamiento que se le antojaban lógicas, y que eran a su entender las que debía seguir hasta que estuviera en condiciones de aprender otras más válidas.

–Jamás me adueñaré de nada que pertenezca a otros –señaló al fin en un tono de voz que no dejaba lugar a dudas–. Y jamás esclavizaré a nadie bajo ninguna circunstancia. Si eso significa «estar contra vosotros» lo lamento, pero ésa es mi forma de pensar, y no creo que cambie.

–¡De acuerdo! –admitió el de Santoña–. Si te quieres comportar como un imbécil, es tu problema y respeto tu actitud: ¿Qué hay de lo otro?

–¿Qué otro?

–El gobernador.

–¿Qué pasa con el gobernador?

–Que somos muchos los que no estamos dispuestos a aceptarlo. ¿Estás de su parte?

–No. No estoy de su parte, pero tampoco de la vuestra. –Hizo una pausa–. Haz lo que quieras, pero a mí no me metas en líos, y déjame en paz que tengo que llevarle la comida a Sinalinga.

–¡Me gusta esa india! ¿Por qué no me la prestas?

El gomero alargó la mano con intención de atraparle por el cuello, pero el otro dio un ágil salto y se alejó al tiempo que le dedicaba un sonoro corte de mangas:

–Algún día me la tiraré sin que te enteres, *Guanche* de mierda –gritó mientras se encaminaba al «fuerte»–. Esa golfita tiene aspecto de ser muy cachonda.

–¡Si te agarro te rompo un hueso!

Le lanzó una piedra lamentando no tener a mano la honda con la que habría conseguido quebrarle una pierna a aquella distancia, para esforzarse luego por dedicar toda su atención a los peces olvidando la desagradable charla y cuanto traía aparejado la propuesta del asturiano.

Algo muy grave se estaba gestando en aquel tranquilo rincón del paraíso y lo sabía, porque a la clara división que ya existía entre los españoles, se añadía ahora una nueva escisión en el seno del «Consejo de Ancianos» de los nativos que comenzaban a plantearse la necesidad de exigirle a sus molestos vecinos que abandonaran definitivamente los territorios de la tribu.

Para los frugales y tranquilos haitianos, acostumbrados a vivir en paz y armonia consigo mismos y con la Naturaleza, hasta el punto de que en el transcurso de cientos de años de existencia su entorno o hábitat apenas había experimentado cambio alguno, la fiebre destructiva de los recién llegados, y su voraz e irrefrenable ansia de comida, oro, alcohol, tierra o mujeres se les antojaba en verdad auténtica locura, y no parecían entender a qué venía tanta prisa por quemar una vida que estaba puesta allí para ser disfrutada con calma y con paciencia.

El cacique Guacaraní, que aún soñaba con las campanillas, las telas de colores, los espejos, los rojos bonetes y los collares de vidrio que le permitirían erigirse en líder indiscutible de las tribus vecinas, se mostraba abiertamente partidario de que los semidioses continuasen al alcance de sus ávidas manos, pero tres de los ancianos de más clara influencia del «Consejo» consideraban que la presencia de los malolientes extranjeros no acarreaba más que desgracia, y su opinión comenzaba a cobrar fuerza entre la mayoría de los miembros de la tribu.

Y quedaba por último el difícil problema de la mujer de Guarionex y Lucas *Lo-malo*.

El viejo y seboso Guarionex, hermano de Sinalinga y del gran cacique Guacaraní, estaba injustamente casado con Zimalagoa, una jovencísima y preciosa muchachita de aspecto realmente angelical, pero atacada de tan insaciable ansia sexual que hacía que continuamente escapase a la vigilancia de su celosísimo esposo para acudir a rondar las cercanías del «fuerte» en busca de cualquier hombre.

La mayoría de los alborotados españoles habían tenido ya más de una aventura en la playa o entre la espesura con la descocada criatura, y tal vez sus locas aventuras no hubieran acarreado mayores consecuencias, de no haber sido por el inoportuno hecho de que el infeliz Lucas *Lo-malo* cometió el absurdo error de enamorarse de ella.

Lucas, el artillero de mejor puntería de la Armada, gozaba de la simpatía y el aprecio personal de cuantos le conocían, ya que era un hombre esencialmente bondadoso, amable y servicial; una especie de rubicundo angelote caído del cielo con el que nadie se sentía nunca capaz de tener una palabra fuerte ni un gesto agrio.

Su sobrenombre le venía dado por el curioso detalle de que, pese a sus muchas e indudables virtudes, siempre había alguien que solía comentar: –«Lo malo de Lucas es que bebe demasiado» o «Lo malo de Lucas es que juega demasiado» o tal vez, «Lo malo de Lucas es que es muy vago» y llegaron a ser tantos y tan diversos los pequeños defectos que se le encontraron –y que nadie le tuvo nunca en cuenta– que acabó siendo únicamente conocido por el extraño apodo de *Lo-malo*.

Y lo malo de Lucas una vez más fue que en esta ocasión perdiera la cabeza por una preciosa golfilla de cara de ángel, con lo que su bondadoso carácter comenzó a cambiar hasta el punto de amenazar de muerte a quien osara volver a mancillar la honra de la «inocente» Zimalagoa.

Resultó inútil que incluso su buen amigo el viejo *Virutas* tratara de hacerle comprender que la honra de Zimalagoa estaba ya más perdida que la propia *Marigalante*, convencido como se hallaba el desgraciado de que habían sido únicamente la felonía y las sucias artimañas de los hombres, las que sedujeran a una virginal muchachita cuya natural bondad le impedía negar un favor a quien se lo solicitara.

Otro cualquiera hubiera sufrido lógicamente las más crueles burlas por parte de una marinería que no se caracterizaba en absoluto por su sentido de la caridad cristiana, pero visto el grado de obnubilación a que Lucas *Lo-malo* parecía haber llegado con respecto a una cuestión tan idiota, se estableció una especie de pacto de honor destinado a no volver a tocar en su presencia el delicado tema de la voraz Zimalagoa.

Pero no le bastó con eso.

Su siguiente paso fue encaminarse a la gran choza del archicornudo Guarionex, a exigirle que dejara en libertad a una esposa a la que resulta evidente que no sabía hacer feliz, con el fin de que –tras recibir una oportuna educación y las aguas bautismales– pudiera casarse con él cristianamente.

El resultado fue que el furibundo Guarionex amenazó a su hermano con unirse al grupo de los disidentes decididos a despojarle de su autoridad si no expulsaba de una vez por todas a los indeseables extranjeros, Guacaraní corrió a quejarse de inmediato a Don Diego de Arana, y éste ordenó a Pedro Gutiérrez que azotara al pobre Lucas *Lo-malo* encadenándole al palo mayor, y provocando por tanto las iras de sus incontables amigos.

–Cuestión de faldas –sentenció una vez más Benito de Toledo–. Aunque la gente ande en pelotas es siempre cuestión de oro, poder o faldas.

–¿Qué va a ocurrir ahora?

–¡Cualquiera sabe! –fue la sincera respuesta–. Si estos salvajes fueran más belicosos puedes estar seguro de que antes de un mes nos habrían pasado a cuchillo, pero por fortuna se trata de la gente más pacífica que haya existido nunca, y aún tendremos que joderles mucho antes de que se decidan a actuar.

Quienes sí se apresuraron a actuar fueron los partidarios del *Caragato*, ya que al amanecer del día siguiente, cuando Don Diego de Arana abrió la ventana de su barracón y se dispuso a contemplar el maltrecho cuerpo de Lucas *Lo-malo* encadenado al palo mayor, se encontró con la desagradable sorpresa de que el rubicundo artillero se había esfumado y en su lugar aparecía, ahorcado de lo más alto de la cruceta, un muñeco de paja cubierto con su casaca predilecta.

Fue un duro golpe para alguien tan pusilánime como el primo de Doña Beatriz Enríquez, al que la muda pero elocuente advertencia pareció hacer comprender de improviso que detentar una absolutista autoridad traía aparejados graves riesgos que nunca antes se le habían pasado siquiera por la mente.

Entre los hombres que habían decidido quedarse voluntariamente en Haití, y que eran –lógicamente– los que con más insistencia exigían el reparto de indios y tierras que les permitiera iniciar una nueva vida lejos de España, se encontraban media docena de fugitivos de la Justicia de los que era cosa sabida que tenían sobre sus conciencias más de un delito de sangre, por lo que continuar enfrentándose a ellos acarreaba el riesgo de que cualquier oscura noche el grotesco muñeco fuera alevosamente sustituido por aquel a quien tan evidentemente estaba representando.

El miedo le descompuso de inmediato el estómago obligándole a encerrarse durante casi una hora en la minúscula letrina de la esquina del patio, para llamar luego en su ayuda a Pedro Gutiérrez y tres de sus más fieles seguidores.

La reunión se mantuvo en secreto, pero en el patio los diversos corrillos comentaban que sin duda en aquellos momentos se estaba discutiendo el futuro de la recién nacida colonia, y los principios de autoridad que tan erróneamente había implantado el desafortunado e inexperto gobernador.

Más de uno aprestó en secreto sus armas.

Otros, *Cienfuegos* y Benito de Toledo entre ellos, se desentendieron por completo del asunto.

Ocultos en una diminuta cala al este de la amplia bahía, a menos de una legua de distancia, el *Caragato*, Lucas *Lo-malo* y ocho «rebeldes» más se mantenían a la expectativa decididos a no dejarse sorprender, mientras desde las márgenes del villorrio los nativos, que parecían haberse dado perfecta cuenta de que algo grave estaba ocurriendo, aguardaban con los ojos fijos en el muñeco de paja que colgaba del palo mayor, y resultaba evidente que las disputas de los semidioses les fascinaban.

Tras varias horas de tensión y cerca ya del mediodía, hizo su aparición Pedro Gutiérrez, que tras guiñar los ojos al violento sol del trópico pidió voluntarios para organizar una expedición hacia el Sur en busca de nuevas tierras para que pudieran ser repartidas entre aquellos españoles que habían decidido establecerse definitivamente en Haití.

–Hacia el Sur se encuentran los territorios de Canoabó –le hizo notar *Cienfuegos*.

–¿De quién?

–Del Gran Cacique Canoabó, mucho más poderoso y agresivo que Guacaraní –insistió el gomero–. Sinalinga asegura que todos le temen, y establecernos en sus tierras sería como saltar de la sartén para caer al fuego.

–Guacaraní es nuestro aliado, y amigo personal del almirante –replicó el repostero real secamente–. Repartirnos sus tierras significaría arriesgarse a que dentro de un año el virrey nos obligara a devolvérselas.

–Pero Canoabó es muy peligroso. Al parecer es de raza caribe, aunque llegó aquí muy joven y ya no practica el canibalismo.

–Pactaremos con él. Por las buenas o por las malas.

–Un pacto nunca puede hacerse por las malas –intervino Benito de Toledo–. Aparte de que no creo que nos encontremos en situación de imponerle condiciones a nadie. Aquí no hay más de veinte hombres en auténtica capacidad de empuñar las armas, y apenas la mitad con verdaderas ansias de empuñarlas.

–Yo me limito a transmitir órdenes –replicó secamente Pedro Gutiérrez–. Y ahora lo que necesitamos son tres voluntarios. –Se volvió a mirar directamente a *Cienfuegos*–. Tú eres el que mejor se entiende con esos salvajes y el que mejor sabe desenvolverse por riscos y montañas. Serás uno de ellos.

–¿Voluntario? –ironizó el pelirrojo.

–¡Llámalo como quieras! –fue la agria respuesta–. Al

fin y al cabo no eres más que un polizón al que nadie invitó a venir y aún no se te ha castigado por ello. Considéralo una forma de rehabilitación.

Se le unieron dos animosos muchachos de Palos de la Frontera que acostumbraban andar siempre juntos; Mesías *el Negro* y Dámaso Alcalde a los que al parecer apetecía mucho más lanzarse a la aventura de explorar nuevas tierras que continuar como hasta el presente ayudando en la cocina o cavando zanjas.

Entre los tres no contaban siquiera medio siglo y el mayor, Mesías, acababa de cumplir dieciocho años, pero al fin y al cabo formaban parte de la tripulación que había cruzado por primera vez el Océano Tenebroso sobreviviendo a un naufragio, y demostrando más entereza de ánimo que la mayoría de los hombres que habían conseguido la dudosa gloria de morirse de viejos.

Les proporcionaron espadas, escudos, algunas baratijas y provisiones para dos semanas, y su Excelencia el gobernador Diego de Arana les asesoró personalmente sobre los auténticos fines de su misión recomendándoles encarecidamente que evitaran cualquier tipo de enfrentamiento armado con los aborígenes, ya que la suya era sin duda una expedición exploratoria de fines eminentemente pacíficos.

–Necesitamos un lugar en el que la tierra sea buena tanto para el cultivo como para el ganado, cerca de una bahía y en la desembocadura de un río. Si no se encuentra habitada, mejor que mejor. ¡Que Dios os acompañe!

–Espero que lo haga –masculló a la salida Dámaso Alcalde–. Porque sin toda su ayuda no sé cómo coño vamos a encontrar un lugar semejante. ¡Este gobernador es un iluso!

–¡No! –sentenció *Cienfuegos*–. De iluso no tiene un pelo. Lo que pretende es que nos pasemos una temporada dando vueltas por ahí mientras las cosas se calman en el «fuerte». Si cuando volvamos ha conseguido hacerse de nuevo con el control de la situación, le importará un carajo lo que hayamos podido o no encontrar.

–¿Crees que en ese caso vale la pena arriesgarse? –quiso saber Mesías *el Negro*, que en realidad era más bien oliváceo y un tanto agitanado–. Mi madre no me parió para héroe muerto.

–Supongo que la mía tampoco –admitió el gomero–. Y lo mejor que podemos hacer es encaminarnos hacia levante, evitando en lo posible a las gentes de Canoabó. Por lo visto los costeños suelen ser bastante más pacíficos que los de tierra adentro.

Emprendieron por tanto la marcha al amanecer del día siguiente, apenas la primera luz del sol se anunció en el horizonte, alejándose pesadamente monte arriba, para detenerse una hora más tarde en el último recodo del sendero, a contemplar en silencio el ancho valle de un verde lujuriante, la amplia y tranquila ensenada que se abría al Nordeste, los techos del poblado indígena, y la anárquica y un tanto informe silueta de las empalizadas del desvencijado «Fuerte de la Natividad».

Guardaron silencio porque en su ánimo estaba el hecho de que se encontraban a punto de romper todo contacto con los últimos vestigios de su mundo, para adentrarse en una tierra absolutamente ignota y en la que les podían acechar los más fantásticos peligros y las más monstruosas criaturas que la mente humana fuera capaz de imaginar.

Tribus hostiles, bestias desconocidas, oscuras selvas, altisimas montañas y abismos sin fondo, no serían más que los enemigos ciertos que les estaban aguardando, y a los que se unirían probablemente nuevas e insospechadas dificultades y fantasmagóricas criaturas de las que no tenían en aquellos momentos ni siquiera noticias.

El miserable «fuerte» de carcomidas tablas rescatadas de un naufragio y alzado en el confín de una playa perdida, se les antojaba por lo tanto, visto desde allí, un cálido y acogedor refugio al que tal vez jamás regresarían y del que se alejaban ahora con tanto o más dolor del que experimentaran al separarse meses antes de sus auténticos hogares para emprender la imprevisible travesía del océano.

Sin embargo, para el pelirrojo *Cienfuegos* que jamás había poseído más casa ni familia que los riscos y montes de su isla, sentir de nuevo bajo sus pies las piedras de empinados senderos, asomarse a los abismos, y aspirar el limpio aire de las alturas, fue como regresar al fin a su lugar de origen –el único auténtico «hogar» que había conocido–, el lugar y paisaje en que siempre se había sentido a gusto y en el que se sabía a salvo de todos los peligros.

No había que olvidar que «Ha-i-tí» quería decir «Tierra de Montañas», y en la montaña el agilísimo pastor de La Gomera se había considerado siempre indestructible.

Buscó una rama larga, fuerte y flexible, se fabricó una pértiga, y con ella en la mano se sintió tan seguro como si empuñara el arma más mortífera que jamás se hubiera inventado.

Cuando reemprendieron la marcha rumbo a lo desconocido no le temía ya a nada ni a nadie en este mundo.

Ingrid Grass, vizcondesa de Teguise por su matrimonio con el capitán León de Luna, cayó muy pronto en cuenta del terrible error que *Cienfuegos* había cometido, ya que durante aquel primer mes en que quedó patente que el cabrero había abandonado La Gomera, tan sólo tres buques –las tres carabelas de aquel iluso genovés que aseguraba que iba a encontrar un camino hacia las Indias a través del «Oceáno Tenebroso»– habían zarpado de la isla.

Fue ese convencimiento el que le impidió embarcar en la próxima nave con destino a un puerto español, ya que abrigó de inmediato la absoluta certeza de que el hombre a quien tan apasionadamente amaba y sin el cual la vida se le antojaba inútil no podría reunirse con ella –de momento– en Sevilla.

En buena lógica llegó a la conclusión de que si –como el almirante aseguraba– San Sebastián de La Gomera era el último puerto hacia el Oeste, probablemente sería en ese mismo puerto en el que recalaría a su vuelta, y tomó por ello la hermosa costumbre de levantarse cada día poco antes de que comenzara a clarear para ascender a lo más alto del acantilado y otear el horizonte a la espera de aquellas tres viejas embarcaciones que le devolverían el prodigioso cuerpo y los inimitables ojos de su amado.

Pasaba allí sentada varias horas, inmersa en la contemplación del mar o en estudiar un libro que le enseñaba el idioma que le permitiría expresar al fin lo que en verdad sentía, y extrañamente el tiempo no consiguió apagar el fuego que devoraba sus entrañas, sino que, por el contrario, fue transformando hora tras hora la primitiva pasión en un amor tan hondo que amenazaba con trastornar su mente hasta el punto de que incluso su marido llegó a temer por su salud y por su suerte.

Apenas comía, la eterna y dulce sonrisa que había sido el principal adorno de su rostro se esfumó para siempre, y las noches de insomnio marcaron bajo sus ojos oscuras sombras de desdicha.

El capitán la amaba más que nunca.

La sencillez con que una noche le comunicó que estaba dispuesta a renunciar a su título, su posición y su fortuna por compartir su vida con un cabrero analfabeto sin importarle en absoluto la miseria, la deshonra o el desprecio, no consiguieron más que reafirmarle en la idea de que había tenido la inmensa suerte de casarse con una criatura realmente excepcional, y no podía por tanto permitirse el lujo de rechazarla.

Dejó a un lado su espada y su ballesta, y se armó de cariño y de paciencia.

De encontrarse en la capital, sujeto a las críticas y la maledicencia de una sociedad retrógrada e intransigente, tal vez se hubiese comportado de un modo diferente, pero habitando en lo que constituía la última frontera conocida del universo, y sabedor de que si perdía a aquella inimitable mujer, el resto de su vida no sería más que un vagar por bosques y montañas eternamente en busca de su recuerdo, le hizo tomar conciencia de lo que en verdad era importante para su futuro, y decidió por tanto amordazar su orgullo e intentar salvar un matrimonio sin el cual nada de cuanto pudiera ocurrir merecería la pena.

No volvió a tocarla nunca.

La dejó sola en el inmenso dormitorio matrimonial, y se retiró a una de las torres que miraban al mar y en la que a menudo pasaba las noches contemplando el balcón al que ella solía asomarse, envidiando íntimamente a un miserable bastardo que nada poseía en este mundo más que un amor por el que él hubiera dado hasta la vida.

Algunas noches se vio incluso en la obligación de cerrar por dentro la gruesa puerta de roble y lanzar la llave al jardín para evitar la tentación de atravesar enloquecido los oscuros pasillos y salones, penetrar en la tibia estancia y hundir su rostro una vez más entre los muslos que ocultaban la única gloria que había conocido, y durante aquellos meses el vizconde de Teguise demostró más que nunca ser un hombre de temple manteniendo su entereza siempre a la espera de que un día fuera ella la que le invitara a regresar a su alcoba.

Si alguna vez alguien tuvo sobradas razones para desear que la expedición que habría de concluir con el descubrimiento de un nuevo mundo concluyera en un sonoro fracaso, y nadie regresara jamás de semejante aventura, ese alguien fue sin duda el poderoso capitán León de Luna, señor de «La Casona», dueño de media isla de La Gomera y emparentado por línea materna con el rey Don Fernando el Católico.

Y si alguien rezó día y noche para que la loca empresa alcanzara éxito o que al menos todos sus participantes regresaran con vida, ésa fue su esposa Ingrid, que comenzó a frecuentar una iglesia en la que el pobre Don Gaspar de Tudela se esforzaba por pasar lo más inadvertido posible, avergonzado por la parte de culpa que le correspondía en la desgracia y la deshonra de su joven feligresa.

Luego, una soleada mañana de abril, los tripulantes de una carraca malagueña trajeron la sorprendente noticia de que dos de los navíos de la escuadra de Colón habían regresado a Cádiz, donde se hablaba ya de nuevas y maravillosas tierras que demostraban que efectivamente el mundo era redondo y La Gomera y El Hierro no constituían el confín del Universo.

Por primera vez desde que su amante se marchara, la vizcondesa regresó a la laguna del bosque y fue a tumbarse sobre la hierba en el punto exacto en que tantas veces se entregaron el uno al otro, y le habló como casi a diario solía hablarle; como si no les separasen un inmenso océano y dos idiomas muy distintos, pidiéndole consejo sobre lo que debía hacer a partir de aquel momento, ya que en lo más íntimo de su ser la alemana se sentía protegida por *Cienfuegos* pese a que le superase en edad, poder y experiencia, puesto que al fin y al cabo, ella no era más que una mujer enamorada, y él sería siempre «su hombre».

Al regresar a casa buscó a su marido en la torre que daba al mar, y le espetó sin mas preámbulo:

–Me voy...

El capitán León de Luna, que se encontraba sentado junto a la chimenea con los dos enormes dogos a sus pies, dejó a un lado el libro que estaba leyendo, y tras invitarle con un gesto a que se acomodara, replicó con absoluta calma:

–¿A dónde?

–A Sevilla.

–Si te vas, te seguiré. Me resultará más fácil que a ti localizar a ese bastardo, y en cuanto lo encuentre, lo mataré. –La miró fijamente–. Sabes que lo haré, ¿verdad?

–Sí. Sé que lo intentarás, pero aun así tengo que irme.

–No pienso aceptarlo –fue la firme respuesta–. He sufrido más de lo que imaginé soportar nunca, e incluso estoy dispuesto a esperar el tiempo que haga falta hasta que se te pase esa locura, pero mi sentido del honor no admite que vuelvas a reunirte con él. Puedes jurar que ninguno vivirá para verlo.

–Nunca he deseado hacerte sufrir –musitó ella dulcemente–. Eres un hombre bueno y un magnífico esposo, pero hay cosas contra las que a menudo no podemos luchar, y ésta es una de ellas.

–Lo olvidarás.

–Lo dudo. Yo soy la primera en desearlo, pero lo dudo.

–Continuamente me pregunto qué pudiste ver en él para que te endemoniara de esa forma: es casi una bestia.

–Te equivocas; es una de las criaturas más tiernas de este mundo, pero eso tú no puedes entenderlo. –Se puso lentamente en pie y se encaminó de nuevo a la salida–. Tan sólo he querido advertirte, para que no te sientas nuevamente engañado: haré cuanto esté en mi mano para volver a reunirme con él.

Por unos instantes el capitán León de Luna, vizconde de Teguise, estuvo a punto de darle una seca orden a sus perros, que no hubieran dudado un segundo a la hora de destrozarla a dentelladas, pero se limitó a observar cómo abandonaba la estancia cerrando la puerta a sus espaldas, e infinidad de veces tuvo que arrepentirse en los años venideros de no haber seguido aquel primer impulso que le hubiera ahorrado innumerables sufrimientos.

Dos días más tarde, cuando la alemana se encontraba sentada sobre un viejo árbol del bosque más cercano a «La Casona», inmersa como siempre en estudiar uno de aquellos libros que se habían convertido en silenciosos cómplices de su necesidad de comunicarse con la persona a la que tanto amaba, un hombre extraordinariamente flaco, que vestía ropas de marino y se cubría con una vieja gorra desteñida, hizo su aparición entre la espesura encaminándose directamente a ella.

–¿La vizcondesa de Teguise?

Asintió en silencio.

–Me llamo Tragacete; Domingo de Tragacete, segundo oficial del *Buenaventura.* –Se presentó el otro quitándose la gorra–. Traigo un mensaje para usted de Don Luis de Torres.

–No conozco a ningún Luis de Torres –replicó Ingrid Grass en su dificultoso castellano–. ¿Quién es?

–El intérprete real de la escuadra del almirante Colón. Vino a verme dos días antes de zarpar de Cádiz.

Las manos de la vizcondesa temblaron visiblemente y el libro estuvo a punto de resbalar al suelo, pero aferrándolo con fuerza indicó al recién llegado que tomara asiento a su lado.

–Usted dirá... –pidió.

El llamado Tragacete obedeció, y tras unos instantes en que resultó evidente que le intimidaba la nobleza de la hermosa extranjera, añadió:

–El señor De Torres me pidió que le comunicara que durante el viaje hacia el Cipango hizo amistad con un grumete llamado *Cienfuegos*, por el que al parecer usted siente un gran interés.

–¿Le ha ocurrido algo? –La voz de Ingrid Grass pareció a punto de quebrarse–. ¿Algo grave?

–No, que yo sepa, pero según el señor De Torres fue uno de los tripulantes de la nao capitana que tuvieron que quedarse en un enclave llamado «Fuerte de la Natividad» que su Excelencia el almirante fundó al otro lado del océano.

–*Mein Gott!*

–¿Cómo ha dicho?

La alemana, que había palidecido hasta quedar de color ceniciento, hizo un supremo esfuerzo y concluyó por agitar la cabeza como esforzándose por desechar un mal pensamiento.

–Nada. No es nada. Continúe por favor. ¿Qué más sabe?

–No mucho; el tal *Cienfuegos* asegura que se encaminará a Sevilla en cuanto le sea posible, pero se supone que eso no ocurrirá hasta que el almirante esté en condiciones de organizar una nueva expedición.

–¿Tiene alguna idea de cuándo piensa hacerlo?

–Lo ignoro, señora, pero conociendo el mar dudo que sea antes del otoño, cuando los vientos soplen hacia Poniente.

–¡Otoño! –se horrorizó ella–. ¡Pero para eso aún falta más de medio año!

–En efecto. Pero todo marino sabe que antes de esa época navegar hacia el Oeste por estas latitudes resulta casi imposible.

–Entiendo. –Le miró a los ojos–. Vuelva mañana a esta misma hora y le compensaré por las molestias.

–No es necesario, señora –replicó el otro–. Zarpamos al amanecer y ya me pagaron por ello. –Sonrió levemente–. Y en todo caso, el simple placer de serle de utilidad ya es compensación suficiente. ¡Suerte!

Se alejó por donde había venido dejándola inmersa en confusos y amargos pensamientos, ya que las noticias de las que había sido portador tenían la virtud de destruir todos sus proyectos, obligándola a replantearse las posibilidades de encontrarse con el hombre que se había adueñado de hasta el último rincón de su corazón y de su mente.

Saber que le habían abandonado al otro lado del llamado «Océano Tenebroso», en una tierra desconocida de la que se decía que se encontraba poblada por extrañas bestias y salvajes desnudos que incluso se devoraban entre sí, la sumió de pronto en una profunda angustia, y consiguió que pese a la firme promesa que se había hecho de no volver a llorar nunca, pesadas lágrimas fueran a ensuciar las páginas del libro que aún mantenía sobre su regazo.

Alzó luego el rostro hacia los altos riscos que caían a

pico sobre el mar, y se preguntó si no sería mejor trepar hasta ellos y acabar de una vez con todos sus sufrimientos, porque era tal el dolor que sentía al no poder hacer el amor con aquel muchacho que parecía haberse convertido en su única droga, que más soportable se le antojaba la muerte que continuar padeciendo por más tiempo una separación sin esperanzas.

Cuando al oscurecer emprendió, muy despacio, el regreso a «La Casona», arrastraba pesadamente los pies y aparecía encorvada como si de improviso hubiera envejecido treinta años.

Llovía mansamente.

Llovía en silencio, como sin ganas, pero eran ya tantos los días que aquel agua cálida y quieta se dejaba caer aburridamente sobre la selva y la montaña, que incluso el aire parecía haber sido sustituido por un espeso velo de humedad gris y plomiza que homogeneizaba los contornos como en una vieja acuarela emborronada por los años.

La tierra, oscura masa de lodo y anchas hojas putrefactas, se había transformado en una pasta viscosa y maloliente en la que se hundían los pies o resbalaban como en un millón de cáscaras de plátano, y trepar por las empinadas laderas en busca de una cumbre que jugaba a ocultarse más allá de las nubes se convirtió muy pronto en un martirio incluso para alguien tan acostumbrado a la montaña como el propio *Cienfuegos*.

A menudo, ascender treinta metros traía de inmediato perder pie, aferrarse a una rama que se quebraba con un seco chasquido y deslizarse otros cien pendiente abajo en un loco tobogán a riesgo de estamparse los sesos contra un árbol, y tan sólo jadeos y reniegos se escuchaban porque incluso el aliento para emitir una palabra se hacía imprescindible atesorarlo avaramente con el fin de utilizarlo en dar un nuevo paso o en izarse a pulso agarrándose a un tronco.

Aquél constituía quizás el primer auténtico enfrentamiento de un europeo con la húmeda selva tropical del nuevo continente, mucho más densa, poblada e impenetrable que todas las selvas africanas que hubiera conocido anteriormente, porque allí, en la interminable cadena de montañas de Haití o La Española, como su Excelencia el almirante Don Cristóbal Colón la había bautizado, los árboles y la maleza crecían apiñados en eterna y feroz disputa por un pedazo de tierra en el que hundir sus raíces o un rayo de sol del que obtener la vida, sin ofrecer a veces ni siquiera un resquicio por el que un hombre medianamente corpulento pudiera introducirse.

Enlodados hasta las mismas cejas, arañados, pringosos, hambrientos y agotados, los tres muchachos no encontraban ni siquiera un repecho en el que detenerse a tomar un bocado y reponer fuerzas, porque podría creerse que aquellas montañas no estaban hechas, como todas las otras montañas de este mundo, de roca y piedras cubiertas de un manto de tierra y vegetación, sino que constituían tan sólo ingentes aglomeraciones de barro eternamente reblandecido y al que incluso las raíces se veían obligadas a aferrarse con la misma desesperación con que lo hacían los hombres.

Todo un largo día emplearon en coronar una cima barrida por una tibia brisa que llegaba del Oeste, para extender al fin la mirada por una interminable y ondulada extensión de elevaciones de un verde intenso que parecían ir a perderse, muy a lo lejos, en un oscuro picacho que al gomero se le antojó casi tan alto como el mismísimo Teide que tantas veces había contemplado desde las vertientes de su isla.

–¡Mierda! –exclamó.

Tomó asiento, luchó con la yesca hasta conseguir encender un grueso tabaco de los que la eficiente Sinalinga le había preparado una abundante provisión, y lanzó por último una burlona mirada a sus sucios compañeros, cuyos cansados ojos eran lo único que destacaba de la masa terrosa en que parecían haberse convertido.

–¡Mierda! –repitió Mesías *el Negro*, cuyo auténtico color resultaba ahora absolutamente indefinible–. ¡Jamás imaginé que pudiera existir un lugar semejante! Estoy de fango hasta los huevos.

–Pues tenemos para rato –señaló el canario indicando con un gesto el paisaje que se extendía bajo ellos–. ¡Selva, selva y selva! Barro, barro y barro...; montes y montes. –Lanzó un grueso chorro de humo y añadió escéptico–: El que pretenda establecerse aquí, debe estar loco.

–Todo el que se apuntó a esta absurda empresa de cruzar el océano lo estaba ya de antes –sentenció Dámaso Alcalde–. Y aún me pregunto por qué demonios lo hicimos.

–Por hambre.

Se volvió a su inseparable compañero, amigo al parecer desde la infancia, y asintió convencido.

–Por hambre, sí, pero al menos en Moguer teníamos la posibilidad de robar de tanto en tanto una gallina... Aquí, ni eso...: no hay gallinas.

–Los tiempos cambiarán –señaló *el Negro* seguro de sí mismo–. Encontraremos oro. –Hizo una corta pausa–. O la «Fuente de la Eterna Juventud» que está por aquí cerca... Un indio me contó que tierra adentro se encuentran tribus donde no existen ancianos.

–Será porque se los han comido –sentenció *Cienfuegos* a quien el humo del tabaco comenzaba a reconfortar haciéndole encontrarse más a gusto y recuperar su sentido del humor–. A mí lo único que de verdad me importa es llegar a Sevilla.

–Sevilla, sin dinero, es aún peor que esto –le hizo notar Dámaso Alcalde–. Jamás regresaré a Sevilla hasta que sea rico. Odio ser pobre.

–Yo nunca he sido pobre –admitió el canario–. Donde vivía no hacia falta dinero. Aquí tampoco. Los indios viven muy bien sin él.

–¡Natural! Son salvajes.

Caía la tarde, y lo hacía con la increíble rapidez con que solía oscurecer en el trópico; rapidez a la que aún no habían logrado habituarse, y que una vez más les sorprendió sin que hubieran conseguido acondicionar tan siquiera un precario refugio, por lo que se vieron obligados a pasar la noche a la intemperie tumbados sobre un empapado suelo y recibiendo encima aquel agua tibia y obsesionante que parecía dispuesta a no cesar ni siquiera un segundo.

Dámaso Alcalde tosió continuamente.

Mesías *el Negro* tiritaba y maldecía por lo bajo.

El pelirrojo *Cienfuegos* acostumbrado desde siempre a dormir al aire libre, cerró los ojos, permitió que su mente volara al encuetro de Ingrid, sonrió dulcemente al evocar su luminosa sonrisa, y se quedó dormido en un instante.

Al amanecer, llovía.

Se dejaron deslizar por la resbaladiza pendiente, atentos tan sólo a no cobrar nunca tanta velocidad que acabaran por estrellarse contra un árbol, para ir a precipitarse al fin al centro del cauce de un rumoroso riachuelo de aguas turbias que se entretenía en ir desgajando a su paso hojas y ramas que emprendían de inmediato una loca carrera en busca del océano.

Se lavaron a conciencia despojándose de la infinita cantidad de lodo acumulada en cada poro del cuerpo, y a instancias del gomero se aplicaron luego a la pesada tarea de construir una tosca balsa que les permitiera dejarse arrastrar por la corriente.

Fue un viaje placentero.

La selva, que parecía nacer de las mismas aguas, se alzaba ávidamente en busca de un cielo que iba perdiendo su tonalidad plomiza a medida que descendían hacia los profundos valles, y cuando al fin la espesa bruma dio paso a un violento sol rojo y picante, las mil tonalidades de una jungla que se había mostrado hasta esos momentos de un verde oscuro, monótono y pastoso, estallaron con tal fuerza que incluso dañaba a unos ojos que parecían haberse habituado en exceso a la grisácea penumbra.

Atravesaron un alto farallón por el que el riachuelo se angostaba rugiente, temiendo por un momento que la improvisada y frágil embarcación volcase, pero más allá del estruendo y la espuma las aguas se abrieron, amansándose, por una ancha llanura cubierta de suave hierba que ascendía perezosamente en busca de diminutas colinas en cuyas cimas anidaban millones de grandes garzas de blanco plumaje y rojos ibis de larguísimo pico.

–¡Dios, qué sitio! –exclamó Dámaso Alcalde–. Jamás vi nada igual.

Atracaron en la orilla y se tumbaron sobre la hierba a permitir que el sol les calentara los huesos mientras contemplaban embobados el majestuoso vuelo de unas aves que eran capaces de posarse en la punta de una minúscula rama sin quebrarla.

Cienfuegos encendió otro de sus gruesos tabacos, aspiró profundamente y señaló con un gesto la más alta de las colinas que aparecía dominada por un rojo «flamboyán» de inmensas flores bajo cuya sombra dormitaba un almiquí de amarilla cabeza, negro cuerpo y afilado hocico que le proporcionaban el más cómico aspecto que hubiera ofrecido jamás mamífero alguno.

–Yo le construiría a Ingrid una casa allí –dijo–. Haríamos el amor bajo aquel árbol contemplando los pájaros y luego bajaríamos a bañarnos al río.

–Yo me pido aquel recodo –intervino Mesías *el Ne-*

gro–. Cultivaría los campos hasta la falda del monte y viviría con cuatro o cinco nativas cariñosas.

–Yo traería cerdos de Huelva –sentenció Dámaso Alcalde–. Y vacas. ¡Me gusta el olor de las vacas! Con estos pastos se pondrían enormes...

–Podríamos hacerlo –puntualizó el canario seriamente–. Aquí hay tierra para todos; mucha más tierra de la que pueda tener el mismísimo vizconde de Teguise. Es sólo cuestión de decir: «Es mía», y no permitir que nadie te la quite.

–No es tan fácil.

–¿Por qué?

–Están los Reyes.

–Ningún rey va a venir a disputártelas –replicó el pelirrojo seguro de sí mismo–. A ellos lo único que les importa es el oro y los honores. Si les enviásemos oro nos permitirían quedarnos con las tierras.

–¿Y de dónde sacaríamos el oro?

–De donde lo haya. –Aspiró de nuevo el humo regodeándose en el placer que significaba mantenerlo en la boca, caliente y oloroso, y tras lanzarlo al aire con un estudiado gesto en el que no podía evitar entrecerrar levemente los ojos, añadió–: Me juego la cabeza a que muy pronto miles de muertos de hambre vendrán a apoderarse de todo cuanto existe bajo la capa de estos cielos sin importarle un pimiento que pueda pertenecer a los haitianos, el Gran Kan, o a los mismísimos Reyes. Será una «rifatiña».

–Nada se mueve sin el permiso de los Reyes –puntualizó Dámaso Alcalde.

–En España... –replicó serenamente el gomero–. Pero ese océano es muy ancho y muy profundo. –Se puso en pie de un salto y lanzó al agua lo poco que quedaba de su cigarro–. Aunque al fin y al cabo.... –añadió–. Nada de eso me preocupa: esto es muy bonito, pero a mí lo único que me importa es llegar a Sevilla. ¿Nos vamos?

Embarcaron de nuevo y de tanto en tanto cruzaban frente a un grupo de chozas o una solitaria cabaña alzada sobre pilotes junto las mismas aguas, mientras familias de desnudos nativos salían a contemplarles, incapaces de reaccionar ante la extraña aparición de unos sorprendentes hombres de piel clara, coloridos ropajes y ojos de cielo que se limitaban a agitar la mano mientras su inestable embarcación navegaba río abajo, para perderse en la próxima curva como un mal sueño que jamás hubiera existido realmente.

En cierta ocasión, y a la vuelta de uno de esos recodos se toparon de frente con una frágil canoa tripulada por dos chicuelos que al verlos venir dieron un grito de horror y se lanzaron de cabeza al agua nadando velozmente hasta la orilla, para desaparecer entre los árboles como si el mismísimo demonio les pisase los talones, pero aparte de ellos, jamás advirtieron un gesto hostil ni escucharon una simple palabra de amenaza, y les llamó poderosamente la atención el hecho de que nadie exhibiese nunca ningún tipo de arma.

–¡Buena gente! –sentenció *el Negro*–. Si me obligaran a jurar, diría que aquí mismo debió estar el Paraíso.

La tierra continuaba mostrándose fértil, alternando las colinas y algunas cadenas de montañas con anchos valles cultivados y extensas planicies, y muy a lo lejos, hacia el Sur, se distinguía casi siempre la confusa silueta de aquel macizo picacho que debía superar los tres mil metros. Los colibríes surcaban el aire como flechas multicolores y las garzas de largo pico recto, blanco pecho y dorso oscuro se extendían a ambas orillas y sobre las copas de los árboles como regimientos de disciplinados granaderos que rindieran honores al paso de un cortejo.

Más tarde hicieron su aparición los primeros pelícanos anunciando con su pesado vuelo la cercanía del mar, y al poco desembocaron en un tranquilo estuario que se abría a uno y otro lado en arenas muy blancas, largas filas de altísimos cocoteros y al final de la ancha bahía un alto acantilado que caía verticalmente sobre un agua azul y profunda que se perdía de vista en el horizonte.

–Éste es el sitio –señaló el gomero fascinado–. Cuesta creerlo, pero es tal como lo describió el gobernador, con el puerto, el río e inmensas tierras fértiles apenas habitadas... ¿Qué os parece?

–¡Santo Cielo!

La exclamación, de Mesías *el Negro*, no se debía, como cabría imaginar, al entusiasmo que le producía el hallazgo de un enclave tan idóneo, sino al hecho de que acababa de descubrir a una veintena de indígenas que surgiendo de la espesura a poco más de doscientos metros de distancia, corrían silenciosamente hacia ellos blandiendo pesadas mazas y rudimentarias hachas de piedra.

Eran de baja estatura, fornidos y rechonchos, más oscuros de piel que la mayoría de los nativos que habían encontrado hasta el presente, con largas melenas que se agitaban al viento, negros dibujos geométricos que les cubrían de los pies a la cabeza y deformes piernas de anchísimas pantorrillas que les conferían un inconfundible y amenazante aspecto.

–¡Caribes! –musitó horrorizado *Cienfuegos*–. ¡Dios nos asista, mirad esas piernas! ¡Son caníbales!

Desenvainó la espada sin abandonar por ello su inseparable pértiga, pero al instante advirtió que sus dos compañeros habían comenzado a correr desprendiendose de cuanto les estorbaba, y comprendiendo de inmediato que ninguna posibilidad de defensa le quedaba frente a la numerosa partida de salvajes que se le echaba encima, dio media vuelta y se lanzó en pos de los dos andaluces que habían ganado ya más de cuarenta metros de ventaja.

Tanto Mesías *el Negro* como Dámaso Alcalde eran

hombres de mar, ágiles y fuertes, pero poco acostumbrados a correr, dados los estrechos límites de una cubierta, mientras que por su parte el isleño, que era además más joven, había pasado la mayor parte de su vida persiguiendo cabras, por lo que no tardó en darles alcance haciendo desesperados gestos para que acelerasen la marcha señalando hacia el extremo de la playa:

–¡Al acantilado! –gritó–. Al acantilado. ¡Rápido!

Los caribes ganaban terreno.

El pánico ponía alas en los pies de los aterrorizados muchachos, pero aquella pandilla de auténticas bestias parecían contar con una resistencia de caballo, ya que ni siquiera la pesadez de la arena hacía mella en ellos, que continuaban aproximándose metro a metro sin que se escuchara más que el acelerado golpear de sus pasos y el jadear de sus entrecortadas respiraciones.

–¡Vamos! –aullaba una y otra vez *Cienfuegos*–. ¡Por el amor de Dios, más aprisa. Más aprisa.

Dámaso Alcalde fue el primero en desfallecer, comenzó a toser y sollozar dando alaridos y con un traspiés cayó de bruces echándose a llorar presa de un ataque de nervios incapaz de dar un solo paso pese a que *Cienfuegos* se esforzó por obligarle a alzarse.

–¡No te pares! –le suplicó–. ¡Arriba! ¡Arriba!

El otro alzó el rostro cubierto de lágrimas y arena y le miró con los ojos desorbitados.

–¡No puedo! –susurró apenas–. ¡No puedo! ¡Santísima Virgen del Rocío, ayúdame! ¡Ayúdame!

Era como si le hubieran cortado las piernas o quebrado el espinazo, concluyendo por abalanzarse sobre la arena como si escondiendo en ella el rostro pudiera impedir que le atraparan.

El primer caribe se encontraba ya tan cerca y su aspecto era tan feroz, que el gomero comprendió que nada más podía hacer por su amigo, y dando media vuelta reanudó su veloz carrera en pos de Mesías *el Ne-*

gro cuyas fuerzas comenzaban a flaquear también visiblemente.

Poco más de cuatrocientos metros les separaban aún del acantilado, pero sus perseguidores se encontraban ya tan cerca que percibían, perfectamente sus sordos gruñidos, como de furiosos jabalíes lanzados al ataque.

Cienfuegos volvió un instante el rostro, advirtió cómo un grupo de caníbales se lanzaba sobre Dámaso Alcalde golpeándole sañudamente con sus hachas y mazas, y decidió no preocuparse más que de intentar salvar su propia vida, desentendiéndose por completo de Mesías que daba continuos bandazos a punto ya de caer fulminado.

Una especie de corta lanza de afiladísima punta cruzó sobre sus cabezas y fue a caer a pocos metros.

El gomero apretó los dientes, aferró con más fuerza su fiel garrocha y aceleró el ritmo de su carrera hasta el punto de que en cuestión de segundos consiguió distanciarse varios pasos de sus perseguidores.

A menos de cincuenta metros de las primeras rocas Mesías *el Negro* lanzó un alarido de desesperación y cayó de rodillas.

Un salvaje que llegaba corriendo le destrozó la cabeza de un brutal mazazo para continuar en pos del pelirrojo en cuyos oídos retumbó, como un trueno, el estallido del cráneo del andaluz al quebrarse como una enorme nuez aplastada por un puño gigante.

Pensó en Ingrid.

Su sonrisa le confirió las fuerzas que le faltaban y el recuerdo de aquel cuerpo inimitable que le aguardaba en algún lugar del mundo le lanzó hacia delante, olvidando por completo que las piernas comenzaban a convertírsele en plomo.

La bestia de las pantorrillas deformes y la maza ensangrentada gruñó a sus espaldas.

Veinte metros les separaban del alto farallón.

Cienfuegos se fue hacia él directamente, como dispuesto a estrellarse contra la pared de piedra, y de improviso clavó el extremo de la pértiga en la arena y se elevó unos cuatro metros en el aire para ir a caer con matemática precisión sobre un minúsculo saliente de roca quedando inmóvil en inconcebible equilibrio sobre la cabeza del caníbal que se detuvo atónito, incapaz de entender cómo su última víctima se le había escurrido entre las manos.

Nuevos salvajes se le unieron y *Cienfuegos* se apresuró a trepar por el acantilado clavando las uñas en las ranuras y alzándose a pulso metro a metro en un desesperado intento por ponerse a salvo de las lanzas mientras sus perseguidores le imitaban decididos a capturarle a toda costa.

La caza continuó farallón arriba, pero aquél era un terreno en el que el gomero llevaba ventaja.

Cuando a los diez minutos se detuvo para mirar hacia abajo se encontraba ya a más de ochenta metros de altura, y comprobó que tan sólo uno de sus enemigos –aquel que destrozara la cabeza de Mesías *el Negro*– perseveraba en su empeño de capturarle mientras el resto de sus compañeros emprendía el descenso hacia la playa.

Comprendió que se encontraba momentáneamente a salvo, y se sentó a tomar aliento estudiando la progresión del caribe que jadeaba y gruñía enseñándole los amarillos dientes como si con ello pretendiera aterrorizarle aún más de lo que ya lo estaba.

Abajo, en la playa, dos salvajes arrastraban por los pies el ensangrentado cuerpo de Dámaso Alcalde –que aún se debatía chillando como un cerdo a punto de ser degollado– para aproximarlo al de Mesías *El Negro* que había corrido mejor suerte, ya que había quedado de rodillas, reventada la bóveda craneal por el feroz mazazo y con los sesos al aire.

El caníbal continuó trepando fatigosamente hasta que de improvisto perdió el equilibrio y a punto estuvo de precipitarse al vacío, lo que impidió aferrándose a una arista de roca y tanteando con el pie en busca de un punto de apoyo que le permitiera elevarse nuevamente.

Cienfuegos le miró.

Observó luego cómo el resto de los caribes se arremolinaban en torno a los cuerpos de sus desgraciados amigos destrozándolos con sus afiladas hachas de piedra, y tomando una súbita decisión, apoyó el extremo de la pértiga en un repecho de no más de un metro de anchura que se encontraba a casi cinco metros bajo él, para dejarse deslizar suavemente con aquella inaudita habilidad que había causado el asombro del capitán León de Luna y lo causaba ahora entre los salvajes que cesaron por un instante en su macabra tarea para alzar el rostro y contemplarle.

Se encontraba a no más de cuatro metros por encima de su perseguidor, que al descubrirle pareció comprender que súbitamente había pasado de cazador a víctima, pese a lo cual su romo cerebro necesitó un tiempo infinitamente largo para reaccionar y adaptarse a la nueva situación.

Muy lentamente, casi regodeándose en lo que hacía, *Cienfuegos* se tumbó cuan largo era sobre el repecho y enfiló cuidadosamente con la aguzada punta de la pértiga el ojo derecho del salvaje que lanzó un rugido de impotencia.

Con un golpe seco, poniendo en él toda la ira y el odio de que era capaz, y que jamás volvería a sentir con tanta intensidad, empujó con fuerza.

El globo ocular estalló como un huevo, parte de la masa encefálica brotó de la órbita y con un aullido de dolor y agonía la inmunda bestia pintarrajeada cayó de espaldas precipitándose al vacío para ir a estrellarse con un golpe seco a no más de treinta metros del cadáver del muchacho al que acababa de matar.

Los caribes lanzaron al unísono un ronco grito amenazándole con sus armas, e incluso le arrojaron algunas piedras a sabiendas de que nunca conseguirían alcanzarle, por lo que el gomero se limitó a recostar la espalda contra el muro y permanecer sentado, con los pies colgando sobre el abismo en un esfuerzo por dominar el incontenible temblor de rodillas que acababa de atacarle.

Rompió a llorar.

Lloró como un niño puesto que durante los últimos minutos había padecido todos los sufrimientos y emociones que se sentiría capaz de soportar cualquier ser humano en el transcurso de una larga vida, y al igual que un cable demasiado tenso estalla al fin culebreando y destrozándolo todo a su paso, así sus nervios reventaron azotándole el cuerpo y dejándole desmadejado y roto como una marioneta abandonada.

Durante unos minutos –nunca supo cuántos– permaneció lejos del mundo, inmerso en su dolor, su estupor y su miedo, con la mente en blanco e incapaz de hilvanar un solo pensamiento, consciente de que había sido víctima y testigo de la más espantosa escena que jamás hubiera podido vivir nadie, y convencido de que después de aquello ya nada más le quedaba por ver en este mundo.

Pero se equivocaba.

Se equivocaba y tan sólo tardó unos minutos en advertir su error, puesto que cuando consiguió al fin sorber las lágrimas, detener el temblor de sus rodillas y serenar el enloquecido latir de su corazón, miró hacia abajo y lo que vio a punto estuvo de lograr que por primera vez en catorce años de existencia el vértigo le invadiera y a punto estuviera de precipitarse al abismo.

Allá abajo, a menos de cien metros de distancia y casi a sus mismos pies, la partida de salvajes había tomado asiento en torno a los restos de Dámaso Alcalde y Mesías *el Negro*, a los que habían descuartizado y estaban devorando crudos en una indescriptible y demoníaca orgía en la que parecían complacerse especialmente en permitir que la sangre les escurriera por las fauces, el cuello, los brazos y el pecho.

Comenzó a gritar.

Gritó y gritó desesperadamente, presa de un incontenible ataque de histeria, clamando a Dios para que lanzase sobre aquellas alimañas los rayos de su justa ira, o abriese la tierra y se las tragase enviándoles directamente a los fuegos del infierno.

Alzaron el rostro y le miraron.

No había burla ni odio en sus ojos, sino tan sólo una especie de despectiva indiferencia, o tal vez una vaga promesa de que muy pronto pasaría a formar parte del macabro festín que estaban disfrutando.

El estupor, el asco o la furia dejó paso nuevamente al terror más profundo. Observar cómo aquellos dos infelices chiquillos cargados de ilusiones, que apenas media hora antes hacían divertidos planes sobre su futuro en un mundo paradisíaco habían pasado a convertirse en simples trozos de carne que unas deformes bestias de injusta apariencia humana masticaban con prisas para engullir ruidosamente, a punto estuvo de hacer estallar su mente en mil pedazos, y el canario *Cienfuegos* abrigó siempre la certeza de que si aquella malhadada tarde en Haití no perdió la razón definitivamente, nada de cuanto pudiese ocurrirle en un futuro conseguiría enloquecerle.

Apoyó la nuca en la pared de roca y cerró los ojos llamando una vez más en su auxilio al sereno rostro de Ingrid, rogándole que acudiera a liberarle del mal sueño en que parecía haberse transformado su vida y devolviéndole a los hermosos paisajes de su isla y a las inolvidables horas que pasaron en ellos.

Concluido su dantesco banquete y dejando sobre la arena tan sólo dos cabezas y algunos sucios despojos, los caribes se pusieron lentamente en pie, lanzaron una última mirada al gomero como calculando las posibilidades que tendrían de atraparle, y recogiendo el cadáver de su compañero se alejaron playa adelante hacia el punto de la espesura del que tan inesperadamente habían surgido.

Sin saber muy bien por qué *Cienfuegos* los contó.

Eran veintitrés.

Cuando a los pocos minutos reaparecieron, cargaban una inmensa canoa, labrada a fuego sobre un gigantesco tronco oscuro, y lanzándola al agua treparon a ella y comenzaron a bogar hacia el acantilado para observarle atentamente a no más de doscientos metros de distancia.

Los contó de nuevo.

Eran dieciocho.

En aquel momento no tuvo tiempo de agradecerle a «maese» Juan de la Cosa sus enseñanzas, ya que tan sólo acertó a comprender que cinco caníbales se habían ocultado en la espesura y probablemente en aquellos momentos corrían por la selva rumbo a la cima del acantilado con la intención de cortarle la retirada atrapándole en mitad de la vertical pared de roca.

Calculó la altura, el tiempo que tardaría en llegar arriba, y las posibilidades que tenía de escapar antes de que le cerraran el paso.

Eran mínimas.

Por lo menos sesenta metros de difícil escalada le aguardaban antes de poner pie en terreno libre, y allí, en mitad de la selva que coronaba la agreste costa, sus probabilidades de eludir a sus perseguidores se le antojaron nulas.

La sola idea de abrirse paso dificultosamente entre la espesa maleza, consciente de que en cualquier momento una de aquellas demoníacas criaturas podía saltarle encima destrozándole el cráneo de un solo golpe de maza, devolvió el incontrolable temblor a sus rodillas, y tras meditar unos minutos esforzándose por mantener la claridad de sus ideas, llegó a la conclusión de que estaba más seguro colgando sobre el abismo que en tierra firme.

Consiguió sobreponerse.

La innegable evidencia de que se encontraba solo en este mundo y su supervivencia dependía únicamente de la calma que fuera capaz de demostrar o de su capacidad de reacción ante el peligro, obraron el milagro de despejar su mente, serenar su ánimo y concederle un aplomo que se convertiría a partir de aquel instante en una de las principales y más valiosas virtudes de su carácter.

Fue aquella misma tarde cuando realmente el canario *Cienfuegos* se transformó en un auténtico hombre.

Respiró a pleno pulmón, comprobó que los tripulantes de la piragua parecían dispuestos a aguardar a que cayera mansamente en sus manos, y tras calcular cuánto tiempo le quedaba de luz, comenzó a moverse muy despacio buscando en la pared de roca un lugar en el que defenderse.

Quince minutos más tarde abrigó la absoluta certeza de que sus enemigos se encontraban ya sobre su cabeza, y rogó para que el sol que comenzaba a aproximarse a la línea del horizonte acelerase su carrera hacia el ocaso.

Una piedra rebotó muy cerca de su mano.

Alzó el rostro y pudo verlo, intentando divisarle a su vez, unos cuarenta metros más arriba, y por la expresión de su rostro comprendió que al salvaje no le gustaban las alturas y jamás se decidiría a bajar a atraparle.

Sobre la pared de roca no temía a nadie.

Continuó su marcha, siempre hacia la derecha, buscando la protección de un repecho que impedía que pudieran alcanzarle nuevas piedras, y aunque cruzó ante una estrecha cueva de boca casi invisible, siguió de largo y se detuvo en el punto que había elegido de antemano, a la vista de los tripulantes de la canoa, pero protegido de los de arriba, a cuatro o cinco metros de un nido de gaviotas que graznaron furiosas.

El sol rozó la línea del horizonte.

Desde el mar los salvajes hacían gestos a sus compañeros indicándoles el punto en que se encontraba, pero las primeras sombras se adueñaron del mundo y sus perseguidores continuaban sin decidirse a descender.

Un zambo emplumado, de pantorrillas aún más deformes que las de sus compañeros y que parecía comandar la partida, gritó una seca orden desde proa.

Pasaron los minutos.

La noche, la verdadera noche con sus tinieblas protectoras aún no acababa de llegar. El tiempo se hacía infinito.

De pronto un cuerpo humano se precipitó pesadamente al vacío, pasó a no más de diez metros de *Cienfuegos* para ir a estrellarse contra el agua, que se lo tragó en el acto como si llevara mil años esperándole, y el pelirrojo comprendió que por aquel día el peligro había pasado.

Aún aguardó hasta que no pudo distinguir sus propias manos, y luego, muy despacio, tanteando cada punto de apoyo volvió sobre sus pasos y se introdujo en la diminuta cueva de la que inmediatamente escaparon media docena de asustadas gaviotas.

Apartó con cuidado algunos huevos procurando no romperlos, se acurrucó como lo hubiera hecho en el vientre de su madre, cerró los ojos y se quedó dormido.

Tan sólo la luna vino a verle.

Era grande, redonda, luminosa y fría.

Se arrastró muy despacio, asomando apenas el rostro y atisbó hacia abajo para descubrir la sombra de la embarcación, que continuaba en el mismo punto, mecida apenas por un mar de plata que hubiera sido hermoso en cualquier otra circunstancia.

Permaneció largo rato allí, a solas con su miedo, odiando a todas y cada una de aquellas confusas siluetas cuyos estómagos digerían en aquellos momentos los cuerpos de sus dos compañeros, y preguntándose por qué era tan caprichoso un destino que parecía haberse empeñado en zarandearle, jugueteando con él como el viento jugaba con aquellas diminutas semillas de plumas blancas que en verano corrían de un lado a otro cubriendo de falsa nieve los bosques de su isla.

Él no había aspirado nunca a ser más que un humilde cabrero solitario sin mayor ambición que ver pasar los días iguales a sí mismos disfrutando en silencio de riscos y montañas, pero en alguna parte del universo alguien se empeñaba en empujarle con el dedo al igual que él empujara en su día a los escarabajos peloteros, obligándole a moverse hacia donde no deseaba y sometiéndole a mil pruebas absurdas en un estúpido afán por poner una y otra vez en entredicho su entereza.

Se sentía como un pez que hubiera mordido imprudentemente el portentoso cebo del cuerpo de su amada, para verse ahora en la necesidad de luchar ciegamente contra el fuerte sedal que pugnaba por arrancarle de su tranquila cueva, obligándole a combatir en mar abierto, allí donde su ignorancia le impedía defenderse.

Amaneció muy pronto.

Cabría pensar que aquel caprichoso destino tenía prisa por someterle a otro largo día de martirio, y observó cómo el alba escogía lentamente los colores con que dibujar una vez más el agreste paisaje, sin olvidar señalar el negro trazo de la infernal piragua que se mantenía pacientemente anclada frente a la costa.

No tuvo miedo porque la muerte no se le antojaba ya temible, siempre que no llegara de la mano de aquella pandilla de salvajes, porque lo que en verdad le aterrorizaba era tener el mismo fin que habían tenido sus amigos. Había llegado a la conclusión de que ningún caníbal se atrevería nunca a bajar en su busca, y si de algo estaba seguro, era de que prefería morir allí encerrado que arriesgarse a caer en manos de sus perseguidores.

Era ya por lo tanto una cuestión de paciencia.

Y el concepto de paciencia se encontraba por lógica directamente ligado a la vida de un pastor de La Gomera.

Se bebió dos huevos de gaviota y se sentó a esperar.

El sol comenzó a ganar altura en el horizonte y a calentar la tierra.

Y el mar.

A bordo de la embarcación los caribes sudaban con la vista clavada en la pared de roca, tratando de averiguar el punto en que se ocultaba su enemigo, pero desde donde se encontraban resultaba imposible distinguir la minúscula entrada de la gruta.

También ellos daban muestras de paciencia.

Fue un largo día.

Cienfuegos dormitaba a ratos. Sus enemigos se turnaban en la vigilancia.

El sol comenzó a mostrarse implacable, pero no fue el sol, sino un fresco viento del Este, que comenzó a soplar a media tarde, el que acudió en ayuda del isleño agitando un mar que había permanecido inmóvil hasta ese instante y que se fue volviendo más y más incómodo para los que aguardaban a medida que las espumeantes olas ganaban altura para chocar cada vez con más fuerza contra el muro de piedra y regresar cabrilleando en busca de la piragua.

La bestia de proa, agitó por fin su pesada maza, dio un grito gutural que sonó a orden inapelable, y los remeros se pusieron en movimiento poniendo rumbo a la playa.

Cienfuegos ni se movió siquiera pese a que su corazón parecía querer estallar de alegría.

Media hora después cuatro caníbales surgieron de

entre los cocoteros, treparon a bordo, y la embarcación puso proa a mar abierto para trazar una ancha curva y continuar hacia el Oeste a poco más de dos millas de la costa.

El canario llegó a la conclusión de que, si mantenían aquel rumbo, pronto o tarde se encontrarían frente al desprevenido «Fuerte de la Natividad».

Alcanzó la cima del acantilado cuando la embarcación no era más que un punto en la distancia, e inició un trote rítmico y sostenido que sabía por experiencia que conseguiría resistir durante horas, buscando cortar camino atravesando las montañas, consciente de que manteniendo siempre el mar a su derecha acabaría por alcanzar el «fuerte» y la bahía.

Durmió únicamente durante las primeras horas de la noche, a la espera de la ancha luna que iluminaba fantasmagóricamente el desconocido paisaje, limitándose a aplacar la sed en los continuos riachuelos que se cruzaban en su camino y sin perder tiempo en comer porque con el estómago vacío corría más a gusto.

Dosificó sus fuerzas.

Su primera intención fue lanzarse a una carrera desenfrenada, impulsado en gran parte por el miedo y el odio, pero tomó conciencia de la magnitud de la distancia que le separaba de su destino y se impuso un rígido ritmo de zancada, con cortos descansos de no más de diez minutos cada hora.

Tenía catorce años, sus piernas parecían de acero y su corazón latía como una auténtica máquina perfectamente engrasada.

Al amanecer distinguió el mar desde la cima de una

alta montaña, y cuando se lanzó ladera abajo podría creerse que le habían crecido alas o le habían dotado de resortes que le permitían brincar cuando apenas había rozado el suelo con los pies.

A media mañana desembocó de improviso en mitad de una aldea que se alzaba en el ancho recodo de un riachuelo, y cuyos atónitos habitantes le observaron como si en verdad fuera un extraterrestre caído de los cielos.

Señaló con el brazo aguas abajo.

–¡Caribes! –gritó–. ¡Caribes! ¡Vienen los caníbales!

Se apoderó de tres mangos del montón que se apilaba bajo un burdo techado, y reemprendió la marcha como una auténtica aparición de otra galaxia mientras los aterrorizados indígenas gritaban desaforadamente, las mujeres tomaban en brazos a sus hijos, y todos juntos se esfumaban en un santiamén internándose en la espesura en dirección a las montañas.

Esa noche, minutos antes de quedarse al fin dormido, el canario no pudo menos que sonreír al imaginar lo que estarían comentando en aquellos momentos unos desconcertados haitianos que de improviso veían irrumpir en su poblado a un hombre perteneciente a una raza de la que probablemente jamás habían tenido la más mínima noticia, para avisarles de la proximidad del peor de los peligros existentes y perderse de nuevo colina arriba como si se tratara de una absurda pesadilla.

Su recuerdo perduraría sin duda en los anales de la tribu, marcando un hito en su historia, que se dividiría a partir de aquel momento en «Antes de la aparición del Ángel Vestido» y «Después de la aparición del Ángel Vestido».

Durmió tres horas, y como si un reloj interior le marcara los tiempos, apenas la luna asomó su lívido rostro sobre las copas de los más altos árboles, abrió los ojos, se puso en pie de un salto y reanudó la marcha tan fresco y animoso como si llevara toda una semana descansando.

Con el sol cayendo vertical sobre su cabeza, atravesó jadeante la ancha puerta del «fuerte» y se derrumbó junto al que fuera en su tiempo palo mayor de la *Marigalante.*

–¡Caníbales! –susurró a quienes acudían a agolparse en torno suyo–. ¡Vienen los caribes!

Y necesitó por lo menos diez minutos para recuperar el aliento, permitir que le llevaran en volandas hasta la mayor de las cabañas y contar a grandes rasgos el desastroso final de su aventura.

–¡Dios misericordioso! –acertó a musitar al fin Don Diego de Arana–. ¡Pobres criaturas! –Se volvió a Pedro Gutiérrez–. Reparta las armas y apreste las bombardas –ordenó–. Que tres vigías se suban a los árboles. ¡Y avisa a Guacaraní!

Frente a la evidencia del peligro los españoles parecieron comprender que resultaba imprescindible aceptar un liderazgo por discutible que éste fuese, se olvidaron momentáneamente las rencillas, y hasta el último hombre empuñó las armas, dispuestos a vengar con sangre el espantoso suplicio de sus dos compañeros.

Por su parte, y apenas tuvieron conocimiento de que una partida de caribes rondaba por las proximidades, los nativos optaron por la expeditiva solución de poner tierra por medio huyendo montaña arriba, con la única y honrosa excepción de Sinalinga que acudió de inmediato junto a *Cienfuegos* dispuesta a consolarle, aunque lo único que el canario necesitaba en aquellos momentos era descanso.

Cayó la noche, las tinieblas contribuyeron a aumentar la inquietud de unos hombres a los que el relato del atroz destino de Dámaso Alcalde y Mesías *el Negro* había espantado, y resultó por tanto lógico que nadie fuera capaz de pegar un ojo o permitirse una simple cabezada, abrazados a sus armas y con los sentidos atentos a la más mínima señal de peligro.

Morir, era una cosa; acabar devorado otra muy distinta, y pocas veces se debió agradecer tanto la aparición del sol en el horizonte como la agradecieron aquella tranquila y luminosa mañana de mediados de junio un puñado de españoles abandonados en una lejana tierra desconocida de allende el océano.

Una hora después, el gaviero, que había trepado al más alto de los árboles, gritó desaforadamente:

–¡Allí están! ¡Los veo! ¡Los veo!

Allí estaban, en efecto, y pronto todos pudieron distinguirlos remando acompasadamente no lejos de la costa, hasta que de improviso parecieron descubrir la cochambrosa silueta de la frágil empalizada y cesaron al instante de bogar evidentemente desconcertados por tan insólita construcción.

–¡Que nadie se deje ver! –ordenó Don Diego de Arana–. Si descubren que somos más que ellos nos atacarán de frente y corremos el riesgo de tenerlos siempre merodeando por los alrededores.

Los salvajes se aproximaron lo suficiente como para estudiar una edificación que les resultaba totalmente extraña, y fondearon la embarcación casi en el centro de la ensenada, decididos al parecer a aguardar pacientemente la llegada de las sombras.

–No me gusta –refunfuñó malhumorado Benito de Toledo.

–A mí tampoco –admitió *Cienfuegos*–. Si tenemos que pasar otra noche en vela nos cogerán cansados.

–¡Salgamos a hacerles frente! –aventuró el siempre agresivo *Caragato*–. Tenemos una barca.

–Capaz para cuatro remeros y dos tripulantes –le recordó despectivo el gobernador–. Pesada, que hace agua y difícil de maniobrar. ¡No quiero suicidios!

–Usaremos los arcabuces.

–Armas viejas que de cada tres disparos fallan dos –negó Don Diego decidido–. Nos quedaremos aquí. Es una orden.

Para la mayoría de los hombres que atisbaban por entre las junturas de las viejas tablas de la *Marigalante*, la sola idea de tener allí, tan cerca, a las bestias que habían sido capaces de asesinar y devorar a dos de sus amigos, y que además parecían dispuestas a hacer lo mismo con cuantos cayeran en sus manos, sin poder castigarles, constituían en verdad un auténtico suplicio, y más de uno fue de la opinión de que lo mejor que podían hacer era nadar hasta la embarcación para intentar volcarla.

–¡Excelente idea! –masculló irónicamente el maestro armero–. En ese caso los que se darían un banquete serían los tiburones. Aunque sea por una sola vez, el gobernador tiene razón: hay que esperar.

–¡Hundámoslos! –exclamó el *Caragato*.

–¿Cómo?

–Con las bombardas.

–¿A esta distancia? –se asombró el toledano–. Soy armero, y entiendo más que tú de estas cosas. Haría falta un milagro para rozar siquiera a una embarcación tan baja de borda desde aquí. Lo único que conseguiríamos es que escaparan.

–¡Algo es algo! Me ponen nervioso.

–¡No! –intervino decidido el canario–. Hay que evitar que huyan. Tienen que pagar por lo que han hecho.

–¿Cómo?

–¡Acabando con ellos! –La indignación hacía que *Cienfuegos* pareciese otro–. Si hubieses visto con cuánta crueldad asesinaron a esos pobres chicos, y cómo les comían el corazón metiéndoles las manos en el pecho mientras aún palpitaba, ni siquiera se te pasaría por la mente la idea de que pudieran escapar. ¡Hay que machacarlos, destrozarlos y aniquilarlos! Lo que sea, pero que no queden impunes.

–¿Pero cómo? –se impacientó el toledano–. Te repito que están demasiado lejos.

–¿Cuánto necesitaríamos que se aproximasen?

–Por lo menos hasta donde comienzan los arrecifes, y aun en ese caso tan sólo Lucas *Lo-Malo* tendría alguna posibilidad de acertarles.

–¡Lucas está proscrito! –se apresuró a intervenir Pedro Gutiérrez que se encontraba a cinco o seis pasos de distancia–. Como se le ocurra aparecer por aquí lo mando ahorcar.

–Habría que ver quién resultaba ahorcado... –fue la seca respuesta del *Caragato*–. Si hay modo de conseguir que esos hijos de puta se acerquen, haré venir a Lucas y quien se atreva a ponerle la mano encima es hombre muerto. –Cruzó los pulgares y se los besó con fuerza–. ¡Por éstas!

El repostero real hizo ademán de desenvainar su espada, pero un amenazante rumor que se extendió entre la marinería le obligó a reflexionar dejando la mano apenas apoyada sobre el puño del arma, al tiempo que Don Diego de Arana se apresuraba a intervenir conciliador.

–¡Haya paz! –rogó–. No es momento de disputas, sino de olvidar viejas rencillas. Por mi parte, estoy de acuerdo: si conseguimos que esos salvajes se aproximen, perdonaré a Lucas e intentaremos hundirlos.

–Sólo hay un medio de que se acerquen –señaló el gomero–. Ponerles un cebo.

–¿Qué clase de cebo?

–Yo.

–¿Tú? –se asombró el maestro armero–. ¿Te has vuelto loco?

–A punto estuve el otro día, pero aún estoy en mi sano juicio. –Señaló hacia fuera–. Esas bestias me conocen: saben que maté a uno de los suyos y que otro se estrelló al querer atraparme. –Hizo una pausa–. Si un par de hombres me conducen a la playa y me dejan atado allí, esos animales pensarán que me estáis sacrificando a cambio de que os dejen en paz. Me juego la cabeza a que no resistirán la tentación de venir a por mí.

–Parece una buena idea –admitió el *Caragato*.

–Lo es –insistió el canario.

–Correrás demasiado peligro –se inquietó el toledano–. No me gusta. No me gusta nada.

–No corro ningún peligro –negó *Cienfuegos*–. Si se acercan más de la cuenta puedes jurar que perderé el culo corriendo hacia aquí. –Se volvió al gobernador–. ¿Qué opina, Excelencia?

Don Diego reflexionó unos instantes y al fin asintió con un leve ademán de cabeza.

–¡De acuerdo! –admitió–. Cualquier cosa es mejor que continuar con esta incertidumbre. Que venga Lucas.

–¿Le concede oficialmente el perdón real? –quiso asegurarse el asturiano.

–Concedido.

–¿Empeña su palabra de honor?

–¡Ya basta, timonel! –se impacientó el otro–. He dicho que está perdonado y lo está. ¡Que venga! ¡Rápido!

El *Caragato* hizo un leve gesto a uno de sus fieles que echó a correr hacia la espesura para regresar a los pocos minutos en compañía del artillero que se hizo cargo al primer golpe de vista de la difícil situación.

–Tiene razón «maese» Benito –admitió–. No conseguiré acertarles si no cruzan los arrecifes, y aún así los dos primeros disparos tan sólo me servirán de guía. Tendríamos que recargar a toda prisa, antes de que escapasen. –Se volvió al maestro armero–. Tú te encargarás del cañón derecho, yo del izquierdo y que Dios nos dé suerte.

Cinco minutos después, entre el *Caragato* y el viejo *Virutas* condujeron a un *Cienfuegos* supuestamente maniatado y que se defendía dando gritos, patadas y mordiscos, hasta la orilla del agua, donde lo depositaron sobre la arena bien a la vista de los ocupantes de la embarcación para regresar a toda prisa a la empalizada y desaparecer como si realmente se encontraran presos de un miedo cerval.

El canario cumplió a la perfección su papel de víctima, puesto que no cesó de revolcarse intentando al parecer liberarse de sus ataduras, a la par que lanzaba aullidos de terror, llorando y suplicando a los invisibles ocupantes del «fuerte» para que no le sacrificaran de aquel modo.

–¡Buen actor! –admitió el *Caragato*–. Incluso a mí me está poniendo la carne de gallina.

Sin embargo los caribes no parecieron mostrarse tan impresionables, ya que permanecían inmóviles observando a su víctima, aunque atentos también a cuanto ocurría a su alrededor, como si presintieran una indefinible amenaza.

Una vez más dieron muestras de su infinita paciencia de cazadores natos, ya que tardaron casi media hora en comenzar a moverse, y lo hicieron con total parsimonia, palada a palada, aproximándose a la orilla con tan desesperante lentitud, que más de uno a punto estuvo de sufrir un ataque de nervios en el interior del «fuerte».

Eran como felinos al acecho o tal vez una inmensa anaconda que reptara a ras del agua, con cada sentido y cada músculo listo para emprender la huida a la menor señal de peligro, mientras que al propio tiempo parecían relamerse ante la posibilidad de apoderarse de tan apetitosa presa.

Tumbado cuan largo era junto a las bombardas, Lucas *Lo-malo* no cesaba de hacer cálculos moviendo apenas las cureñas sin permitirse siquiera el gesto de enjugarse el sudor que le corría por la frente.

–¡Vamos, hijos de puta! –mascullaba nervioso–. ¡Acercaos!

Cienfuegos fingió haberse desmayado o haber perdido hasta el último hálito de fuerza, pero con un ojo entreabierto y el otro cerrado prometió firmemente que, si conseguían su objetivo, aceptaría que el primer cura que se cruzase en su camino le bautizase otorgándole un nombre cristiano.

–¡Mesías! –murmuró seriamente–. Te juro, Señor, que si me permites castigar a esos salvajes, adoptaré el nombre de Mesías en memoria del *Negro*. ¡Por favor! ¡Por favor!

Diez metros, veinte, cincuenta y al fin los caribes bordearon los escollos y enfilaron directamente hacia el pelirrojo que contuvo el aliento y a punto estuvo de gritar de alegría.

Lucas *Lo-malo* aferró con fuerza la mecha encendida.

Una docena de hombres rezaron en silencio.

El caníbal de proa alzó el brazo y detuvo la marcha; olfateaba el peligro.

Tres de sus guerreros se deslizaron al agua y comenzaron a nadar muy despacio hacia *Cienfuegos*, al que el corazón le dio un gran vuelco.

–¡Dispara! –ordenó el gobernador a Lucas *Lo-malo*.

–Demasiado lejos –se resistió el artillero.

–¡Dispara he dicho!

–¡Espere!

Los salvajes no eran buenos nadadores, avanzaban despacio y fatigosamente, y el jefezuelo pareció comprender que no llegarían nunca, por lo que haciendo un brusco gesto ordenó a los remeros que se adelantaran unos metros.

–¿Listo para recargar? –inquirió Lucas.

–¡Listo! –replicó el toledano.

–¡Fuego entonces, coño!

Las explosiones, casi simultáneas, atronaron el mundo, las pesadas bolas de piedra trazaron un arco en el cielo emitiendo un sonoro silbido, y la primera destrozó casualmente a uno de los nadadores, mientras la otra levantaba una columna de agua a espaldas del último remero.

Estupefactos y aterrorizados, los caníbales tardaron unos instantes en reaccionar al tiempo que perdían ligeramente el equilibrio a causa de los esfuerzos que hacían los dos hombres que quedaban en el agua por trepar a bordo, y ello permitió que las bombardas se encontraran a punto de disparar nuevamente en el momento mismo en que la larga embarcación comenzó a girar trazando un amplio círculo.

Lucas *Lo-malo* hizo en esta ocasión honor a su fama, puesto que si bien erró el tercer disparo por cuestión de centímetros, el cuarto acertó de lleno en el costado izquierdo de la oscura embarcación, que pareció dar un brusco salto en el aire, se quebró como una rama reseca y giró de inmediato sobre sí misma arrojando al agua a sus ocupantes.

El canario *Cienfuegos* se puso en pie de un salto aullando como un poseso, y la totalidad de los españoles surgieron en tropel de la empalizada empuñando sus armas.

Fue un brutal espectáculo.

Brutal, dantesco y escalofriante, pero en cierto modo hermoso a los ojos del gomero, que gritó entusiasmado cuando advirtió cómo los tiburones acudían en bandada al olor de la sangre atacando con saña a los desesperados caribes que trataban de alcanzar una orilla en la que les aguardaban unos españoles armados de afiladísimas espadas que les cercenaban de un solo tajo la cabeza en cuanto se ponían a su alcance.

–¡No los matéis a todos! –gritaba una y otra vez el gobernador sin cesar por ello de repartir mandobles–. ¡No los matéis a todos! Necesito interrogarles.

Nadie parecía escucharle.

Las aguas de la bahía se tiñeron de rojo sin que ni una sola de aquellas alimañas de apariencia humana lanzara un grito o solicitara clemencia, como si tuvieran perfectamente asumido el hecho de que, al igual que mataban sin piedad, corrían el peligro de morir de la más cruel manera.

Se salvaron cuatro que quedaron tendidos en la arena con las manos atadas a la espalda, y allí permanecieron hasta que dos horas más tarde los haitianos aceptaron descender de las colinas y formar un círculo a su alrededor sin atreverse ni siquiera a escupirles.

Su miedo a aquellos míticos caribes de dilatadas piernas que durante generaciones les habían perseguido y devorado era tan grande, que ni aun sabiéndoles inermes y vencidos osaban aproximarse a menos de tres metros de distancia, y bastaba con que uno de ellos alzara de improviso la cabeza y les mostrara los amarillos dientes lanzando un feroz rugido, para que retrocedieran al unísono como si estuvieran convencidos de que les saltarían al cuello inesperadamente.

Los esfuerzos del gobernador por obtener algún tipo de información sobre su lugar de procedencia, y si existía o no oro en sus tierras resultó completamente inútil, puesto que no abrieron la boca más que para gruñir, y podría llegar a creerse que en realidad no se trataba más que de animales de injusta apariencia humana que ni siquiera tuvieran uso de razón o posibilidad alguna de comunicarse entre sí.

–¡Está bien! –se resignó al fin Don Diego de Arana–. No vamos a sacar nada en limpio. ¡Acabad con ellos!

En esta ocasión la escena se le antojó cruel incluso al propio *Cienfuegos* cuya sed de venganza parecía haberse saciado, y que asistió incómodo y desasosegado al espectáculo, porque una cosa era la lucha y la muerte, y otra el sadismo.

Entre Pedro Gutiérrez, el *Caragato* y cinco hombres más condujeron a los prisioneros a lo alto de una roca, y desde allí los fueron empujando al mar uno por uno para sentarse a observar cómo los tiburones los despedazaban en cuestión de minutos.

A cada muerte los haitianos lanzaban un sonoro grito de entusiasmo, pero al canario continuó impresionándole el hecho de que hasta el último de los caribes afrontara su espantoso final sin siquiera un lamento.

Realmente, había algo en ellos de inhumano.

–Hay que matar a Don Diego.

Siete pares de ojos se clavaron en el ceñudo rostro del *Caragato* que soportó las miradas con anormal sangre fría, y tras un corto paréntesis durante el cual pareció dar tiempo a que tomasen plena conciencia de cuál era la situación, insistió:

–Mientras Don Diego exista nada va a cambiar y nos tendremos que limitar a sobrevivir de mala manera aguardando el regreso del almirante, si es que no anda ya, en el fondo del mar. ¿Qué somos: perros falderos? Nos dicen «quédate aquí», y nos quedamos; «haz esto», y lo hacemos; «no toques aquello», y no lo tocamos. –Se puso en pie de un brusco salto y propinó un violento puntapié al taburete en que había estado sentado–. ¡Nos utilizan! –añadió–. Hundieron a propósito la *Marigalante*, nos abandonaron en una tierra desconocida a merced de los salvajes, y lo único que hemos hecho es bailar al son que nos marca un imbécil.

–Es el gobernador.

–Un mierda es lo que es. Su único mérito estriba en ser primo segundo de un putón, y vosotros agacháis las orejas cada vez que alza la voz. ¡Hombres! ¡Gallinas es lo que sois! –Extendió las manos en un ademán que era a la vez de súplica y de invitación a reaccionar–. ¿Es que no os dais cuenta? Está tan asustado que se encierra en el fuerte como una tortuga en su caparazón, y los salvajes cada día nos tienen menos respeto. Éramos los amos y pronto nos convertiremos en sus esclavos.

–En eso tienes razón –admitió el granadino Vargas cuya pierna de madera recordaba a todos el incidente de las «niguas»–. Al principio nos adoraban, luego nos temían, más tarde nos odiaban, y ahora nos desprecian. Si las cosas continúan así, cualquier día nos pasan a cuchillo.

–No tienen cojones –dijo alguien.

–Ellos tal vez no –admitió el rijoso timonel asturiano alzando el taburete y tomando asiento nuevamente–. Pero me consta que han mantenido reuniones con los enviados de ese tal Canoabó, que sí es muy peligroso. No me extrañaría que estén dispuestos a aliarse con él para quitarnos de en medio.

–Yo también he visto a los hombres de Canoabó –admitió Lucas *Lo-malo*–. Siempre andan cuchicheando con el marido de Zimalagoa, y son gente bronca, con cara de pocos amigos.

Se hizo un largo silencio durante el que la mayor parte de los reunidos en la minúscula choza pareció reflexionar sobre la razón de los argumentos que exponía el malencarado *Caragato*, y el peligro que corrían sus vidas, si, tal como resultaba evidente, su comprometida posición continuaba debilitándose.

Ya no eran los semidioses de largas barbas que habían hecho su aparición a bordo de grandes casas flotantes nunca vistas, señores del rayo y de la muerte, dueños de mil objetos portentosos y domadores del fuego que surgía entre sus manos como por arte de magia, sino tan sólo unos pobres vagabundos lascivos y mendicantes que temían a las arañas y serpientes, saltaban ante el rugido del jaguar en la espesura y se sentían incapaces de adentrarse en la jungla.

Eran simples hombres; distintos y en cierto modo más débiles, pero sobre todo hombres molestos y voraces que no sabían respetar las más mínimas reglas de la convivencia en comunidad.

–Están hartos de nosotros –insistió el asturiano remachando lo que todos sabían–. Nos han perdido el respeto y Don Diego tiene la culpa.

–La rebelión está penada con la horca –le recordó un gaviero de Moguer, pariente lejano del malogrado Dámaso Alcalde–. Y morir en la horca es denigrante.

–¿Más que morir para ser devorado? Todo lo que no sea morir de viejo en tu cama se me antoja denigrante, y podéis jurar que ninguno de nosotros conseguirá acabar de esa manera a menos que nos decidamos a aferrar al destino con nuestras propias manos. ¿Qué dices tú, *Barbecho*?

El así llamado, un hombretón cejijunto, brutal y mustio que raramente abría la boca, optó por encogerse de hombros y mascullar casi ininteligiblemente:

–Por mí, vale.

–¿Vargas?

El granadino se rascó pensativo la pierna de madera como si aún fuera auténtica, y por último señaló:

–Si hay que matar al gobernador, hay que acabar también con ese cerdo del *Guti*. Son tal para cual.

–De acuerdo.

El gaviero de Moguer observó con detenimiento al de Santoña, y acabó por sacudir la cabeza con un gesto que parecía denotar su incredulidad:

–Estás hablando de vidas humanas como si se tratara de cortarle el cuello a unos pollos. ¿En qué diablos pretendes convertirnos, *Caragato*?

–Nada más que en lo que somos: una partida de desgraciados que han sido traicionados por aquellos en quienes depositaron su confianza. Dos murieron, a otros dos se los comieron, a uno le cortaron una pierna, y por lo menos diez tienen las fiebres o se cagan patas abajo. ¿Hasta cuándo vamos a seguir así? O tomamos una decisión, o muy pronto todo estará perdido.

–O tomamos una decisión, o muy pronto todo estará perdido.

Su Excelencia el gobernador Don Diego de Arana sirvió media copa de la última botella de aguardiente que le quedaba, y se humedeció apenas los labios haciendo caso omiso a la envidiosa mirada del repostero real, antes de replicar:

–No exagere, Don Pedro. Admito que algunos hombres se encuentran soliviantados, pero de ahí a que se planteen seriamente discutir mi autoridad, media un abismo. Recuerde que represento a la Corona, y el poder de la Corona proviene directamente de Dios.

–Dios no viaja con nosotros, Excelencia –sentenció muy seriamente Gutiérrez–. Le recuerdo que el almirante se negó en redondo a que tan siquiera un sacerdote le representase.

–Dios no necesita que le estén representando a todas horas –fue la resabiada respuesta–. Se limita a hacer acto de presencia allí donde tiene que estar.

–Pues nos vendría muy bien que en esta ocasión se dignara hacer acto de presencia lo más pronto posible.

–Está aquí. Y está conmigo porque yo sí que represento en estos momentos a los Reyes. –El gobernador paladeó de nuevo su aguardiente, avaro de perder aquel único placer que le unía a la lejana patria, y con una ampulosa entonación que pretendía ser paternal, y resultaba en realidad engolada y falsa, añadió–: Seamos magnánimos con quienes están pasando un mal momento, y comprensivos con sus miedos y debilidades. Quizá cometimos errores en un principio, pero siempre se ha dicho que rectificar es de sabios. Hablaré con los descontentos.

–Los descontentos no quieren palabras. Quieren siervos y tierras.

–¿Y cómo pretenden que les conceda algo de lo que no dispongo? –se impacientó Don Diego–. Aún ignoramos qué clase de trato desean los Reyes que se les otorgue a estos nativos, porque todo dependerá en buena lógica, que se trate de súbditos del Gran Kan o simples salvajes.

–¡Oh, vamos, Excelencia! –se escandalizó el repostero real–. ¿Acaso abrigáis aún alguna duda? Admito que el almirante se empecinara ciegamente en su error, pero nosotros conocemos ya lo suficiente a estas buenas gentes como para estar convencidos de que, como opina ese guanche medio loco: «Antes llegaríamos a Sevilla que a la India o el Cipango.»

–No creas que no lo he pensado –admitió el otro cabizbajo–. He tenido tiempo de meditar en ello y atar cabos, llegando a la conclusión de que tal vez el almirante se equivocó en sus cálculos, pero pese a que personalmente me convenciera de que es así, «oficialmente» nunca podría reconocerlo.

–¿Por qué?

–Porque fue él quien me nombró para el cargo. –Hizo un amplio gesto a su alrededor, como pretendiendo abarcar no sólo la estancia, sino incluso el «fuerte» y sus alrededores–. Todo se basa en el hecho de que Don Cristóbal aseguró que podía encontrar una ruta hacia el Cipango navegando hacia el Oeste. Pero si ese planteamiento resultase falso, todo sería falso. –Hizo una significativa pausa–. Incluso yo.

–Que aún no haya llegado al Cipango no significa que la ruta no sea correcta –le hizo notar Gutiérrez–. Tan sólo que encontró un obstáculo en su camino.

–¿Qué clase de obstáculo y a qué distancia de su verdadero destino?

–Eso aún no lo sabemos.

–Pero en ello radica la clave del problema –puntualizó el gobernador–. Si como imaginamos estas tierras son en verdad inmensas, desconocidas, y carentes de una auténtica autoridad establecida, justo sería que empezáramos a repartirlas y cultivarlas, puesto que habrá suficientes para cuantos lleguen con posterioridad. –Concluyó las últimas gotas de licor que le quedaban y depositó con sumo cuidado la copa sobre la mesa–. Pero si son escasas, estaremos cometiendo una injusticia al concedérselas a quienes no se han hecho en absoluto acreedores de tal privilegio. –Abrió los brazos como mostrando su impotencia– ¿Y quién soy yo para aceptar semejante responsabilidad?

–Tan sólo son poco más de veinte los que piden tierras –puntualizó el otro–. Y aquí hay espacio de sobra. ¡Déselas!

–No es cuestión de espacio, sino de principios. Obedezco órdenes, y mis órdenes son esperar el regreso del almirante.

–¿Y si no vuelve? Y si se ha ahogado o no encuentra medios para organizar otra expedición?

–En ese caso, cuando se haya cumplido un año de su marcha, me replantearé el problema.

–Ellos no esperarán.

–¿Y qué es lo que pretendes que haga en ese caso?

–Matar al *Caragato*.

Sinalinga tomó con delicadeza la mano de *Cienfuegos* y se la colocó dulcemente sobre el vientre al tiempo que le miraba a los ojos y sonreía.

Tumbados sobre una hamaca en la que ya se había acostumbrado a hacer el amor sin dar con sus huesos en tierra, el pelirrojo no pareció caer en la cuenta de lo que pretendía decirle, hasta que la pequeña nativa le obligó a presionar con fuerza mientras arrugaba la nariz graciosamente.

El español dio un brusco salto para quedar espatarrado en el suelo y alzar atónito la vista hacia ella.

–¡No jodas! –exclamó–. ¿No estarás pretendiendo darme a entender que vas a tener un hijo?

Ella se limitó a asentir en silencio, y por su expresión el gomero llegó a la conclusión de que se sentía profundamente feliz y orgullosa ante semejante acontecimiento.

–¡Pues sí que estamos buenos! –masculló poniéndose lentamente en pie–. ¿Qué vamos a hacer ahora?

–Esperar.

Cuando esa misma tarde el canario penetró meditabundo en la choza de «maese» Benito de Toledo, éste no pudo por menos que advertir la sombría expresión de su rostro, lo que le obligó a inquirir burlonamente:

–¿Qué mosca te ha picado?

–Voy a ser padre.

El otro lanzó un leve silbido:

–Méritos has hecho para conseguirlo. ¿No te alegra?

–Sí y no –fue la sincera respuesta–. Creo que aún no estoy preparado para ser padre, y siempre imaginé que tan sólo podría tener hijos con Ingrid.

–En ese caso haberte reservado para Ingrid. –El toledano dejó a un lado la ballesta que estaba reparando, y se acomodó frente a él–. ¡Alegra esa cara! –pidió–. Ten presente que ese niño será el primer miembro de una nueva raza: el resultado de la unión de dos pueblos, y eso, a mi modo de ver, es muy hermoso.

–Ya he pensado en ello, pero estoy convencido de que si nace jamás volveré a ver a Ingrid.

–¿Por qué?

–Porque yo sé lo que significa ser bastardo y crecer con la seguridad de que tu padre no quiere saber nada de ti. Él era un «godo» noble y mi madre una guanche casi tan salvaje como Sinalinga. No quiero que mi hijo pase por lo que yo pasé. Si nace quiero estar a su lado, y eso significará que me quedaré aquí con él.

–Puedes llevártelo –le hizo notar el otro–. Si en verdad te quiere no creo que tu vizcondesa se escandalizase por eso.

–¿Apartándolo de su madre y de su mundo? –se asombró el isleño–. ¿Con qué derecho? ¿Imaginas la cara que pondría la gente si aparezco con un niño semisalvaje de la mano? Lo mirarían como a un monstruo de feria, y tampoco quiero eso para mi hijo.

«Maese» Benito reflexionó largo rato, y por último le colocó la mano sobre el antebrazo con gesto de profundo afecto:

–Eres un tipo extraño –admitió–. A veces el más animal que conozco, y a veces también el más sensible, pero lo cierto es que, pese a tu tamaño, aún eres un niño, y no me parece justo que quemes tu vida por una criatura que nunca deseaste. –Hizo un significativo gesto hacia el poblado indígena que se distinguía al otro lado de la bahía–. «Ellos» son distintos, viven en comunidad, los niños pertenecen casi más a la tribu que a sus padres y mi impresión es que tu hijo estará mucho mejor si le dejas vivir su vida que si te ocupas demasiado de él.

–¿Y cómo podré estar seguro? Aquí, los miembros de una tribu desprecian a los de tribus vecinas, y Sinalinga me ha contado que los caníbales tan sólo se casan entre sí, porque únicamente respetan a los de sangre caribe. Son capaces incluso de comerse a los hijos que han tenido con sus prisioneras, a los que castran y engordan como cerdos. ¿Qué destino le espera a mi hijo con gente tan racista si por casualidad nace pelirrojo o con los ojos claros?

–El mismo que le aguarda en España si se parece a su madre. O si fuera judío, musulmán o negro. Lo que no puedes es pretender aislarle del resto del mundo: en algún lugar tendrá que vivir, y éste será siempre el mejor para él. ¡Créeme! –insistió–. Déjalo donde Dios lo puso. Él sabe mejor que nadie lo que hace.

Un atardecer, Lucas *Lo-malo* sorprendió al grasiento Simón Aguirre, el cocinero, haciendo el amor con Zimaloaga, y casi sin mediar palabra le partió el corazón de un navajazo.

A los desesperados gritos de la muchacha acudieron tanto nativos como españoles, que se encontraron al asesino sentado ante el cadáver de su víctima masculando una y otra vez como un poseso:

–¡Te lo advertí! ¡Te lo advertí! ¡Te lo advertí...!

Su Excelencia el gobernador Diego de Arana, que tan prudente se había vuelto en los últimos tiempos en todo cuanto afectase a su relación con los miembros de la colonia, especialmente aquellos que se encontraban de alguna forma ligados al peligroso *Caragato*, no pudo en esta ocasión hacer la vista gorda, viéndose en la desagradable obligación de ordenar la ejecución del artillero, que tras una larga noche en que le fue permitido ponerse a bien con Dios, fue ahorcado del viejo palo mayor de la *Marigalante*.

Pese a la orden expresa de que todos los españoles debían asistir al acto, al igual que una nutrida representación de los jefes nativos, quedó bien patente que ni el timonel de Santoña ni la mayor parte de sus seguidores se dignaron obedecer, y tras aguardar a que el sol hiciera su tímida aparición sobre las copas de los árboles, Pedro Gutiérrez dio una patada al taburete sobre el que habían subido al desgraciado artillero, que a los pocos instantes se balanceaba trágicamente a medio metro del suelo.

Luego, entre tres gavieros tiraron de la soga para dejarlo bien a la vista a la altura de la cruceta.

«Maese» Benito de Toledo, que junto al viejo *Virutas* había pasado la noche jugando al ajedrez con el condenado por expreso deseo de éste, se limitó a santiguarse, encaminándose cabizbajo hacia su cabaña, a cuya puerta se encontraba un desmoralizado *Cienfuegos*, al que se diría que la precipitada sucesión de acontecimientos conseguía desorientar en muchos aspectos.

–¡Qué diablos! –masculló–. Al paso que llevamos, cuando regrese el almirante no va a quedar quien le cuente lo ocurrido.

–¿Te sorprende? –se limitó a inquirir en tono fatalista el maestro armero–. Yo nunca lo he dudado. Te dije que lo peor de la naturaleza humana es que es capaz de cargar con sus defectos por muy lejos que vaya y ningún entorno consigue afectarla seriamente. Siempre he sabido que no es cierto que existan un Cielo y un Infierno: dondequiera que el hombre llegue acaba por convertirlo en puro Infierno. Incluso este lugar.

–En ese caso deberíamos habernos quedado al otro lado del océano. –El canario indicó con un ademán de la barbilla a los indígenas que emprendían cansinamente el regreso a su poblado–. ¡Mírelos! –señaló–. Mustios, cabizbajos, asqueados y recelosos. ¡Qué distintos de aquellos que nos ofrecían regalos cuando llegamos! ¿Va a ser así todo cuanto hagamos a este lado del mar?

–Peor, muchacho, no lo dudes. Mucho peor, a no ser que tan sólo permitan embarcarse a los justos, y hoy en día no hay justos suficientes ni para aparejar una almadía. –Sonrió irónicamente–. Y además, los justos no viajan.

–¿Cometimos por lo tanto un error al venir?

–No mayor que el que cometió el Creador al permitir que nos estableciésemos en algún lugar de la Tierra. Dado ese primer paso, ya no hay quien nos pare.

El gomero permaneció un largo rato en silencio, meditando en cuanto el otro acababa de decir, y por último señaló el cadáver que giraba una y otra vez sobre sí mismo a seis metros del suelo.

–¿Por qué cree que lo hizo? –quiso saber–. ¡Matar al pobre Simón por culpa de una golfa!

–Probablemente porque, en cierto modo, lo malo de Lucas es que era medio impotente.

–¿Y eso qué quiere decir? –inquirió el pelirrojo con absoluta inocencia.

El otro le observó de medio lado al tiempo que comenzaba a limar el cebador de un arcabuz.

–Impotente quiere decir que «aquello» no le funcionaba todo lo bien que le debía funcionar. –Al advertir que el isleño parecía seguir sin entender, añadidó bruscamente–: ¡Que no se le empinaba, coño!

–¿Que no se le empinaba? –se asombró el canario–. ¿Cómo es posible?

El armero le observó con detenimiento, como si estuviese tratando de averiguar si pretendía tomarle el pelo, y por último, al advertir la honradez de su expresión, señaló:

–Muchacho... Aunque te cueste creerlo, hay muchos a los que la cosa no nos funciona como quisiéramos. –Tiró a un lado la lima–. Es como cuando acabas de hacer el amor: ¿qué te ocurre?

–Que me entra sed.

–¿Y qué más?

El cabrero hizo memoria y al fin se encogió de hombros.

–¡Pues no sé! –admitió–. ¿Tendría que ocurrirme algo?

–¡Que se te arruga, supongo...! –exclamó impaciente el toledano, aunque al poco le observó con cierta sospecha–. ¿O no?

–¿Por qué? –fue la sincera pregunta a su pregunta.

–Por nada –replicó el otro dándose por vencido–. Pero empiezo a entender a la vizcondesa. –Lanzó un sonoro resoplido–. Bueno, el caso es que Lucas debía ser de esos hombres medio impotentes que tan sólo funcionan con una determinada mujer que les produce un morbo especial.

–¿Eso es amor?

–¡Eso es «encoñamiento», carajo, que no entiendes nada! –fue la desabrida respuesta–. No sé para qué diablos pierdo el tiempo con un tipo tan bestia. Lucas se obsesionó con esa golfa precisamente porque todos se la tiraban, pero al mismo tiempo no quería que se la tirasen porque sabía que eso era lo que en el fondo le excitaba.

El pelirrojo sacudió la cabeza porque tenía la impresión de que le estaban hablando en chino, y por último contemplando de hito en hito a su interlocutor, comentó amoscado:

–Me parece que está tratando de enredarme... Nada es tan complicado como usted lo pinta. Y al fin y al cabo la culpa es de esa guarra que parece una perra en celo. Lo que tendría que hacer Guarionex es molerla a palos.

Muchos en el «fuerte» compartían tal opinión, y de entre ellos el más convencido era sin duda el gobernador Arana, que al día siguiente, y llevando como intérprete al propio *Cienfuegos*, le hizo una visita al cacique Guacaraní para exigir la deportación de Zimalagoa.

–No puedo expulsarla del pueblo –fue la respuesta del indígena, no exenta de un cierto pesar–. Es la mujer de mi hermano.

–¡Es un demonio! –sentenció convencido Don Diego–. Provoca a mis hombres, los mantiene eternamente inquietos y causará nuevas desgracias si continúa rondando el campamento. –Le apuntó severamente con el dedo y se volvió luego al isleño–. Adviértele que si vuelvo a sorprender a esa puta al otro lado del río haré que la quemen por bruja.

–¿Quemarla? –se horrorizó el haitiano al conocer la traducción–. ¿Es que piensa comérsela?

–¡No, desde luego! –se apresuró a tranquilizarle el cabrero–. No somos tan salvajes. Es sólo un castigo.

–Menos salvaje resulta comerse a alguien cuando ya está muerto, que quemarlo en vida –sentenció el nativo–. Pero no estamos aquí para discutir costumbres bárbaras. –Hizo una corta pausa que aprovechó para espantarse las moscas con un abanico de plumas de garza y añadió–: Comunícale a tu Señor que según nuestras tradiciones yo no tengo poder para impedir que cada cual viva donde quiera, pero estoy seguro de que si le regala veinte cascabeles a mi hermano, éste se encargará de romperle una pierna a Zimalagoa para que no moleste más.

El amor de Guarionex por su esposa era muy grande, pero su afición a los cascabeles era aún mayor, y el acuerdo se llevó a feliz término dos horas más tarde, de tal modo que esa misma noche se pudieron escuchar los desgarrados aullidos de la muchacha cuando, con ayuda de un mazo y cuatro vecinos, su marido le quebró la pierna izquierda por debajo de la rodilla.

–Si lo hubiera hecho en su momento se habrían ahorrado dos vidas humanas –fue el feroz comentario del maestro armero–. Y si yo hubiera hecho lo mismo con la mía, aún seguiría en mi hermoso taller con las ventanas abiertas sobre el Tajo.

–¿Echa de menos España? –inquirió *Cienfuegos*.

–Echo de menos Toledo. Eso de «España» no es más que una macabra invención. En Toledo vivíamos todos juntos y en paz: moros, judíos, conversos y cristianos. Nos agruparon bajo ese nuevo nombre, dicen que para unirnos en una sola nación, y lo único que consiguieron fue dividirnos.

–Si le oye el gobernador le colgará junto a Lucas –le advirtió el pelirrojo.

–Ese cretino de lo único que tiene que preocuparse ahora es de que no lo cuelguen a él.

Como solía ocurrir con notable frecuencia, «maese» Benito de Toledo tenía razón, ya que la muerte del rubicundo artillero había acabado por exacerbar los ánimos de los descontentos, que costituían un nutrido grupo decidido a implantar sus reales en las calas y cuevas más alejadas de la bahía, hasta el punto de que raramente acostumbraba vérseles en el poblado o en el interior del «fuerte».

Constituían una especie de «república» al margen de la autoridad del gobernador, que prefería no obstante fingir que ignoraba lo que estaba ocurriendo, pese a que resultaba evidente que apenas una doçena de hombres obedecían aún sus órdenes o le reconocían como autoridad indiscutible.

En realidad, era ya muy poco lo que Don Diego podía ofrecer a los diezmados supervivientes del naufragio, puesto que las provisiones que el almirante dejara en tierra se habían agotado hacía meses, el fortín ofrecía aún menos garantías de seguridad que las grutas de los acantilados, y las vetustas bombardas resultaban de escasa utilidad, toda vez que el único hombre que realmente sabía utilizarlas se pudría al extremo de una cuerda como un inmenso péndulo que ni siquiera sombra estable proporcionaba.

El futuro de la colonia se presentaba, por tanto, incierto a todos los efectos, puesto que de un lado se encontraban los considerados «realistas», cada vez más escasos y reaccionarios, de otro los «republicanos» o «anarquistas» partidarios de la ruptura total con la metrópoli, y en el centro una serie de pesimistas espectadores convencidos de que semejante división de fuerzas tan sólo traería aparejado un progresivo y acelerado debilitamiento de sus fuerzas ante el auténtico enemigo común: unos nativos que parecían permanecer eternamente a la expectativa.

–«Divide y vencerás», se ha dicho siempre –comentó «maese» Toledo la noche en que se cumplían nueve meses de la catástrofe de la *Marigalante*–. Pero con los españoles esa máxima no sirve: ya nos dividimos nosotros mismos sin que nadie tenga que esforzarse en conseguirlo.

–¿Por qué? –quiso saber el isleño– ¿Por qué nos comportamos siempre de una forma tan absurda?

–Porque somos el único pueblo capaz de aceptar que es preferible el vicio propio a la virtud ajena, y vale más algo mal hecho a solas que bien hecho entre varios.

–¿Y usted no piensa tomar partido?

El obeso maestro armero sonrió con picardía al tiempo que guiñaba un ojo a su alumno:

–Algún día aprenderás que una de las principales características de nuestro exacerbado partidismo, es la desmedida afición que tienen muchos de hacer gala de no tomar nunca partido –rió divertido–. Yo soy de ésos.

–Con frecuencia aprendo muchas cosas con usted –replicó el canario con su peculiar sinceridad–. Pero debo admitir que en ocasiones no me entero de nada.

Era cierto, y seguiría siéndolo durante mucho tiempo, ya que a pesar de que el pelirrojo cabrero hiciese a menudo gala de una especial viveza mental hasta el punto de haberse convertido en el mejor intérprete de la colonia y quien con más rapidez se había habituado a las gentes, las costumbres, el clima y el paisaje del Nuevo Mundo, había otras muchas cosas –en especial cuanto se refiriese al comportamiento de sus compatriotas– que escapaban por completo a su capacidad de entendimiento.

Se mantenía por lo tanto siempre al margen de los acontecimientos políticos que se estaban desarrollando a su alrededor, atento únicamente a la evolución del embarazo de Sinalinga, y a su cada vez más satisfactoria adaptación a un medio que en cierto modo le recordaba a su Gomera natal.

Cada vez más a menudo se aventuraba a solas por las altas montañas que se alzaban a espaldas del poblado indígena, aprendiendo así a desenvolverse entre la espesa maleza de una selva densa y casi impenetrable, estudiando sus peligros, evitando sus acechanzas, y haciéndose una idea cada vez más nítida del lugar en el que les habían abandonado.

–Es una isla –señaló al fin ante la insistencia del gobernador–. Con todos mis respetos hacia la opinión del almirante, esto es una isla, al igual que lo era Cuba. Grande, pero isla.

–¿Acaso pretendes saber más que el almirante?

–Tan sólo creo que el almirante no dispuso de tiempo para sacar conclusiones. He subido hasta el pico más alto de esa sierra y he hablado con los habitantes de la otra vertiente. Al sur, está el mar... Y al este, y al oeste... Si esto no es una isla, yo no soy gomero.

Don Diego de Arana podía ser un inepto al que le quedaba grande el pomposo título de Gobernador de La Española, pero no era absolutamente imbécil, por lo que llegó a la conclusión de que, pese a correr el riesgo de atraer sobre su cabeza las iras de quien le había obligado a jurar que se encontraban ya en la tierra firme, debía admitir que las apreciaciones de aquel nefasto cabrero, analfabeto y medio tonto, le merecían más crédito que las de su Excelencia el Virrey de las Indias.

–¿Qué le diremos a Don Cristóbal cuando regrese? –inquirió inquieto al reunirse de nuevo a solas con su fiel Pedro Gutiérrez–. Si todo esto son islas podemos encontrarnos a mil leguas del Cipango.

–Islas o Cipango, ¿qué más da? –fue la pesimista respuesta–. Lo único que echo de menos es un navío que me devuelva a la patria, o un sacerdote que me ayude a bien morir. ¡Esto se acaba! –concluyó–. Se acaba para todos.

–¿Qué te induce a creerlo?

–Han llegado nuevos guerreros de Canoabó, y Guacaraní se ha ido a las montañas con toda su familia, lo cual a mi modo de ver significa que se lava las manos sobre cuanto va a ocurrirnos por si un día el almirante le pide explicaciones.

Don Diego de Arana pareció comprender que el repostero real tenía razón y las cosas se estaban poniendo mucho más difíciles de lo que nunca llegó a imaginar, por lo que tras meditar toda una larga noche sobre lo comprometido de su posición y las escasas fuerzas que conseguiría oponer a un supuesto ataque indígena, despertó de amanecida a «maese» Benito de Toledo y le pidió que se pusiese en contacto con el *Caragato* a fin de mantener una entrevista en terreno neutral.

En principio, el de Santoña rechazó de plano la oferta temiendo una añagaza, pero ante la insistencia del maestro armero, que se esforzó por hacerle ver el peligro que corrían todos, concluyó por aceptar mantener con Don Diego una «Conferencia en la Cumbre» sobre la arena de la playa, desarmados, y a mitad de camino entre el «fuerte» y las cuevas.

Resultaba en cierto modo patético contemplar a un andrajoso puñado de hombres desparramados en pequeños grupos que observaban desde lejos la inútil conversación que mantenían sus líderes, observados a su vez por más de un centenar de guerreros emplumados que no parecían tener ya empacho alguno en exhibir sus inmensos arcos, sus largas lanzas y sus pesadas hachas de piedra.

–Ahora son cuatro; tal vez cinco contra uno –argumentó el gobernador indicándolos con un ademán de la cabeza–. Pero si continuamos divididos serán diez contra uno y no nos quedará ya esperanza alguna.

–La cosa es muy sencilla –replicó el rijoso timonel calmosamente–. Nosotros nada tenemos que perder, más que la vida, y tal como están las cosas son vidas que valen ya muy poco. Son ustedes, que aman las suyas, los que tienen que ceder.

–¿Ceder en qué?

–En el poder –fue la firme respuesta–. Basta de gobernador y basta de Excelencia. Serán los hombres los que decidan quién debe mandar.

–Eso es imposible. Mi poder viene del virrey, el del virrey de los Reyes, y el de los Reyes de Dios. ¿Quién eres tú, miserable timonel analfabeto, para discutir ese hecho y aspirar a ocupar mi lugar?

El *Caragato* arrugó la nariz en lo que pretendía ser una sonrisa irónica y que le confería aquella extraña expresión que le había valido su apodo.

–Soy el único que puede evitar que se los coman crudos sin pedirle permiso ni al virrey, ni a los Reyes, ni a Dios –dijo–. Y si me vuelvo a mi cueva se los comerán.

–¿Y no te importa poner en peligro a tus hombres?

–Ellos están de acuerdo. –Su expresión cambió y sus ojos relampaguearon fugazmente–. Yo nunca tuve una prima que se acostara con almirantes, ni nadie que me enseñara más que a morirme de hambre, pero ahora el destino me ha ofrecido la oportunidad de hacer algo importante, y no pienso dejarla pasar. Esos salvajes y esos campos están aguardando a que alguien se apodere de ellos y los ponga a trabajar y producir riqueza. –Se golpeó el pecho con el dedo índice repetidas veces–. ¡Yo lo haré!

–¿Con qué derecho?

–Con el único que ha existido desde que el mundo es mundo: la fuerza.

–¿Fuerza? –se asombró el gobernador estupefacto–. ¡Ni incluso todos juntos estaríamos en condiciones de plantarles cara con una mínima esperanza de salvación, y tú hablas de fuerza! ¡Dios bendito! Estás loco. Completamente loco.

–Es posible –admitió el otro–. Pero el problema estriba en que yo soy un loco dispuesto a morir, mientras que usted es un cuerdo aterrorizado. –Rió de nuevo–. ¿Quién tiene más que perder?

Don Diego de Arana se puso pesadamente en pie y, moviendo la cabeza de un lado a otro, observó atentamente a su interlocutor.

–Cuando estemos tendidos cara al cielo con el corazón atravesado por una lanza, todos habremos perdido lo mismo, *Caragato*: la vida, que es lo único que en verdad nos pertenece.

El viejo *Virutas* penetró una calurosa y pesada tarde de agosto en la choza de «maese» Benito de Toledo que roncaba sobre su mesa de trabajo para agitarle violentamente obligándole a abrir los cansados ojos.

–¡Despierta, Beni! –ordenó–. Busca al *Guanche* y espérame en el cementerio dentro de media hora.

–¿Para qué? –gruñó el maestro armero con voz pastosa–. ¿Qué diablos pasa?

–No hagas preguntas y date prisa. Es muy importante. –Se dirigió a la salida, pero antes de abandonar la estancia, añadió–: Y procura que nadie te vea.

Se esfumó en el aire y el toledano tuvo que hacer un supremo esfuerzo para no volver a reclinarse sobre la mesa y recuperar el perdido placer del apacible sueño, poniéndose al fin en pie y encaminándose a la cabaña de Sinalinga donde le pidió al adormilado *Cienfuegos* que le acompañara.

–¿Para qué? –fue de igual modo la pregunta del cabrero.

–No tengo la menor idea, pero si el *Virutas* dice que es importante, debe serlo.

Minutos después se reunían con el arrugado carpintero en el escondido cementerio en que descansaban Salvatierra, Simón Aguirre y *Gavilán*, para alejarse luego sigilosamente hacia el Nordeste.

En un determinado momento tuvieron que ocultarse entre la maleza dejando paso a una docena de indígenas fuertemente armados que se encaminaban al poblado de Guacaraní, para continuar más tarde por un caminillo que bordeaba la punta de la ensenada y descender a una especie de cala diminuta que formaba casi una laguna de aguas muy limpias.

El anciano lanzó un corto silbido.

Al poco, unos matojos se agitaron, apartándose, para dejar a la vista la entrada de una cueva que nacía casi al borde del mar y la greñuda cabeza de Quico *el Mudo* hizo su aparición sonriendo bobaliconamente.

Penetraron, el mudo volvió a cerrar a sus espaldas, y cuando al fin consiguió acostumbrar los ojos a la penumbra del lugar viniendo de la violenta luz exterior, el canario no pudo por menos que lanzar una corta exclamación de asombro:

–¡Carajo! ¿Qué diablos es esto?

Cándido Bermejo, uno de los calafates de la *Marigalante* que se encontraba revolviendo en esos momentos un caldero puesto al fuego del que surgía una agria pestilencia que se agarraba a la nariz, alzó el rostro y le miró con sorna:

–Lo que parece: un barco.

Era efectivamente un remedo de barco de unos ocho metros de eslora que llenaba casi por completo la alta caverna, y aunque resultaba evidente que había sido construido toscamente y con escasos medios, presentaba un aspecto sólido y fiable, con gruesas cuadernas y anchas tablas a punto ya de ser recubiertas de pez y brea.

–¡Vaya! –mascculló el toledano mientras giraba en torno a la embarcación estudiando detenidamente hasta su más mínimo detalle–. Ahora entiendo por qué nunca os veía el pelo por el «fuerte». ¿Cuánto tiempo lleváis en esto?

–Casi dos meses –replicó el viejo *Virutas*–. Fue idea de Lucas que se escondió aquí. Quería largarse llevándose a esa putita, y cuando lo colgaron nos pareció que no sería mala idea acabar el trabajo. –Hizo una corta y significativa pausa y añadió–: Cinco o seis hombres con cojones serían capaces de volver a España en una nave como ésta.

–España está muy lejos.

–Y Canoabó muy cerca.

El maestro armero observó a los tres hombres que parecían estar pendientes de su aprobación e inquirió adustamente:

–¿Por qué nosotros?

–Tú, porque eres amigo mío y además puedes facilitarnos algún material que nos falta, y éste porque es fuerte, trabaja duro y es de fiar. –Sonrió–. Aquí, si excluyes a la gente del *Caragato*, no queda mucho donde elegir.

–Entiendo –admitió «maese» Benito–. Pero ninguno de nosotros sabe gran cosa de navegación. Necesitaríamos un piloto.

–Hay tres posibles candidatos, pero no nos merecen confianza y preferimos tomar la decisión cuando se den cuenta de que no les queda más opción que embarcarse o morir.

–¿Tú también crees que es así: que esto se acaba?

–Tan sólo alguien tan ciego como el *Caragato* no lo vería. Es sólo cuestión de tiempo.

–¿Cuánto tiempo?

Cándido Bermejo interrumpió un instante su labor y se volvió al pelirrojo que era quien había hecho la pregunta.

–Eso eres tú quien mejor debería saberlo, *Guanche*. Te entiendes con ellos y Sinalinga está loca por ti. –Hizo una pausa–. Si quieres, la llevamos, pero nos tiene que proporcionar comida para el viaje. Va a ser una travesía muy larga.

–Espera un hijo.

–Ya nos hemos dado cuenta, pero no sería el primer niño que nace en alta mar. –Le miró fijamente a los ojos–. ¿Realmente no tienes idea de cuándo piensan atacar?

–Ni siquiera sé si atacarán. Las bombardas y los arcabuces les aterrorizan, y a veces tengo la impresión de que lo único que pretenden es asustarnos para que nos vayamos. Saben que una lucha abierta les costaría muchas vidas y son gente pacífica.

–¿Canoabó también?

–No podría decirte si es que Guacaraní le está utilizando para que monte una comedia, o es que se toma todo el tiempo del mundo para no dar un paso en falso. –Se encogió de hombros con gesto fatalista–. Al fin y al cabo, a menudo me cuesta trabajo averiguar incluso lo que piensa Sinalinga.

–Sea como sea –sentenció *Virutas* dando por concluido el tema–. Lo mejor sería regresar a casa. –Se volvió al toledano– ¿Vienes con nosotros?

El aludido meditó unos instantes y al fin asintió al tiempo que se encogía de hombros con cierta indiferencia:

–Nadie me espera en casa, pero iré.

La pregunta iba dirigida ahora a *Cienfuegos*:

–¿Y tú?

–Si prometes llevarme a Sevilla, lo pensaré.

–¡Qué Sevilla, ni Sevilla, cojones! –intervino el hosco calafate–. Menuda perra tiene éste con Sevilla. Iremos adonde nos lleve el viento, que ya es pedir bastante. ¡Será bruto! –Se volvió furibundo al *Virutas*–. Te advertí que este guanche de mierda nos rompería los huevos.

–¡Tómatelo con calma! –fue la paciente respuesta del

carpintero–. Enfadarse no conduce a nada. –Se volvió al canario–. ¡Escucha, chaval! –señaló– Me caes bien y me consta que eres un tipo válido, pero tienes más serrín en la cabeza que yo en los pulmones. No te imagines que porque vayas a ser padre de un mestizo te van a perdonar la vida esos salvajes. El tiempo apremia y si tienes algún interés en salvar tu joven pellejo y tu linda cabellera, decídete de una vez: ¿vienes o no vienes?

El gomero dudó; observó uno por uno a los presentes, le dio luego una violenta patada a la embarcación como si estuviera tratando de comprobar su fortaleza, y asintió con desgana.

–¡De acuerdo! –dijo– Pero si el gobernador y el *Caragato* deciden olvidar sus rencillas y plantar cara a la gente de Canoabó, me quedo, porque marcharme en ese caso sería tanto como desertar.

–¡Muchacho! –le hizo notar el *Virutas*–. Puedes jurar por tu alma que, en ese caso, nos quedaríamos todos.

Esa noche, de regreso a la cabaña y al advertir que le resultaba imposible concentrarse en el estudio, «maese» Benito inquirió en tono paternal:

–¿Continúas pensando en el niño? –Ante el mudo gesto de asentimiento, añadió–: Haz caso a un viejo al que lo único que le queda en esta vida es experiencia. Si fueras un hombre rico al que le aguardan una casa y una existencia cómoda en España, te animaría a que te lo llevaras, corriendo el riesgo de enfrentarte a la sociedad, pero en este caso su desnudez de aquí es preferible a los harapos de allí. Más vale la ignorancia a la miseria.

–Probablemente tiene razón –admitió el pelirrojo–. Pero es lo único auténticamente mío que he tenido nunca.

–Las personas no son objetos, hijo. Te lo dice alguien que lo aprendió demasiado tarde. Tú ya le has dado lo mejor que puede darse: la vida, y lo único que te queda por hacer es llevarle para siempre en tu corazón porque no tienes la culpa de que las circunstancias te aparten de él.

–Eso no me consuela.

–De acuerdo –admitió en tono desabrido el maestro armero–. Pero nos encontramos en el culo del mundo viendo cómo todo se desploma a nuestro alrededor, y tal vez pronto nos conviertan en picadillo, y te juro que tengo mil cosas más importantes que hacer que consolarte. –Le indicó con un gesto la salida–. Así que lárgate e intenta averiguar las intenciones de esa pandilla de salvajes.

Pero resultaba muy difícil obtener respuesta alguna de Sinalinga, de la que podría creerse que se encontraba atenta únicamente a su próxima maternidad, y a tratar de hacerle la vida lo más agradable posible al isleño, como si ignorase –o se esforzase por ignorar– la incontestable evidencia de que un sinfín de confusos acontecimientos estaban teniendo lugar en torno suyo.

Su hermano Guacaraní, máxima autoridad de la tribu y sin cuyo consentimiento nadie osaba tomar decisiones, parecía haberse esfumado, y su otro hermano, Guarionex, se pasaba la vida intrigando mientras los guerreros del temido Canoabó se habían convertido en dueños y señores de un poblado en el que nunca habían sido vistos con buenos ojos. Calladas voces susurraban palabras de venganza y muerte, y un miedo tan espeso que casi podía palparse y emitía un aroma aún más denso que el de la guayaba se extendía por la selva.

–Pronto nacerá, será niño y se parecerá a ti... –era cuanto la muchacha decía.

–¿Crees que Canoabó me dará oportunidad de conocerle? –inquiría entonces el gomero en su afán por sonsacarle–. Lo más probable es que decida cortarme el cuello antes de la próxima luna.

–Nadie se atreverá a tocarte –se limitaba ella a responder serenamente.

–¿Por qué?
–Porque eres el padre de mi hijo.
–¿Y a mis amigos qué les ocurrirá?
–Nada tengo que ver con ellos.
–Pero yo sí, y si sabes algo deberías decírmelo.
–No sé nada. No quiero saber nada. Y si lo supiera, no te lo diría. Son unos salvajes que amenazan a mi pueblo.

Se encerraba luego en un hosco mutismo, y resultaban inútiles las súplicas de *Cienfuegos*, porque podría creerse que Sinalinga había desterrado de su mente al resto de los españoles y actuaba como si no existieran y no alzaran los muros de su maltrecho «fuerte» a tiro de piedra de su choza.

Una lluviosa tarde de finales de setiembre tomó sin embargo de la mano al isleño y lo condujo por los intrincados senderos de la selva hasta una amplia y escondida cabaña de lo más profundo de la espesura en la que había ido almacenando víveres para una larga temporada.

–Pronto llegará el hambre porque tu gente come demasiado y nuestra tierra no produce suficientes alimentos para todos. –Su tono de voz cambió volviéndose un tanto oscuro y misterioso–. Éste será nuestro refugio y si lo peor ocurre, aquí estaremos juntos para siempre.

–¿Qué puede ocurrir? –inquirió el canario visiblemente inquieto–. ¿Qué es lo que sabes?

–Yo no sé nada –fue la evasiva respuesta–. Pero pueden ocurrir cosas. ¡Muchas cosas!

A principios de octubre la nueva escuadra de su Excelencia el almirante Don Cristóbal Colón, Virrey de las Indias, fondeó frente a San Sebastián de La Gomera y casi inmediatamente Luis de Torres acudió a visitar a la vizcondesa de Teguise, quien le recibió en el salón principal de «La Casona», aprovechando que su esposo había acudido a la vecina isla de Tenerife en auxilio de un grupo de españoles que se encontraban cercados por los hombres del irreductible «Mencey» de Taganana.

El intérprete real de ojos de águila quedó desde el primer momento prendado de la exquisita belleza y la dulzura de la joven alemana, y a la vista de aquella extraordinaria mujer comprendió las razones de la continua ansiedad del joven *Cienfuegos*, que jamás pareció desear otra cosa en esta vida que volver a su lado.

–Hábleme de él –fue lo primero que pidió Ingrid Grass, al tener conocimiento de quién era y la amistad que le unía al hombre que amaba–. Hace ya tanto tiempo, ¡más de un año!, que no le veo.

–Cuando le dejé se encontraba estupendamente –señaló el converso–. Más alto y más fuerte aún que cuando embarcó, porque el mar y las aventuras le han sentado muy bien. Es un muchacho –dudó–. Bueno...: un hombre, magnífico.

Ella le observó atentamente y por último sonrió apenas, más con los ojos que con los labios.

–Imagino que se preguntará cómo es posible que una dama de mi edad y mi condición pueda mantener una relación tan intensa con alguien de quien le separan tantas cosas, pero para que no se llame a engaño y sepa desde un principio cuál es mi actitud, deseo aclararle que estoy decidida a renunciar a todo, incluso la vida, por encontrarle. Nada; nada en absoluto: ni el dinero, ni la posición social, ni la estima de quienes me conocen, me importan en lo más mínimo frente al hecho de volver a verle...

–Si en algo puedo serle de utilidad... –se ofreció cortésmente su interlocutor, al que no cabía duda que semejante actitud había impresionado–. Le prometí a *Cienfuegos* que haría cuanto estuviese en mi mano por ayudarles.

La vizcondesa desapareció unos instantes en la estancia vecina, para regresar de inmediato con un pequeño cofre que colocó sobre la mesa.

–Esto es todo lo que poseo –dijo–. Lo único que es absolutamente mío, puesto que son las joyas que heredé de mi madre. El resto pertenece a mi esposo y no pienso tocarlo. –Abrió el cofre y permitió que observara su contenido–. Le agradecería que las empleara en conseguirme pasaje a bordo de una de esas naves, y todo aquello que considere que puede serme de utilidad a la hora de emprender una nueva vida al otro lado del mar.

–Lo considero un empeño totalmente desaconsejable, señora –fue la sincera respuesta–. La mayoría de los pasajeros de esos buques son soldados, aventureros de baja estofa, o pobres villanos deslumbrados por el espejismo del oro. Su compañía no es la ideal para una dama.

–A mí ya no puede considerárseme una dama –sentenció ella con naturalidad–. Dejé de serlo hace año y medio.

–¿No sería preferible que yo lo buscase y lo enviase de regreso? En cinco o seis meses podrían reunirse en alguna parte.

–¡Demasiado tiempo! –Indicó con un ademán de la cabeza hacia fuera–. Desde que vi esas naves y sé que se encaminan hacia donde está, hasta las horas se me hacen infinitas. –Extendió el brazo sobre la mesa y colocó su mano sobre la del converso–. ¡Se lo suplico! –rogó–. Ayúdeme a embarcar.

–Es una locura.

–¿Acaso no se ha dado cuenta de que estoy loca? –Agitó la cabeza negativamente–. Loca sí, pero no ciega. Me consta que aquí, en Europa un amor como el nuestro jamás tendría futuro porque son demasiadas las cosas que nos separan. Mi única esperanza estriba en que allí, en ese fantástico Nuevo Mundo del que todos cuentan extrañas maravillas, dos seres en apariencia tan dispares no lo sean tanto en realidad.

El intérprete real permaneció un largo rato con los penetrantes ojos clavados en aquel sereno rostro de indescriptible belleza, aunque ausente y con la mente en algún lugar que se encontraba sin duda muy lejos de allí.

–Muchas cosas portentosas he visto en estos últimos tiempos –musitó al fin–. Desde el doloroso éxodo de todo un pueblo condenado a vagar sin rumbo por el resto de la eternidad, al descubrimiento de fabulosas tierras y gentes extrañas más allá del mayor de los océanos. Pero ninguna, ¡ninguna!, comparable a la intensidad de vuestro amor –asintió convencido–. Contad conmigo, señora. Jamás podré sentirme tan orgulloso de nada, como del hecho de convertirme en vuestro protector hasta que os ponga en manos de *Cienfuegos*.

–¿Cuando zarparán las naves?

–Eso únicamente el almirante lo sabe, pero el doce de octubre se cumple el aniversario del día en que pisamos por primera vez la isla de Guanahaní y no me extrañaría que eligiese una fecha tan señalada para emprender la marcha.

–No podemos perder tiempo entonces.

–No, desde luego. Pero no os inquietéis: hablaré con «maese» Juan de La Cosa, que también aprecia mucho a *Cienfuegos* y manda ahora una de las naves. Estoy convencido de que se brindará a ayudarnos. –Se dispuso a marchar–. Os mantendré al corriente.

Ella le indicó con un ademán de la cabeza el cofre que descansaba sobre la mesa:

–¡No lo olvidéis! –rogó–. Me consta que sabréis sacarle mejor provecho que yo.

Efectivamente, Luis de Torres sabía cómo hacerlo, ya que en lugar de malvender las joyas en la isla como hubiera hecho cualquier otro, se las ofreció como garantía a uno de los prestamistas que iban a bordo; un judío mallorquín llamado Fonseca que trabajaba en realidad para el todopoderoso Santángel, banquero de los Reyes y del propio almirante.

Con parte de lo obtenido compró semillas frescas, patos, conejos, gallinas, y cinco jóvenes cerdas recién preñadas, porque el astuto converso abrigaba el absoluto convencimiento de que la mayoría de los «colonizadores» que se habían embarcado en Cádiz con la absurda ilusión de que al poco de llegar estarían nadando en oro, acabarían cultivando la tierra y criando ganado, ya que él sabía, mejor que nadie, que el fabuloso cuadro de riquezas que Colón había pintado y que deslumbraba a los soñadores no se ajustaba, ni remotamente, a la auténtica realidad de lo que existía allende el océano por mucho que fuera el entusiasmo que demostraran todos en aquellos momentos.

Ese revuelo causado por la presencia de la escuadra más numerosa que había surcado nunca las aguas del archipiélago canario, y el acopio de víveres, hombres y armas que se estaba llevando a cabo en las islas, no pudo a la larga pasar inadvertido ni siquiera a quienes se encontraban luchando contra los últimos guanches de Tenerife, y por ello, en cuanto el capitán León de Luna tuvo noticias de que las naves de Colón se encontraban de nuevo en La Gomera, emprendió de inmediato el regreso a «La Casona».

Su actitud al enfrentarse a su esposa no permitía albergar dudas con respecto a la firmeza de su decisión.

–Si intentas embarcar, te mato –dijo–. Y para evitar mayores males, permanecerás en tu habitación hasta que el último barco haya zarpado.

–Cuando ese último barco se aleje, no tendrás que molestarte en matarme –fue la seca respuesta–. Lo haré yo.

–Lo dudo. Te conozco y me consta que tus principios religiosos te impiden suicidarte, pero aunque lo hicieras, no me importaría. Prefiero saberte muerta que fornicando con ese animal de las montañas. ¡Dios! –exclamó fuera de sí–. ¡Cuánto daría por arrancarte de una vez por todas de mi mente! ¿Cómo es posible que aún te ame despreciándote tanto? ¡Vete! –ordenó–. Enciérrate en tu dormitorio porque te juro que si continúas aquí no respondo de mis actos.

Cuando al día siguiente el desprevenido Luis de Torres acudió con aire satisfecho a «La Casona», a comunicarle a la vizcondesa de Teguise que «maese» Juan de la Cosa accedía a cederle su camarote de capitán en honor a su vieja amistad con el gomero, fue para enfrentarse al desagradable espectáculo de un hombre furibundo que amenazaba con colgarle del torreón si volvía a sorprenderle merodeando por su casa.

El converso, que tras su enfrentamiento con Colón no ejercía ya funciones de intérprete real, sino que viajaba a titulo personal, comprendió de inmediato que aquel energúmeno se mostraba más que dispuesto a cumplir unas amenazas contra las que no podía protegerse, por lo que optó por regresar al barco preguntándose desconcertado qué diablos podría hacer ahora con veinte sacos de semillas, cuatro inmensas cerdas y doce jaulas de escandalosas gallinas.

–Si yo fuera el vizconde, os hubiera cortado en rodajas –señaló convencido Juan de la Cosa cuando le relató lo ocurrido–. Que te toquen a una mujer como la que describe es como para que se te lleven los demonios.

–Ella no le ama.

–Pero es su esposa. Debe ser muy triste que mientras te estás jugando la vida tratando de civilizar a unos salvajes, te roben lo que es tuyo. Si al volver a casa me encuentro a mi mujer liada con un pastor de cabras, lo despellejo vivo. –Meditó unos instantes y arrugó la nariz con un cómico gesto–. Aunque en mi caso supongo que se trataría de un pastor de vacas; mi mujer pesa una arroba.

–Prometí que la ayudaría.

–¿A quién?

–A los dos. –Se encogió de hombros–. Él es el hijo que me hubiera gustado tener, y ella la mujer con la que hubiera deseado casarme. Y no me siento en absoluto un sucio judío proxeneta, sino alguien que intenta reunir a dos seres que se aman como nunca creí que nadie pudiera amarse.

–Dejadlo como está, y seguirá siendo hermoso para siempre. –El marino abrió las manos en un gesto que pretendía demostrar su escepticismo–. Si llegan a encontrarse, dentro de un par de años estarán arrepentidos. La mayoría de las veces un buen recuerdo es siempre preferible a una mala realidad...

Tres días más tarde, exactamente el doce de octubre de 1493, su Excelencia el almirante don Cristóbal Colón, mandó levar anclas, y una tras otra la totalidad de las naves izaron sus velas y comenzaron a alejarse rumbo al Sudoeste.

Desde el balcón de su dormitorio, Ingrid Grass, vizcondesa de Teguisa, las contemplaba.

Desde la ventana del torreón, el capitán León de Luna la observaba a su vez preguntándose qué estaría cruzando en esos momentos por su mente.

Cuando la última vela desapareció tras La Punta de la Gaviota y no abrigó duda alguna de que la escuadra había emproado mar abierto empujada por un fresco viento del Nordeste que le dificultarían enormemente cualquier intento de volver atrás, atravesó con paso decidido el inmenso caserón, penetró en la estancia en que la alemana permanecía absolutamente inmóvil recostada en un ancho butacón, y tras cerrar con llave la puerta a sus espaldas, ordenó secamente:

–¡Desnúdate!

Ella se limitó a obedecer en silencio para quedar en pie en el centro del dormitorio, tan quieta y fría como una estatua de mármol.

El vizconde giró muy despacio a su alrededor como si fuera la primera vez en su vida que contemplaba aquel cuerpo admirable hasta que, de una brusca patada, lanzó el vestido por el abierto balcón.

–De ahora en adelante vivirás como un animal, que es lo que eres. –Se encaminó al gran armario para arrojar todo lo que encontraba al gran jardín central–. Te quedarás aquí, desnuda, hasta que pidas perdón y jures que has olvidado por completo a esa maldita bestia.

Gritó a los criados que no tocaran las ropas que el viento comenzaba a desperdigar sobre la hierba y los rosales, y abandonó la estancia dejando a la mujer llorando mansamente.

Pero Ingrid Grass, vizcondesa de Teguise, no lloraba por la humillación que acababa de sufrir, sino por el hecho de que las naves se habían perdido en el horizonte y, probablemente, pasaría otro año antes de que una nueva expedición emprendiese el anhelado camino del Oeste.

A medianoche robaron una bombarda.

El descubrimiento de que alguien podía deslizarse en el interior del «fuerte» y cargar con tan pesado armatoste incluidas cureña, pólvora y municiones, no sólo hizo montar en cólera al gobernador, sino que le obligó a tomar conciencia una vez más de la evidente debilidad de su posición, y de que, llegado el momento, apenas podría oponer resistencia a sus enemigos, cualesquiera que éstos fuesen.

Su primera intención fue armar a sus hombres y encaminarse directamente al campamento de los rebeldes exigiendo la inmediata devolución del arma, pero Pedro Gutiérrez le hizo notar que, probablemente, el *Caragato* le recibiría a cañonazos.

–¿Qué propones entonces?

–Negociar –fue la convencida respuesta–. A estas alturas la única opción que nos queda es negociar. O presentamos un frente unido, o dentro de una semana estaremos todos muertos.

–¿Me estás pidiendo que ceda el mando? –se asombró Don Diego de Arana–. ¿Precisamente tú?

–Cuando regrese el almirante habrá llegado el momento de recuperarlo –replicó astutamente el otro–. Y si no regresa, poco importará quién gobierne sobre un montón de cadáveres.

–Lo pensaré.

–No le queda mucho tiempo para pensar.

La respuesta fue agria y sin opción a la respuesta.

–¡He dicho que lo pensaré y basta!

El repostero real, envejecido en pocos días y perdida toda su estúpida arrogancia ante la cada vez más notoria evidencia de un catastrófico final, se encaminó cabizbajo a la cabaña de «maese» Benito de Toledo, en la que se dejó caer sobre un banco visiblemente abatido.

–Morir por un ideal es una cosa; morir por que no queda más remedio, otra distinta, pero morir por culpa de la estupidez ajena se me antoja de imbéciles.

–Pues sí que has tardado en darte cuenta... –le hizo notar el maestro armero–. Tú siempre has sido de los que con más apasionamiento defendías al gobernador.

–Y aún lo defiendo –admitió el otro sin dejar de contemplarse las destrozadas botas por cuyas puntas le asomaban los dedos–. Sigue siendo la única autoridad legalmente establecida, pero no soy tan lerdo como para no darme cuenta de que en estos momentos del *Caragato* se ha hecho con el poder.

–¿Y tú prefieres el poder a la autoridad?

–Supongo que ése es un dilema que a menudo se le presenta al ser humano. ¿O no? –Se volvió a *Cienfuegos* que acuclillado en un rincón de la estancia se limitaba a escuchar en silencio fumando uno de aquellos gruesos cigarros de los que ya parecía incapaz de prescindir–. ¿Te queda alguno? –quiso saber.

El muchacho asintió alargándole el pequeño cesto de mimbre en que Sinalinga acostumbraba guardárselos bien envueltos en hojas de plátano, e inquirió a su vez.

–¿Piensa unirse al *Caragato*?

–¡No! –fue la firme respuesta–. Eso nunca; me mantendré junto al gobernador pase lo que pase, pero creo que debe ser él quien salve la situación. –Alzó el demacrado rostro hacia «maese» Benito y casi imploró abiertamente–. ¿Por qué no intenta convencer al *Caragato* para que lleguen a algún tipo de acuerdo aceptable por ambas partes?

–Porque ya lo he intentado y no escucha. Está convencido de que lleva las de ganar.

–¿Ganar qué? ¿Qué ganancia hay en la muerte de treinta hombres?

Fue la incontestable lógica de aquella pregunta, lo que impulsó al joven isleño a encaminar aquella misma tarde sus pasos hacia las cuevas de los rebeldes, para enfrentarse al timonel asturiano que se encontraba enfrascado en una animada partida de naipes.

–¡Hombre! –exclamó el *Caragato* con gesto exageradamente alborozado–. ¡Mira quién está aquí: el hijo pródigo. ¿Vienes a unirte a nosotros?

–No –replicó el pelirrojo suavemente tomando asiento sobre una roca–. Sabes bien que no me presto a esas cosas. Pero me gustaría intentar hacerte comprender que por este camino pronto estaremos todos en las tripas de los tiburones. Eso es lo que he oído que piensan hacer con nosotros: arrojarnos desde lo alto de la roca y ver cómo nos destrozan a dentelladas.

–¿Quién? –rió el de Santoña–. ¿Los salvajes? ¡Vamos *Guanche*, no seas estúpido! En cuanto me líe a cañonazos pierden el culo montaña arriba.

–¿Estás seguro? –replicó el gomero dirigiéndose más a los presentes que a su interlocutor–. ¿Tienes idea de cuántos guerreros están a punto de llegar? Yo te lo diré: dos mil. ¡El mismísimo Canoabó viene hacia aquí con dos mil hombres armados de arcos, flechas, lanzas y mazas de piedra! ¿Crees de verdad que podrás matarlos a todos?

–¡Eso es ridículo! –protestó el *Caragato* aunque resultaba evidente que la cifra le había impresionado, e impresionaba sobre todo a la mayoría de sus hombres que habían cambiado súbitamente de color–. ¿De dónde has sacado esa cifra?

–De Sinalinga.

–Ningún salvaje sabe contar más de diez.

–Si quieres, ven y te enseñaré cuántas veces ha impreso las manos en el suelo para darme a entender el número de guerreros de Canoabó...

El timonel paseó la mirada por los atribulados rostros de sus hombres y por último concluyó por encogerse de hombros.

–En ese caso acabarán con nosotros tanto si estamos juntos como si continuamos divididos. –Hizo una significativa pausa–. Y personalmente prefiero morir como hombre libre que como miserable esclavo de un imbécil. ¿O no?

La tibia respuesta de sus secuaces no fue todo lo unánime que hubiera deseado, lo que le obligó a fruncir levemente el ceño.

–¡Bien! –admitió–. Supongamos que tienes razón: dos mil indios son demasiados indios incluso para nosotros, y tendríamos más posibilidades de derrotarlos si nos agrupáramos. ¿Qué propone el inútil de Don Diego?

–Supongo que eso deberías discutirlo con él.

–¡Yo no pierdo tiempo con imbéciles!

–¡Por favor!

–¡He dicho que no! –fue la seca respuesta–. Ve y dile que ya conoce mis condiciones: si me cede el mando le garantizo que mañana mismo esos salvajes se estarán arrepintiendo de haber nacido. –Se cruzó los dedos besándoselos sonoramente según su costumbre–. ¡Por éstas!

–Tú sabes bien que no puede aceptarlo. –El isleño

hizo una pausa–. ¿Y qué ocurriría cuando regresara el almirante? Lo más probable es que te colgara del palo mayor.

–Tú preocúpate de tu gañote, *Guanche*, que yo me preocuparé del mío. –El *Caragato* sonrió divertido y lanzó los naipes sobre la tosca mesa ante la que se encontraba sentado–. Te propongo un trato –dijo–. Nos lo jugamos a las cartas: si ganas, acepto volver a entrevistarme con ese cretino e intentar ser razonable... Si gano yo, me vendes tu alma; es decir; te unes a mí y no discutes mis órdenes. ¿Vale?

–Eso es jugar con ventaja: sabes que siempre pierdo.

–¡Por eso mismo lo hago, no te jode! ¡Al ver si te has creído que soy tonto! –Barajó ostensiblemente y le guiñó un ojo a sus hombres que parecieron volver a animarse–. ¡Venga! No seas cagueta...: algún día tiene que cambiar tu suerte.

–Dudo que hoy sea ese día... ¿Y quién me garantiza que cumplirás tu trato? Jamás has sido razonable en nada.

–¿Y quién me garantiza a mí que te quedarás si pierdes? Nuestra palabra de hombres de honor, es lo único que nos queda en este puto rincón del mundo. –Sonrió ampliamente–. Yo acepto la tuya. ¿Por qué no puedes tú aceptar la mía? –Desparramó la baraja sobre el tablero y le invitó con un gesto–. ¿A la carta mayor?

El isleño dudó de nuevo pero no cabía duda de que el juego continuaba ejerciendo sobre él una invencible fascinación, y la posibilidad de conseguir un acercamiento entre dos grupos tan abiertamente enfrentados, le tentaba. Observó uno por uno a los hombres que le observaban a su vez, la mayor parte de ellos sonriendo burlonamente, y al fin asintió con un gesto:

–¡De acuerdo! –dijo– ¡A la carta mayor! ¿Quién levanta primero?

–¿Por qué no los dos al mismo tiempo?

–¿Por qué no...?

Lo hicieron y las cartas cayeron a la par sobre la mesa mientras cantaban el punto al unísono:

–¡Dama!

–¡Diez!

Abrió los ojos y presintió una proximidad extraña. Todo estaba a oscuras, fuera la noche no ofrecía más que el rumor de la lluvia que apagaba cualquier otro sonido y un denso olor a tierra mojada, que lo llenaba todo, pero que no bastaba para encubrir aquel otro olor a sudor agrio que se advertía muy cerca.

Tuvo miedo, pero se esforzó por dominarlo y fingió que aún dormía aunque permaneció con todos los sentidos alerta, hasta que al fin no le cupo duda alguna de que algo se movía en el más alejado de los rincones.

–¿Quién anda ahí? –dijo.

–Soy yo, señora. No se asuste –susurró una voz desconocida–. Bonifacio Cabrera.

–¿Quién?

–El cojo Bonifacio: el amigo de *Cienfuegos*.

Se irguió sin acordarse siquiera de cubrir su desnudez, y observó atentamente al muchacho que había avanzado hasta situarse a los pies de la cama.

–¿Y qué haces aquí? –inquirió–. Si te sorprende mi marido, te mata.

–Lo sé, pero Don Luis de Torres me pidió que le dijera que la espera a la entrada del bosque.

Tuvo la sensación de que el corazón pretendía escapársele del pecho.

–¡Don Luis de Torres! –exclamó– ¡No es posible! Zarpó esta mañana.

–Pues aún está aquí.

–¿Y qué es lo que quiere?

–No lo sé, tan sólo dijo que es muy urgente; que tiene que reunirse con él antes de que amanezca.

La vizcondesa de Teguise se puso en pie de un salto y abrió el armario buscando un vestido que ponerse, pero tan sólo en ese instante recordó que toda su ropa se encontraba desparramada por el jardín, juguete primero del viento y ahora del agua y el fango.

–¡Vámonos! –dijo a pesar de ello.

–¿Así? –se asombró el muchacho.

–Recogeré algo abajo. ¿Por dónde has entrado?

–Por el balcón, pero es peligroso.

–No te preocupes –señaló encaminándose hacia allí–. Si tú has sido capaz de subir, yo seré capaz de bajar.

Lo hizo pese a la oscuridad y la lluvia, agradeciendo que el capitán León de Luna hubiese tomado tanto cariño en sus dogos que les permitiese dormir en la habitación de la torre, y cuando puso al fin el pie en tierra comenzó a tantear a su alrededor buscando algo con que cubrirse, sin importarle que sus vestidos se hubiesen convertido en sucios guiñapos que rezumaban agua.

–¡Vamos! –insistió luego al pobre Bonifacio que renqueaba tembloroso–. Vamos. ¡Aprisa!

–¿Aprisa? –se sorprendió el otro–. A mí esta pierna ya no me la cura ni la Virgen de Covadonga. Bastante hago con llegar.

Saltaron el muro dejándose jirones de piel y ropa en las enredaderas, y anduvieron chapoteando por el enfangado sendero, cayendo, resoplando y volviéndose a levantar hasta alcanzar las lindes del bosque desde donde un chorreante Luis de Torres, que sostenía de la brida a dos inquietos caballos, hacía grandes aspavientos para que se apresuraran.

–¡Aquí! –chistó–. ¡Aquí!

–¡No corra tanto! –suplicó el renco–. Se me está acalambrando la pata sana...

Ella le tomó del brazo ayudándole a acelerar la marcha, al tiempo que el converso se aproximaba tirando de las cabalguras que se resistían a avanzar en la oscuridad.

Cuando al fin se reunieron, la alemana inquirió de inmediato:

–¿Qué significa esto, Don Luis? Os imaginaba en alta mar.

–Prometí ayudaros y cumplo mi promesa. Una chalana nos espera al sur de la isla.

–¿Para ir adónde? –se sorprendió ella–. No pretenderéis alcanzar la flota en mar abierto. Sería una locura.

–No, desde luego. En mar abierto no. Pero a última hora el almirante decidió hacer una corta escala en El Hierro, y le pedí a «maese» Juan de la Cosa que me desembarcara cerca de la costa. ¿Aún estáis dispuesta a venir?

–¡Desde luego!

–En marcha entonces. La escuadra tiene previsto zarpar al anochecer. Disponemos por tanto de menos de veinticuatro horas para encontrar la barca y llegar hasta El Hierro.

La ayudó a montar en la primera de las bestias y trepó luego ágilmente a la segunda, al tiempo que el cojo Bonifacio se aferraba fuertemente a sus botas.

–¡Señor! –sollozó el muchacho–. No me abandone aquí, señor. Estoy muy cansado y tengo miedo.

–¡Está bien! –admitió el intérprete real tendiéndole la mano para que se acomodara tras él–. Te dejaré cerca del pueblo.

Se alejaron todo lo aprisa que les permitían la oscuridad, los árboles y el fango, y cuando al fin desembocaron en un sendero ancho y despejado, a la vista ya de las primeras casas, el converso detuvo su montura y extrajo de la bolsa dos pesadas monedas.

–¡Toma! –señaló ofreciéndoselas–. Lo que te prometí.

–Preferiría que no me pagara de ese modo, señor –fue la sincera respuesta del muchacho–. ¡Llévenme con ustedes!

–¿Adónde?

–Adonde está *Cienfuegos*: al Cipango.

–¿Te has vuelto loco?

–No más que ustedes. Aquí nunca seré más que un pobre cojo hambriento. Tal vez en ese Nuevo Mundo consiga comprarme algún día un buen caballo.

–En ese «Nuevo Mundo» no hay caballos.

–Los habrá –replicó el muchacho convencido, y luego extendió la mano hacia la vizcondesa–. ¡Por favor, señora! –pidió–. Seré un buen criado.

Ingrid Grass se volvió entre interrogativa y suplicante a Luis de Torres, que concluyó por encogerse de hombros.

–¡Qué diablos! –exclamó–. Allí lo que hace falta es gente, aunque sea coja. ¡Andando!

El *Caragato* hizo honor a su palabra y se avino a mantener una nueva entrevista con el gobernador en la que se mostró mucho más flexible en sus pretensiones, no tanto quizá por cumplir su deuda de juego, como por el hecho de haber tomado clara conciencia de que la situación se estaba volviendo insostenible y muchos de sus hombres comenzaban a inquietarse ante la posibilidad de que su rebeldía no tuviese en verdad otra salida que acabar en las fauces de los tiburones.

–Estoy dispuesto a regresar al «fuerte» y aceptar su autoridad, pero yo ocuparé el lugar del *Guti* y las decisiones importantes las tomaremos a medias.

–¿Qué consideras tú decisiones importantes? –quiso saber Don Diego de Arana.

–Aquellas que se refieren al enfrentamiento a los salvajes y al reparto de tierras.

–Puedo autorizar el reparto de tierras –admitió el gobernador–. Pero lo que no puedo es garantizar que el virrey lo refrende a su regreso.

–Si nos entrega un título de propiedad, yo me ocuparé de hacerlo valer el día de mañana –señaló el asturiano ásperamente–. Les va a costar mucho trabajo echarnos cuando nos hayamos establecido, y no creo que el almirante esté dispuesto a provocar disturbios. ¿Qué hay de los salvajes?

–Esperan el momento oportuno para atacarnos.

–Pues ataquemos antes con todo lo que tenemos: bombardas, arcabuces, ballestas, espadas. ¡Lo que sea! Si nos lanzamos sorpresivamente sobre ellos les invadirá tal pánico que correrán tres días.

–¿Con qué disculpa?

El timonel le observó desconcertado.

–¿A qué se refiere? –quiso saber– ¿De qué clase de disculpa habla?

–De la que necesitamos para lanzarnos de pronto sobre alguien que se supone que es nuestro aliado. El virrey selló un pacto con el cacique Guacaraní, y mi obligación es respetarlo.

–¡Pamplinas!

–¿Cómo que pamplinas...? –se indignó el gobernador–. Recuerda que represento a Doña Isabel y Don Fernando, soberanos de una nación civilizada que no puede cometer la infamia de atacar a un pueblo amigo sin una razón muy poderosa.

–¡Pamplinas! –insistió tercamente el de Santoña–. Si Doña Isabel y Don Fernando no dudaron a la hora de mandar al matadero a un pueblo tan tradicionalmente amistoso como el judío, menos dudarían a la hora de meter en cintura a un puñado de salvajes que andan buscando camorra.

–Tal vez, pero yo no puedo aceptar semejante responsabilidad sin causa justificada.

–¿Y cuál sería esa causa justificada...? –se impacientó el otro–. ¿Qué nos ataquen en el momento y el lugar que ellos elijan...? ¡No! –negó convencido–. Eso sería un suicidio... Según el *Guanche* pronto serán más de dos mil y nos tendrán a su merced.

–¡Qué sabe ese animal!

–En este caso, más que nosotros, ya que es el que mejor se entiende con ellos. Si esperamos a que llegue Canoabó con el grueso de su gente, todo estará perdido. –Su tono cambió hasta el punto de hacerse casi suplicante–. ¡Compréndalo, Excelencia! Éste no es momento de consideraciones, sino de encarar los hechos, poner los cojones sobre la mesa, y salvar el pellejo.

–Necesito pensarlo.

–¡No tenemos tiempo!

–Es mucho lo que está en juego.

–¡La vida, Excelencia! Usted mismo lo dijo el otro día: la vida que es en realidad lo único que de verdad nos pertenece.

Don Diego de Arana, pobre estúpido al que continuaba viniendo grande cualquier cargo que se le otorgase y cualquier responsabilidad que se pusiera en sus manos, se mesó una y otra vez el poblado mostacho retorciéndose las puntas con gesto nervioso, para rogar al fin casi con un hilo de voz:

–¡Dame veinticuatro horas! –exclamó–. Regresa con tu gente al «fuerte», estudiemos un plan de defensa, y déjame un día para decidir si pasamos al ataque. ¡Sólo un día!

El *Caragato* le observó con gesto despectivo, concluyendo por encogerse de hombros con aire de fatalista resignación.

–¡De acuerdo! –dijo–. Un día. Ni una hora más.

De vuelta al campamento, ordenó a sus hombres que lo dispusieran todo para instalarse en el «fuerte», pero apartando a un lado al llamado *Barbecho*, el más fiel –y más bestia– de sus seguidores, comentó en voz baja:

–El memo del gobernador necesita una disculpa para plantarle cara a esos salvajes. ¡Dásela!

–¿Cómo?

–¿Sabes manejar un arco? –Ante el mudo gesto de asentimiento, añadió–: Quítale uno a un indio y cárgate esta noche al *Guti*. –Hizo una corta pausa–. Y si no encuentras al *Guti*, cárgate al *Guanche*.

–¿Y si tampoco encuentro al *Guanche*?

–¡Cárgate a la madre que te parió, pero procura que no sea de los nuestros! ¿Está claro?

–Muy claro, aunque lo de mi madre va a resultar difícil porque se quedó en Carmona...

Cuando a la mañana siguiente el repostero real Pedro Gutiérrez apareció clavado contra un árbol con una larga flecha indígena atravesándole certeramente el corazón, Don Diego de Arana, que no dejaba de ser a todas luces un inepto, pero no por eso incapaz de razonar a veces, llegó a la conclusión de que la brutal agresión llegaba en un momento demasiado oportuno, pese a lo cual se abstuvo de hacer comentarios, agradeciendo en el fondo de su alma que «alguien» le brindara la ocasión de pasar al ataque eximiéndole de cualquier responsabilidad futura.

–Que venga el *Guanche* –fue todo lo que dijo, y cuando el pelirrojo se presentó ante él, ordenó escuetamente–: Entérate de cuándo llegará Canoabó.

Pero en el momento en que el pelirrojo le pidió a Sinalinga que le dijese cuanto sabía sobre los guerreros de Canoabó, la muchacha se limitó a replicar:

–Olvídate ahora de Canoabó. Viene el «Espíritu del Mal».

–¿Quién?

–«El Espíritu del Mal» que todo lo destruye... –tiró de él sin darle oportunidad de protestar–. ¡Ven! –insistió–. En la choza del bosque estaremos seguros.

Recorrieron aprisa el intrincado sendero, y *Cienfuegos* no pudo por menos que advertir que algo extraño ocurría, puesto que un pesado calor parecía haberse adueñado de la selva, y una quietud de muerte hacia que incluso las hojas de los árboles semejasen de piedra.

Los animales se habían esfumado de la faz de la tierra, las omnipresentes garzas habían abandonado las copas de los árboles, y no se escuchaba ni el trino de un ave, ni aun el continuo y excitado chillido de los loros.

–¿Pero qué diablos ocurre? –inquirió al advertir cómo la muchacha comenzaba a cerrar y apuntalar hasta la más mínima entrada a la cabaña–. ¿A qué viene tanto miedo?

–Pronto estará aquí –musitó ella como si temiera incluso alzar la voz–. Es «Hur-ha-cán», el «Espíritu del Mal».

–«Hur-ha-cán» –repitió el isleño desconcertado–. ¿Y eso qué es?

–Viento. «El Rey del Viento».

–¡Pero si todo está en calma!

–Porque los vientos pequeños huyen aterrorizados ante la presencia del que todo lo puede. ¡Ayúdame! –pidió–. Tenemos que bajar agua y comida.

Había alzado una especie de trampa hecha de troncos dejando a la vista una fosa de poco más de dos metros de lado por uno y medio de alto, y al advertir que se disponía a descender a ella, inquirió horrorizado.

–¿No pretenderás que nos metamos ahí?

–Si es necesario, sí. El viento es muy capaz de llevarse la choza.

–¡No puedo creerte!

Pero una hora después el canario tuvo que admitir, a su pesar, que sí podía creerlo.

Un viento como jamás soñó siquiera que existiese se había apoderado del mundo hasta tal punto que cabía imaginar que nada había más allá de las paredes que ese viento y su llanto, puesto que todo lo que no fuera él debía haber volado ya hasta las nubes, elevado por una fuerza irresistible que amenazaba con succionar hacia los cielos hasta las entrañas de la tierra.

El estruendo era tan grande que ni aun a gritos conseguían entenderse, y los gruesos muros de un barro espeso y duro se estremecían vibrando como la hoja de una espada al rebotar furiosamente contra una roca.

La sensación de impotencia ante tal derroche de poder resultaba tan angustiosa que no valía siquiera la pena esforzarse por mantener la calma y fingir un valor que las primeras ráfagas habían arrastrado ya muy lejos, y tan sólo gritar a pleno pulmón buscando romper la tensión de unos nervios que atenazaban el estómago, conseguía traer una cierta paz al espíritu por unos brevísimos instantes.

Durante todo un día y una noche la vida se hizo ruido.

Luego llegó una súbita y pegajosa calma hecha de un silencio aún más doloroso, y cuando el isleño pretendió averiguar si el peligro había pasado, Sinalinga le apretó la mano al tiempo que negaba firmemente.

–Ahora «El Espíritu del Mal» descansará para regresar con más furia. –Le tendió un cuenco que contenía un líquido espeso y dulzón–. ¡Toma! –pidió–. Te ayudará a soportarlo.

–¿Qué es?

–Jugo de caña con miel –musitó tras dudar unas décimas de segundo–. Te hará bien.

–No me apetece.

–Bebe aunque no te apetezca. Es tu primer «Hur-hacán» y no podrás soportarlo sin su ayuda.

Estuvo a punto de rechazarlo nuevamente presintiendo algún oculto peligro indefinible, pero ella le empujó la mano con firmeza obligándole a apurar hasta la última gota.

Cuando las nuevas ráfagas comenzaron a cantar su amenazante melodía sobre las copas de los árboles, experimentó una dulce sensación de bienestar y somnolencia que le obligó a buscar el cómodo refugio de la ancha hamaca.

Su cerebro se pobló de fantasmas.

La tensión acumulada durante las difíciles horas anteriores parecieron dar paso a un relajamiento total en el que se diría que su cuerpo se convertía en plomo, y por su mente cruzaron en loco tropel sueños y realidades; verdad y mentira; pasado y futuro; deseos y frustraciones en tan compleja amalgama, que podría llegar a creerse que emprendía un largo repaso a lo que había sido su corta vida, y una corta ojeada a lo que podría haber llegado a ser una larga existencia.

El rostro de Ingrid prevalecía sobre todos los otros rostros conocidos, pero se confundía a menudo con la pétrea personalidad de Sinalinga, la enrojecida cara de un recién nacido, los aguzados ojos de Luis de Torres, la aviesa expresión del *Caragato*, las horribles piernas de los caribes, y la bonachona socarronería de «maese» Benito de Toledo.

Luego se sumió en un pozo sin fondo y le asaltó la angustiosa sensación de que descendía en vida a una profunda tumba, oscura, húmeda y fría, en la que muy pronto se encontró rodeado por la presencia, casi palpable, de los muertos.

«El Espíritu del Mal» esparció por los aires la frágil estructura del mal llamado «Fuerte de la Natividad», cuyos endebles muros, malamente alzados aprovechando el tablazón y las cuadernas de la difunta *Marigalante*, no estaban en absoluto pensados para resistir la brutal furia destructora de unos vientos de los que ni tan siquiera los más experimentados marinos de Cantabria tenían la más leve noticia.

Ninguna feroz galerna de las que hundían las flotas o destrozaban los espigones de los puertos del Norte; ni tan siquiera aquella inigualable del invierno del ochenta y siete que se llevó por delante las vidas de los hermanos del *Caragato*, soportaba dignamente la más leve comparación con la demoníaca violencia incontrolable de aquel «Hur-ha-cán» tropical, que semejaba una zarpa gigantesca que disfrutara triturando al mundo entre sus aceradas garras dotadas de largas uñas invisibles.

Las cuevas en las que las gentes del *Caragato* habían tenido su refugio hasta el día anterior quedaron sumergidas bajo las aguas, y aquella otra, más protegida, en que se ocultaba la barca, se inundó hasta el punto de poner a flote la embarcación y zarandearla violentamente contra los muros de piedra amenazando con desmembrarla de un mal golpe.

Tres hombres murieron durante las dos primeras horas de tormenta, uno arrastrado al mar por una ola gigantesca, otro aplastado por un árbol, y el tercero, Quico *el Mudo* atravesado de parte a parte por una aguzada tabla que voló más de cincuenta metros para ir a rajarle las tripas con diabólica precisión, mientras los restantes españoles buscaban protección donde buenamente podían, acurrucándose entre las rocas, las raíces de las más altas ceibas, las chozas más sólidas e incluso las simples grietas del terreno.

La primera y corta sensación de calma, al pasar sobre ellos el ojo del huracán fue probablemente la causa de su definitiva perdición, ya que cuando dos días más tarde la auténtica paz llegó por fin, tardaron en reaccionar temiendo que se tratara de un nuevo descanso, y eso fue lo que permitió a los guerreros de Canoabó abandonar mucho antes sus escondites e irlos cazando uno por uno sin darles tiempo a tomar sus armas, reagruparse, y organizar seriamente la defensa.

Inermes, desconcertados aún por la terrible experiencia que acababan de sufrir, e incapaces muchos de ellos de recuperar ni tan siquiera el sentido de la orientación, se dejaron abatir sin ofrecer apenas resistencia, alanceados en los propios escondites, sorprendidos en mitad de la espesura cuando buscaban el camino de regreso, o a las mismas puertas del maltrecho «fuerte» al que pretendían llegar en busca de sus desperdigados compañeros.

Fue una masacre alevosa y carente de gloria, batalla sin victoria, guerra sin enemigo y triunfo sin vencido; un múltiple asesinato en el que tan sólo el asturiano *Caragato*, el brutal *Barbecho*, y Cándido Bermejo, el calafate, tuvieron una mínima oportunidad de defenderse, plantando cara en el centro del patio y espalda contra espalda, a un centenar de indígenas que acabaron por clavarles aún en vida contra el antaño altivo palo mayor de la *Marigalante*.

El feroz Canoabó eligió como trofeo la cabeza de su Excelencia el gobernador Diego de Arana, mientras sus hombres se conformaban con las ropas y las armas de los difuntos, o con los cascabeles, las cuentas de colores y los redondos espejos del almacén que el viento se había encargado previamente de desparramar hacia los cuatro puntos cardinales.

Cuando la alegre tropa se alejó por fin rumbo a sus montañas, nada quedó en lo que fuera en su día primera ciudad española del Nuevo Mundo, más que destrucción, desgarrados cadáveres casi irreconocibles, y un denso olor a flores y savia fresca que jugaba a mezclarse con el del furioso mar y la caliente sangre que empapaba la tierra.

Poco a poco, los impresionados miembros de la pacífica tribu del cacique Guacaraní, amigo y aliado del virrey de las Indias, Almirante de la Mar Océana, Excelentísimo Señor Don Cristóbal Colón, comenzaron a regresar de sus madrigueras de tierra adentro, para contemplar, con aire idiotizado, lo poco que quedaba de los antaño semidioses extranjeros, señores del trueno y de la muerte.

El veintiocho de noviembre de mil cuatrocientos noventa y tres, la poderosa escuadra del Almirante Don Cristóbal Colón, formada por dieciséis naves a bordo de las cuales se encontraban más de mil doscientos hombres, penetró en la bahía en uno de cuyos extremos se distinguían apenas los restos del mal llamado «Fuerte de la Natividad».

Si bien su Excelencia el virrey de las Indias no demostró excesiva sorpresa o pesar ante el hecho de que los treinta y nueve desgraciados que abandonara a su suerte hubieran perecido, y ni siquiera se tomó la molestia de investigar a fondo lo ocurrido o pedir explicaciones a su «aliado» el cacique Guacaraní por su innegable responsabilidad en la matanza, la mayoría de los miembros de la expedición se sintieron horrorizados por la magnitud de la tragedia y por la falta de humanidad de que hacía gala aquel a quien habían confiado su futuro.

Y de entre todos ellos, quienes lógicamente más sufrieron fueron el converso Luis de Torres, el cojo Bonifacio, «maese» Juan de la Cosa, e Ingrid Grass, vizcondesa de Teguise.

–¿No hay supervivientes? –se asombró ésta última, incapaz de aceptar la idea de que el hombre al que amaba y por quien lo había abandonado todo en este mundo hubiese muerto–. ¿Ni uno solo?

–Ni uno, señora –admitió el intérprete real que había interrogado personalmente a varios de los indígenas–. Nadie parece querer hablar del tema, pero lo cierto es que los asesinaron a todos.

No quiso saber nada más. Se encerró en su camareta, y durante dos días y dos noches permaneció completamente sola, sin querer probar bocado ni ver a nadie, luchando, más que contra el dolor, contra el salvaje impulso de quitarse la vida.

No hubiera necesitado más que abrir de par en par el ventanuco de popa y dejarse caer a aquellas aguas infestadas de tiburones que parecían estar aguardando siempre carne fresca, pero tal vez fue el hecho de saber que le aguardaba tan espantoso fin lo que le obligó a intentar sobreponerse, aun a sabiendas de que a partir de aquellos momentos la existencia había dejado de tener significado alguno para ella.

Había llorado tanto en el transcurso de aquel último año, que ni siquiera las lágrimas servían ya de nada, puesto que por muchas que derramase jamás conseguirían borrar el dulce recuerdo que había dejado en su corazón y su cerebro aquel hermoso niño de roja cabellera y ojos verdes cuyas manos aún parecía sentir sobre su cuerpo.

No pensó en su futuro. No dedicó ni tan siquiera un minuto a reflexionar sobre cuál sería su vida a partir de aquel momento, puesto que cuanto pudiera ya ocurrirle le tenía completamente sin cuidado y necesitaba todo su tiempo para tratar inútilmente de hacerse a la idea de que «su hombre» estaba muerto.

Luego, al amanecer del tercer día, golpearon suavemente la puerta.

–¡Señora! –susurró al otro lado Luis de Torres–. Han encontrado la tumba de *Cienfuegos*, y he pensado que tal vez le gustaría visitarla.

Abrió y al converso le costó un supremo esfuerzo controlarse para no dejar escapar una exclamación de asombro a la vista de la ruina humana en que parecía haberse convertido la antaño hermosísima alemana.

–¿Dónde está? –inquirió ansiosamente.

–En un minúsculo cementerio semioculto al fondo de la bahía. Hay cuatro tumbas más.

–¿Seguro que es la de él?

–Eso ha dicho el marinero que la descubrió.

–¡Vamos!

El ex intérprete real tuvo que ofrecerle su brazo para que se apoyara, y ayudarla luego a avanzar por la playa porque se diría que en cualquier momento las piernas iban a traicionarle, lo que hizo que tardaran casi una hora en alcanzar el punto señalado.

Se alzaban allí efectivamente cinco tumbas con sus correspondientes lápidas de gruesas lajas de piedra clavadas profundamente en tierra, en las que podían leerse los nombres de los difuntos y el lugar y fecha de su muerte.

En la última de ellas se distinguía claramente:

CIENFUEGOS

Las piernas de la vizcondesa de Teguise flaquearon definitivamente, y Luis de Torres tuvo que hacer un esfuerzo para sostenerla y permitir que concluyera por arrodillarse junto al montículo de tierra, escondiendo el rostro entre las manos.

La contempló así, a sus pies, vencida como ninguna otra mujer lo debió estar jamás anteriormente, y sintió un dolor muy hondo al observar el lugar bajo el que descansaban los restos de aquel alocado y maravilloso muchacho al que había llegado a querer como si fuera un hijo.

–El destino fue injusto contigo, chaval –musitó en voz muy baja–. Merecías algo mejor y siempre creí que lo conseguirías.

Ingrid Grass sollozaba.

El converso trató de rezar, pero no supo cómo hacerlo y se limitó a contemplar fijamente la pesada lápida de piedra.

–¡Si será hijo de puta!

La vizcondesa de Teguise alzó el rostro y observó asombrada al intérprete real que permanecía absolutamente inmóvil y con la boca entreabierta como si le hubiera dado un mal aire.

–¿Qué habéis dicho? –inquirió molesta.

–Que es un hijo de la gran puta.

–¡Don Luis...!

–¡Ni Don Luis, ni porras! ¡Pedazo de cabrón!

–¡Pero, bueno! ¿Qué falta de respeto es ésa? ¡Queréis explicaros!

–¡Naturalmente, señora! –replicó excitadísimo el converso–. ¡Mirad esas otras tumbas! ¿Qué pone en las lápidas?

–Nombres.

–¡Sí! Eso es: nombres y fechas «Sebastián Salvatierra», y luego, en más pequeño; «Muerto en La Española en 1493».

–Ya lo veo.

–«Gavilán», «Muerto en La Española en 1493...

–«Simón Aguirre». «Muerto en La Española en 1493...

–«Pedro Gutiérrez». «Muerto en La Española en 1493...

–*Cienfuegos*. «Muerto en La Gomera en 1593...

–¿Cómo habéis dicho?

–He dicho: «Muerto en La Gomera en 1593.»

–¡Pero eso es absurdo!

–¡Y tan absurdo! –admitió el converso–. Y muchísimo más absurdo teniendo en cuenta que yo le enseñé a escribir y reconozco la inmunda letra de ese maldito hijo de puta.

–¿Y eso qué significa?

–Significa que él mismo se escribió su propia lápida y por lo tanto aquí debajo no hay nada... –Desperdigó a puntapiés el pequeño montículo y dejó a la vista una tierra dura y firme que evidentemente no había sido removida–. ¡Nada...! –exclamó– ¡Ni cadáver ni nada...!

La vizcondesa de Teguise, que se había visto obligada a sentarse en el suelo absolutamente anonadada e incapaz de coordinar las ideas, agitó una mano ante los ojos como si quisiera alejar el fantasma de la locura e inquirió por último con un hilo de voz:

–¿Queréis darme a entender que está vivo?

–Seguramente.

–¿Dónde?

–Eso ya no lo sé.

Tendió la mano y le ayudó a ponerse dificultosamente en pie porque se diría que la alemana no sólo se sentía incapaz de coordinar sus ideas, sino incluso sus movimientos.

–No comprendo –musitó casi con un lamento–. ¡No comprendo nada de nada! ¿Por qué existe una tumba sin cadáver y con semejante leyenda?

–Porque sin duda ese astuto y retorcido cabrero pretendió dejar un mensaje que tan sólo leyeran aquellos que le quisieran tanto como para venir a rezar ante su tumba.

–¿Qué clase de mensaje?

–Que está vivo, piensa seguir estándolo cien años, y espera que le entierren en La Gomera.

–¿Pero por qué de esta manera tan absurda?

–Porque no desea que nadie más que nosotros lo sepa. –Se encogió de hombros–. Tal vez se avergüenza de ser el único sobreviviente; tal vez existe algún secreto que no quiere que se divulgue. ¡No lo sé!, pero lo que sí sé es que esa lápida me lo está diciendo todo en muy pocas palabras.

Ella le aferró con fuerza la mano y su expresión había cambiado por completo, como si la vida hubiera vuelto a su cuerpo y la luz a sus ojos.

–¡Dios bendito! –musitó–. ¡Si fuera cierto! ¡Si estuviera vivo!

–¡Lo está! –replicó Luis de Torres absolutamente seguro de sí mismo–. Me juego la cabeza a que lo está.

–¿Pero dónde?

Él hizo un amplio gesto que abarcaba la selva, los montes, la playa y la inmensidad del océano.

–¡Eso no lo sé! Tal vez tierra adentro; tal vez mar afuera. ¿Qué importancia tiene? –La aferró por la cintura y la elevó en el aire como si se tratara de una niña, haciéndola girar a su alrededor–. ¡Lo único que importa es que ese jodido *Cienfuegos* está vivo y, algún día, volverá...!

Madrid - Lanzarote, Octubre-Noviembre 1987.

LIBRO SEGUNDO: CARIBES